KB235579

여기에 게재된 추천사는 책이 출간되기 전 원고를 미리 읽어보신 30살 전후의 독자 100분이 사전에 작성해주신 것입니다. 부득이하게 '원고'라는 표현을 '책'으로 대체했으며, 독자 여러분들의 느낌을 그대로 전달하기 위해서 가능한 원문을 그대로 사용했습니다. 이 자리를 빌어서 추천사를 써주신 분들에게 다시 한 번 감사의 말씀을 전합니다.

어쩜, 서른 살 여자 마음을 이렇게 잘 표현했을까?

- 어쩜, 서른 살 여자 마음을 이렇게 잘 표현했을까? **(최경미/32세/주부)**
- 재미있다! 리얼하다!! 그리고 마침내 눈물을 쏟게 만든다. **(한명님/30세/직장인)**
- 이런 책이 왜 이제야 나왔을까? 친구들에게 추천하고 싶다. **(김효선/31세/직장인)**
- 내 마음을 그대로 옮겨 놓은 것 같다. **(서기심/30세/주부)**
- 나만 그런 것이 아니었구나! 라는 걸 알게 됐다. 모두들 파이팅~! **(심혜영/30세/주부)**
- 내 마음을 작가에게 들켜버린 것 같다. **(노수경/29세/직장인)**
- "야, 나숙희! 너한테 딱 어울리는 책이 나왔다." **(나숙희/31세/주부)**
- 여자 마음을 알고 해주는 이해해주는 새로운 유형의 소설?! **(김채희/30세/직장인)**
- 나이 때문에 심란해하던 여자친구 마음을 이해할 수 있을 것 같네요. **(진명수/34세/직장인)**
- 나도 서른이 되면 그럴까? 한편으론 이해가 되면서도 궁금하다. **(허미영/23세/대학생)**
- 결혼을 앞둔 남동생에게 적극 추천하고 싶다. **(도영란/35세/주부)**
- 세상의 모든 남편들이여! 남자 친구들이여! 여자 맘 좀 이해합시다! **(윤진희/32세/직장인)**
- 서른 살 내 책꽂이를 멋지게 장식할 책. **(임서연/30세/직장인)**
- 그 때 엄마는 왜 눈물을 흘렸을까? 어린 시절 엄마의 눈물을 떠올리게 하는 책! **(이현주/33세/주부)**
- 아, 여자들 마음이 그렇구나, 비즈니스에 활용해두 먹힐 것 같다! **(김승원/29세/직장인)**
- 비가 온 뒤 맑게 게인 듯한 느낌. 마음속에 있던 어두운 먹구름이 감쪽같이 사라졌다. **(전해림/29세/주부)**
- 꼭 한 번 읽어보라. 절대 후회하지 않을 것이다. **(최보람/29세/직장인)**

●최근 가장 재미있게 읽은 소설! (정혜원/28세/직장인)

●남자인 나도 세 번 읽었다. 읽을 때마다 감회가 새로웠다. (박정원/29세/대학원생)

●최고의 반전! 밤이 새는 줄도 모르고 읽었다. (김지원/30세/직장인)

스물아홉 빛나는 내 청춘에 이 책을 바친다!

●책값이 전혀 아깝지 않다. (이진주/29세/직장인)

●어렵고 딱딱한 내용만 깊이 있는 소설인가? 재밌고도 의미 있는 소설이다. (이민선/25세/대학생)

●이 소설이 영상화되기를 간절히 바란다. 과연 어느 배우가 순자, 태석의 물망에 오를 것인지 기대된다. (김혜선/31세/주부)

●20대에 읽은 책 중 단연 최고다. (김서라/28세/직장인)

●어떻게 이렇게 천연덕스럽게 웃길 수 있을까. (최충식/28세/대학생)

●여성들이여! 닳고 닳은 자기계발서보다 차라리 이 책을 읽어라! (김나영/27세/직장인)

●제야의 종소리에 더 이상 한 숨 쉬지 않겠다. 파이팅! (김송희. 26세. 취업 준비생)

●피할 수 없으면 즐기라. 그것을 일깨워주는 귀한 책이다. (윤여희/30세/프리랜서)

●작가의 말에 공감 안 할 수 있는 사람이 과연 있을까 싶다. 그런 독자가 있다면 아마 10대? (최지원/29세/직장인)

●감히 페미니즘 소설이라 명명하고 싶다. (문미영/32세/주부)

●5년 전 불안했던 내 서른 살의 심리를 되새기게 해준 책. (김은미/35세/주부)

●책을 읽는 동안 어느 새 주인공 최순자에게 동화되어 버렸다. (이지혜/23세/대학생)

●순자, 혜린, 태석, 미연, 학생주임 등등. 애착이 가지 않는 인물들이 단 한 명도 없다. 어딘가에 그들이 실제로 존재하지 않을까? (박보라/25세/취업준비생)

●간만에 유쾌한 소설을 보았다. (이재석/27세/대학생)

●제목이 독특했다. 그리고 마지막장을 덮으며 놀라움을 금치 못했다. (이진주/29세/직장인)

●최순자의 마지막 독백 부분에 가슴이 쩡했다. (홍윤지/27세/직장인)

●양질의 삶을 살기 위해 이 소설을 꼭 읽어볼 것을 권한다. (오민규/34세/직장인)

●손에서 떼지 못하고 쉴 틈 없이 읽어 나갔다. 내게도 이런 집중력이 있었단 말인가. (박미나/24세/대학생)

●청량음료라도 마신 듯 가슴이 뻥 뚫리는 신기한 경험을 했다. (이소림/28세/자영업)

●스물아홉 빛나는 내 청춘에 이 책을 바친다. (박명옥/29세/직장인)

두고두고 읽어야 할 서른 살 여자 마음 교과서

- 일종의 성장소설이다. 주인공의 성장통에 가슴이 먹먹했다. **(이선영/26세/대학원생)**
- 웃기고, 울리는 심리소설?……. 작가는 다양한 재주를 지녔다. **(조용원/29세/직장인)**
- 잃어버렸던 아주 소중한 기억을 되찾은 것 같다. **(강명숙/33세/주부)**
- 최순자가 자아를 찾아 가는 과정을 지켜보며 어느 새 나도 성숙해져 있었다. **(조진규/30세/직장인)**
- 시종일관 웃음과 눈물을 자아내더니 마지막 장면에서 깊은 여운을 느끼게 한다. **(김윤/28세/자영업)**
- 재미있다는 말로는 부족하다. 오래 회자될 수 있는 소설이다. **(김주희/31세/주부)**
- 주저하지 말고 읽어보라. 이 소설의 진가를 확인하게 될 것이다. **(정세라/29세/프리랜서)**
- 나이에 대한 두려움을 떨쳐주는 단비 같은 소설. **(김은성/27세/대학원생)**
- 바쁜 삶에 잊고 있었던 추억을 떠올리게 한다. **(임진아/33세/직장인)**
- 두고두고 읽고 싶은 서른 살 여자 마음 교과서. **(서미향/31세/직장인)**
- 친구들과 만나서 밤새 수다라도 한 판 멋지게 떨고 싶다. **(김민영/31세/직장인)**
- 남자들은 결코 이해할 수 없는 여자의 마음을 잘 표현하고 있다. **(황정아/30세/직장인)**
- 책을 읽는 며칠 동안 아무것도 할 수 없었다. **(나소희/29세/취업준비생)**
- 최순자를 향해 외치고 싶다. "그래, 당신 말이 모두 맞아."라고. **(박혜미/31세/주부)**
- 세상의 모든 최순자들에게 바치는 책! **(권승신/30세/직장인)**
- 그래, 그래……. 나도 그 때 그랬었다. **(이미선/33세/주부)**
- 서른을 며칠 앞두고 어찌나 눈물이 나든지……. **(조민아/32세/직장인)**
- 나와 내 친구들의 멋진 서른 살을 응원할 책! **(최연미/29세/직장인)**
- 나는 고백한다. 내게도 그런 시절이 있었음을……. **(이연중/35세/주부)**
- 그래, 우리 모두 힘내자고요. 아자, 아자 파이팅! **(임나연/31세/직장인)**

제발 남자들한테 이 책 좀 읽어보라고 소문 좀 내주세요~!

- 드라마 〈막돼먹은 영애씨〉를 보는 듯한 느낌?! 재미있고, 리얼하다에 한 표! **(손유리/28세/대학원생)**
- 아, 스물한 살로 되돌아갈 수만 있다면……. **(김미영/31세/취업준비생)**
- 삼겹살이냐? 족발이냐? 그것이 문제로다. **(조소영/31세/직장인)**

●누가 내 일기장 훔쳐봤어? 완쥰 대박, 배꼽 조심하세요~! (정은채/27세/대학생)

●샤넬, 구찌, 페라가모 가방보다 더 필요하고 유용하다. (연미희/30세/직장인)

●읽는 내내 유쾌하고 따뜻했던 소설. (장혜연/32살/주부)

●야구로 치면 분명 '만루홈런'이다. (차수희/31살/직장인)

●책을 읽은 후 예쁜 화분을 하나 샀다. 얼마 남지 않은 서른 살 생일을 자축하기 위해서. (김현경/29세/주부)

●어느덧 학교를 졸업한 지도 12년. 친구들은 어디서 뭘 하고 있을까? 보고 싶다. (서민영/32세/주부)

●앞으로 은행나무만 봐도 가슴이 뻐근해질 것 같다. (김시은/25세/대학생)

●순도 100%. 바로 나와 내 친구들 이야기. (박은지/29세/직장인)

●참 발칙하다. 어쩌면 이렇게 재미있는 소설이 있을까? (문수영/30세/직장인)

●해피엔드? 헌데, 순자와 태석이는 과연 어떻게 됐을까? 뒷 이야기가 참 궁금하다. (표연희/32세/직장인)

●내일 모레 있을 동창회에서 친구들에게 추천하고 싶다. (김지영/33세/주부)

●눈물 날만큼 유쾌하고, 동시에 가슴이 뻐근한 소설. (이하람/29세/여행작가)

●여자라면 누구나 피해할 수 없는 서른의 문턱! 알 수 없는 전율을 느꼈다. (정수현/29세/소설가)

●완전 감동 먹었다. 여자의 마음을 이토록 재미있고 날카롭게 표현한 책이 또 있을까? (전나리/30세/직장인)

●하하하하! 웃겨서 죽는 줄 알았다. 헌데, 마음 한 켠에서 울리는 이 묘한 감정은 무엇? (임푸른/28세/직장인)

●서른 살. 이제 당당하게 살아가리라. (모현숙/30세/직장인)

●제발 남자들한테 이 책 좀 읽어보라고 소문 좀 내주세요. (임민서/29세/직장인)

무엇으로도 치유할 수 없었던 서른 살에 대한
막연한 두려움과 답답함을 치유할 수 있게 해준 책!

●손에서 떼지 못하고 쉴 틈 없이 읽어 나갔다. 내게도 이런 집중력이 있었단 말인가. (박미나/29세/직장인)

●시종일관 웃음과 눈물을 자아내더니 마지막 장면에서 깊은 여운을 느끼게 한다. (김윤/28세/자영업)

●주저하지 말고 읽어보세요.이 소설의 진가를 확인하게 됩니다. (정세라/29세/프리랜서)

●한 살 한 살 먹는 나이에 두려움을 떨쳐주는 단비 같은 소설이다. (김은성/27세/대학원생)

●더도 말고 덜도 말고 딱 두 글자만 하겠다. 강추! (서은영/23세/대학생)

●등장인물 한 명 한 명의 캐릭터가 잘 살아 있다. (김효숙/27세/직장인)

●이런 놀라운 상황과 표현들을 적어낸 작가의 머릿속이 궁금하다. (이유진/ 28세/직장인)

●책 제목을 보고 스릴러를 연상했지만 전혀 아니다. 그럼에도 나중에 책 제목에 끄덕일 수 있다. (박엘리나/31세/직장인)

●작가의 프롤로그부터 이 소설의 비범함을 느꼈고, 역시 저버리지 않았다. (박지영/30세/주부)

●마지막 장면의 긴 여운으로부터 아직도 난 헤어날 수 없다. (정현선/29세/ 직장인)

●단지, 여성을 위한 소설이 아니다. 서른을 앞둔 우리 모두를 위한 소설이다. (최지수/28세/대학원생)

●독서의 계절, 가을에 이 소설을 제외시키면 안 될 것이다. (박지민/26세/대학생)

●기발한 제목, 기발한 소재, 기발한 표현의 삼박자를 고루 갖췄다. (이민숙/ 27세/직장인)

●카페서 읽으며 혼자 웃다 울다 이상한 사람이 됐다. 그래도 좋다. (정희은/ 22세/대학생)

●최고다. 무슨 말이 더 필요할까. (이주희/32세/직장인)

●극심한 노처녀 히스테리를 부리는 우리 언니에게 꼭 선물해야겠다. (홍수미/25세/취업준비생)

●친구들과도 터놓지 못한 속마음을 책을 통해 작가와 몇 시간 유쾌한 수다 떤 기분이다. (송채완/28세/직장인)

●무엇으로도 치유할 수 없었던 서른 살에 대한 막연한 두려움과 답답함을 치유할 수 있게 해준 책! (윤 서/30세/직장인)

●〈서른만 실종된 최순자〉 제목의 그 심오한 의미를 4시간 후에 확인할 수 있었다. (이미란/30세/직장인)

●유쾌, 상쾌, 통쾌하다는 표현은 바로 이 소설을 두고 하는 말이리라. (정지은/24세/대학생)

판테온하우스
Pantheonhouse

김은정 지음

서른만 실종된 최순자

판테온하우스
Pantheonhouse

| 차례 |

드라마 〈막돼먹은 영애씨〉보다
더 유쾌하고, 발랄하며, 공감가는 순도 100% 레알 스토리
순자씨 이야기가 지금부터 시작됩니다!

프롤로그

서서히 다가오고 있다. 삼십이라는 올가미가 내려오고 있다.

피부로 와 닿는 싱그러운 이십대의 젊음을 느껴 볼 겨를도 없이 자고 일어나 눈곱을 떼고 나니, 어느새 서른이 코앞에 닥쳤다.

여자에게 가장 큰 **공포**는,

잡귀(雜鬼)중 한 맺히기로 으뜸간다는, 사내 맛을 못 본 **처녀귀신**도 아니요, 대폭발 빅뱅과 비견될만한 사춘기 시절, 의식의 우주 속에 탄생하여 엊저녁 콜라겐 덩어리란 합리화로 속수무책으로 쥐고

만 족발을 발라먹던 순간까지도 머리 주위를 공전하며 괴롭히던 **다이어트**에 대한 히스테릭한 의무감도 아니요, 이윽고 석별(惜別)을 느끼며 그 마지막 족발을 들춰내고 나서야 압사된 채로 발견된 **바퀴벌레**도 아니요, 생채기처럼 더해지는 **주름살**도 아니요, 햄릿의 독백 '죽느냐 사느냐'보다 더 큰 문제인 **임신 테스트기**의 방백 '한 줄이냐 두 줄이냐'의 답을 구하는 순간도 아니요, 사랑이 아니면 죽음을 달라며 장렬하게 혈서까지 써대던 진드기 같은 놈도 **변심**까지의 유통기한이 불과 3년이었다는 만고불변의 진리를 대면하게 된 순간도 아니요, 바로

'**서른**이 된다는 것'이다.

그것은 아마도 저는 마냥 이십대일 것처럼 콧대와 자부심이 에베레스트를 오르다 갑자기 벼랑 아래로 추락하는 기분이지 않을까. 그렇기에 겪어보지는 않았어도 이미 한 번 이상씩 내성이 다져진 마흔 줄, 쉰 줄보다 더 극한의 두려움을 가져다 줄 것이라 확신한다.

경국지색 절세미녀도 패리스 힐튼처럼 천문학적 유산을 손에 쥔 부호라도 예외 없이 지구에 사는 생물학적 여자라면 한 번쯤 다시 스무살이 되고 싶다고 넋두리를 해봤을 것이다. 물론 나도 예외는 아니다. 아니, 그저 얄팍한 자존심 때문에 내 나이를 사랑하는 척 쿨한 척하느라 금기(禁忌)처럼 나보다 어린 여자 앞에서 내뱉지 않았을 뿐 실은 맘속으로는 입버릇처럼 달고 살아왔다.

그 절절한 심정을 소설 속에 담아내고자 했다. 더불어 이 땅에 살아

가는 여성들의 심리와 감정이 잘 배일 수 있도록 노력했다.

7할의 웃음과 3할의 눈물로 책을 읽어 내려가다 보면 마지막 페이지를 덮는 순간 주인공 최순자처럼 소소한 깨달음을 얻을 수 있을 것이라 생각한다.

제1장

순자 2세

1

5 4 3. 2. 1

딩동. 댕. 동~

와……

숨죽이며 한일전 축구경기를 관전하다 상대편 골대에 역전골을 넣고서야 장내에 동시에 터지는 기쁨의 함성과 같은 크기의 데시벨을 난 햇수로 5년째 매일, 더 정확히 오후 12시 50분이면 어김없이 경험하고 있다. 물론 소음 측정기 수치로는 그보다 훨씬 미미할 테지만. 어쨌든······.

그렇다고 나를 5년째 같은 시각이면 골을 먹는 어느 재수 옴붙은 실업팀에 매여 있는 신세로 지레짐작한다면 큰 오산이다. 허구한 날 출전해대는 팀이 있을 리는, 더구나 12시 50분이면 주구장창 역습당하는 팀이 있을 리도 만무하지 않은가. 과연 그런 팀이 있다면 '세상에 이런 일이'에 소재로 채택되던지 기네스북에 등재 되고도 남을 것이다.

담벼락 너머 고등학교에서 울리는 점심시간 차임벨소리와 아이들의 함성은 나를 마치 파블로프의 개처럼 길들여 놨다. 그 소리와 함께 내 뱃속도 어김없이 꼬르륵 끓는 조건 반사를 한다. 허기에 못 이겨 12시 30분 쯤 암만 곰보빵을 위 속에 쑤셔 넣어도 12시 50분이면 꼬르륵 울리는 뱃속 타종은 예외가 없다.

그 파블로프의 개처럼 조건 반사에 충실한 인물이 맞은편에도 있다.

"순자야! 나는 자장밥."

오전 내내 의자를 뒤로 젖히고 졸던(아니 대놓고 자던) 변호사님은 그 종소리와 함께 기지개를 켜고 입가에 고인 침을 훑어 내며 내 이름과 자장밥을 비벼 외쳤다. 혹여나 전생에 사랑하던 사람의 이름이 Zazang Bab은 아니었을지 12시 50분이면 물리지도 않고 그 이름 석 자를 불러대는 이평안 변호사님의 사무실에서 근무한 지도 어언 5년째로 접어든다.

하지만 여기에는 오류가 두 가지 있다.

첫째, 이곳을 과연 사무실이라 부를 수 있는지 따져 볼 성급한 일반화의 오류에 관한 지적이다. 사람들이 일반적으로 생각하는 사무실은 적어도 십여 평이 넘는 공간에, 다양한 직함을 가진 사원들이 적게는 서너 명씩은 있고, 事務室(사무실)이란 의미 그대로 업무를 보는 용도여야지 않는가.

그러나 이 건물을 굳이 7음 음계로 비유하면 '솔'과 '시'정도인 빌딩의 스카이라인 사이에서 갑자기 '레'로 떨어지며 불협화음을 넣는 허물어져 가는 3층 건물이었다. 또한 꼭대기에 있는 세 개의 방 중에서도 가장 협소한 서너 평 되는 공간에 변호사라는 직함을 가진 이평안 변호사와 그조차 없는 나. 이렇게 둘 뿐이었고 가장 중요한 반증은 업무를 보지 않은 지 넉 달이 넘어가는 곳이라는 사실이었다.

1년 후 만기인 천만 원짜리 적금을 제때 붓거나 중국집 메뉴판 뒷면에 그려진 50알의 포도송이를 다 채우고도 포화된 스티커로 가끔 식사 아닌 요리를 맛 볼 수 있는 이유도 물론 사무실의 순수익만으로는 꿈도 못 꿔봤을 호사이다.

실로 평안하고 순탄한 삶을 꾀하는 듯이 보이는 변호사님의 이름 석 자를 따서 간판을 내건 곳이지만 사무실 등기부등본을 샅샅이 뒤진다 해도 좀처럼 이평안이라는 이름을 발견할 수 없을 것이다. 월세를 내는 번거로움도, 오르는 보증금을 걱정할 일도 그리고 앞에서 언급했듯 적금은 물론 하루에 두 알씩 꾸준히 포도송이를 채워나가는 것은 저 액자들 곳곳에 포진한 한 여자 덕분이었다.

사무실 출입구 정면에 놓인 유서 깊은 -S은행 쌍문동 지점 부지점장실을 점거하는 것까지도 나름 괜찮았는데, 바야흐로 1년 전 사모님의 발품으로 제3세계 나락으로 떨어진 낡디 낡은- 마호가니 책상은 바로 뒤 벽면, 검은 이브닝드레스에 바이올린을 켜고 있는 여인의 아름다운 자태가 고스란히 담긴 사진 액자에 품격을 더해주고 있다.

위치는 어릴 때 북한 소식을 전해주던 화면이 으레 비춰지던 故 김일성 주석의 사진 액자가 걸린 곳과 비슷하다. 그 사진 속 여자가 바이올린을 향해 내린 시선은 종종 액자 아래 앉아 있는 변호사님의 정수리를 쏘아 보는 듯한 착각을 준다. 그리고 기실 변호사님은 이따금 목을 뒤로 젖히다가 그 시선에 소스라치게 놀라기도 했다.

변호사님의 책상과 마주하는 내 책상의 뒤 벽면에는 방금 전 사진과 동일 인물이 웨딩드레스를 걸치고 있다. 그녀의 옆에는 턱시도를 걸친 제법 날씬하고 핸섬한 모습의 변호사님이 위용 있게 서 있다. 저렇게 연미복을 갖춘 잘 빠진 제비 같던(속된 직업이 아닌 순수 조류라 번복한다) 젊은 시절의 변호사님을 이토록 무방비상태의 살찐 비둘기로 만들어버린 세월은 그에게 98프로의 둔감함에 대한 대가로 2프로의 민감함을 주었다. 그 중 1프로는 앞서 밝혔듯이 매일 12시 50분에 발현되고 나머지 1프로가 종종 그를 긴장시켰다.

이 액자들과 졸고 있던 저 남자의 혼미한 정신에 동시 다발적인 파문을 발생시키는 진폭의 발원지는 1층 계단으로부터 서서히 3층으로 이어지고 (그 소리의 흐름을 따라 귀를 쫑긋 세우고 있는 그의 가슴은 그 진폭보다 족히 만 배는 빠르게 뛰고 있을 것이다.) 이윽고 쾅 소리와 함께 벽에 부딪히며 활짝 젖혀진 문에서 어마어마한 파장을 일으킨다. 동시에 그는 둔중한 몸을 민첩하게 벌떡 일으켜 세웠다. 폼만 보면 곧 거수경례하며 아바이 동무라도 외칠 태세였다.

"당신…왔어요?"

여자가 가재미눈을 하고 문지방을 밟고 서 있었다. 사진 속, 바이올린을 쥐던 그 하얀 두 손을 팔짱 속에 감춘 자세다. 감춰진 것은 그 뿐이 아니다. 그 날씬하고 예쁜 자태도 세월 속에 파묻혔다. 가로 세로 십자가 비율 정도에서 가로 획만을 길게 늘인 비대해진 몸에, 갸름하던 얼굴에 두덕두덕 붙은 살도 젖무덤처럼 중력을 따라 축 늘어져 있었다. 슬림한 맞춤형을 제작하지 않는 이상 그 왼쪽 어깨와 턱 끝 사이에 끼울 수 있는 바이올린이 과연 시중에 있을지, 괜한 오지랖도 앞섰다.

"사모님 오셨어요?"

나도 덩달아 벌떡 일어섰다.

"네. 미스최."

그녀는 건성으로 대꾸하고 어기적어기적 그에게로 다가갔다. 문에서 2미터도 채 안 되는 거리가 시베리아 가도처럼 아찔하다. 아마 그는 나보다 족히 열 배는 더 길게 체감할 것이다. 그녀는 팔짱 낀 손을 서서히 풀며 오른 손에 쥐고 있던 봉투를 눕혀 왼쪽 손바닥을 짐짓 불량스럽게 쳐댔다.

"당신한테 물어볼 것이 있어요."

"네에?"

"이번 달 카드값이 왜 이렇게 많이 빠진 거죠? 평소 당신 소비 패턴의 두 배 정도가 되는군요?"

그녀는 매섭게 쏘아보면서도 질문은 의뭉스러웠다.

"아… 내가 왜 그랬지?"

그는 입을 벌린 채 눈을 이리저리 굴렸다.

"아! 맞아. 그게 급하게 현금 서비스를 받을 일이 있어서… 이번 달에 특히 경조사가 많아서 그만… 아하하하."

그가 어색하게 웃는 입매가 흡사 밑면으로 갈수록 폭이 좁아지는 밥공기 같다고 느꼈다. 이마에 송골송골 맺힌 땀을 손수건으로 훑어냈다.

그러나 그녀는 시큰둥하게 귀를 후비며 사무실을 한 번 휘둘러보더니 벽쪽에 시선이 꽂혔다. 그러고는 마호가니 책상 귀퉁이를 돌아 변호사님 곁으로 다가갔다. 그가 순간 움찔하며 목을 움츠렸다. 그녀는 그 두툼한 손으로 벽에 걸린 사진틀의 각도를 예리하게 맞추고 다시 출입문 쪽으로 발길을 되돌렸다.

변호사님의 빠짝 올라간 양 어깨가 축 내려가려는 찰나, 그녀가 별안간 술래처럼 뒤돌아보았다. 그도 다시 얼음이다.

"내가 항상 주시하고 있어요."

그가 그렇게 사선(死線)에 있음을 거듭 환기시킨 후 그녀는 유유히 나갔다. 그래도 오늘은 의외로 가볍게 끝난 처사였다.

변호사님은 가난한 고학생 시절 학과 교수님의 막역지우였던 장인어른 -생전에 졸부였던-의 눈에 띄는 바람에 6살 연하인 지금의 사모님을 만났다고 한다. 여기까지는 내 추궁에 변호사님이 마치 사돈의 팔촌 결혼스토리처럼 건성건성 대답한 내용을 요약한 것이고, 지금부터가 1층에서 변호사님의 장인어른이 건물주였던 시절, 2평 남짓한 구멍가게를 시작으로 지금의 슈퍼를 일궈낸 할머니께 직접 전해들은 이야기다.

어느 날 커피믹스를 사러 내려갔다가 건물을 빠져 나가는 사모님을 보고는 결혼 내막에 대해 떠보자 백태가 희미한 슈퍼 할머니의 동공이 순간 또렷해졌다. 그녀는 마치 베트남전쟁 무용담을 묻는 호기심 많은 코흘리개 앞의 외팔이 참전 용사라도 되는 듯 담배 한 모금을 들이 마시고는 거들먹거리며 장광설을 늘어놓았다. 그러나 애석하게도 아이의 호기심을 채워줄만한, 쏭바강에서 천년 묵은 구렁이가 승천하며 팔을 낚아챘다 정도의 기이하고 눈이 번뜩이는 스펙터클한 내용은 없었다.

거두절미하자면 장인어른이 변호사님의 학비와 책값을 고학생에 대한 장학금이라는 명목으로 대주었고 그렇게 벼르고 지켜보던 변호사님이 사시에 합격하자마자 그 어른의 성화로 음대 재학생이던 사모님과 식을 올렸다는 알고 보면 시시껄렁한 서사였다.

그러니 벽에 걸린 저 사진은 대학생 시절의 풋풋한 사모님과 그제 막 사시에 합격했을 변호사님의 분기탱천하던 시절이다. 그러나 변호사님의 얼굴이 분칠로도 커버가 안될 만큼 누렇게 떠서 굳어 있는 것은 아마도 그 앞에서 외동딸 내외를 부릅뜨고 지켜보던 장인어른 때문이었는지도 모른다.

"그 지랄 맞은 노인네가 머리 쓴거 아녀. 그러니까 딸년도 지애비 성깔을 똑 닮았지!"

똑 닮았다는 말이 절로 우러나오는 것은 따로 있었다. 불현듯 변호사님의 지갑 속에 고이 간직되어있는 사진 속 지수 얼굴이 스쳤다. 미국에서 유학 중인 금지옥엽 외동딸은 음대생 시절의 사모님 얼굴과 똑 닮아 있었다.

슈퍼 할머니는 사모님이 보일라치면 버선발로 뛰어나가 계산대 포스기의 돈 통처럼 입을 쭉 벌리다가 그녀의 뒷모습을 확인하자마자 언제 그랬냐는 듯 척하고 다물리곤 했다. 하긴 이 세상 누구나 앞통수 보다 뒤통수 가격이 쉬운 법이다.

웨딩사진에서 더없이 온화한 미소를 보였던 여자는 18년의 세월을 보낸 서른아홉 현재 무소불위의 권력을 지닌, 슈퍼 할머니의 표현처럼 한 성깔 있는 여자가 되어버렸다.

나치의 총통이었던 아돌프 히틀러는 철저히 독신생활을 고집하다 에바 브라운이라는 여성과 결혼식을 올렸고 그 다음 날 둘은 권총 자살을 했다.

그리고 그는 생전에 이런 말을 남겼다.

– 여자는 약한 남자를 지배하기보단 강한 남자에게 지배받기를 원한다.

이것이 두 번째 오류다.

히틀러의 말보다 더 귀에 익은 말은 '항상 예외는 있다.' 이다.

"한마디로 데릴사위여, 데릴사위."

슈퍼 아주머니는 항상 이 말로 화두를 마치며 혀를 끌끌 차곤 했다.

2

대중목욕탕의 익숙한 정경 중 하나.

전국 팔도를 망라하고 온탕에 삼삼오오 모여 있는 여인네들을 보게 된다. 발가락 하나 닿기도 데일 듯 뜨거운 물에 심지어 목까지 담그고서 더군다나 시원하다며 호기로운 탄성까지 내뱉는, 여느 차력사 안 부러운, 우리네들의 어머니 할머님들을 겨냥해 '순자야'를 외치면 개중에 한 명은 휘둥그런 눈으로 대꾸할 것이다. 재래시장에서도 마찬가지다. 행상 할머니건 덤을 고집하는 아주머니건 누군가 돌아볼 확률이 꽤 높다.

이 높은 확률에 자발적으로 이바지한 사람이 나의 아버지요, 불가피하게 이바지 된(아니 당했다 정도로 해두자.) 사람이 바로 나다.

평생 불효를 자책한, 그러나 누구나 인정하는 효자였던 아버지는 당신 어머니의 이름을 빌려 나의 출생 신고서에 최.순.자. 석 자를 적어 넣었다.

굳이 따지면 리틀 순자 2세인 것이다.

거시적으로 보면 저 대양 건너 엘리자베스 2세도 있고, 시대를 거슬러 올라가면 루이 14세도 있다. 그러나 (서양 우월주의자라 힐난할지라도) 분명 엘리자베스니 루이니 하는 이름들은 두 번이고 열네 번이고 재탕해도 뭔가 있어 보이는 이름이다. 작명자의 본분으로서 1948년 신생 여아 이름으로 가장 인기 있었다던 순자라는 이름은 필히 할머니 세대 아니면 양심상 적어도 고모 세대까지로 도돌이표를 끝마쳤어야 했다.

국민학교(나는 초등학교 세대가 아니다.) 4학년 때. 3월 첫 날 자신을 담임이라고 소개한, 입가에 사마귀 비슷한 검은 점이 도드라졌던 여자는 소개를 마치고 칠판 중앙에 뭉툭한 백묵으로 자신의 이름을 또박또박 적어 갔다.

이. 순. 자.

내 입가나 얼굴에 눈에 띄는 점이 없었음에도 불구하고 나는

1년여 동안 담임선생님과 '점순자!' '점순아!' 라고 한데 묶여 불러야했다. 그리고 그 이순자 선생님의 회초리가 유선형을 그리며 탄력 받는 날이면 애꿎은 나만 크고 작은 대가를 치러내야 했다. 예를 들어 애초에도 나에게 책상의 3할만을 할당한 가렴주구한 남자짝꿍에게 금에 닿은 필기도구를 깡그리 착취당하는 식이었다.

세 글자라도 같다면야 그나마 덜 억울했을지도 모른다. 어쨌든 단지 이름 두 글자가 같다는 이유로 기억조차 하기 싫은 인고의 4학년 시절을 보내야 했다.

가끔 불려 나간 소개팅에서 상대남이

"이(름이)?"

질문에 '이'라는 글자가 나오기라도 하면

"직업이 어떻게 된다고 하셨죠?"

라며, 노이로제 환자처럼 재빨리 화제를 돌렸다.

하지만 회피는 순간뿐이다. 통성명이란 절차는 코스 요리의 에피타이져와 같다. 내가 먹기 싫다고 다른 사람도 먹지 않는 건 아니다. 나는 애써 태연하게, 그러나 숨길 수 없는 부끄러움을, 목구멍에서 끄집어냈다.

"네, 저는 최 순…자 요."

이에 대한 세 가지 유형의 반응을 볼 수 있다.

"네…에."

이렇게 길어진 말끝에 나직이 미소를 겸한 인간은 눈치 없거

나 애초 내가 마음에 안 들었던, 그러나 바꾸어 생각하면 자기감
정에는 꽤나 솔직한 놈이고,

"네."

간단히 대답을 마치고 화제를 바꾸는 인간은 눈치 있거나 내
첫인상이 좋았거나 하는 뭐 좀 이상한 놈이고,

뭐니 뭐니 해도 제일 나쁜 놈은 이렇게 대답하는 부류다.

"아, 좋은 이름이네요. 기억하기도 쉽고."

선뜻 밝히기도 자존심 상해서 기입할 일이 있을 때 최순지로
한 획을 흘려버리곤 했던 이름이었다. 그 우여곡절 많은 이름을
저 양반은 마치 자신이 키우는 강아지 마냥 하루에도 열두 번씩
불러대고 있었다. Miss 뒤에 성을 붙이는 세계적 추세에 발맞추
자고 요구해도 글로벌리즘은 그 날 하루뿐이었다. 어떻게 그 단
명한 기억력으로 사법고시를 합격했는지…….

4개월이 넘도록 사무실 문턱을 넘는 사람이 중국집 배달부와
집배원 아저씨였기에 그런 점에선 파리 날리는 업무 상태가 여
간 다행스러운 게 아니었다.

이평안 변호사님과의 인연은 11년 전으로 거슬러 올라간다.
고등학교 2학년 시절이었다. 뉴스에서는 매일 IMF 외환위기라고
떠들어 댔지만 체감하지 못했을 때였다. 당장 발등에 떨어진 불
은 그 다음 해에 고3 수험생이 된다는 끔찍한 현실이었다.

그러나 이름을 제외하고는 특이사항 없는 평범한 이력에 어느

날 폭격기 소음처럼 귀 따갑게 울린 전화 한 통이 엄청난 잔해를
남기고야 말았다.

부모님의 비보(悲報)였다. 작은 공장을 하시던 아빠와 엄마가
교통사고로 그 자리에서 숨을 거두셨다. 당시 작은 부품을 생산
하던 공장은 외환위기로 수출길이 막혀 공장 운영에 차질을 빚
고 있었다. 하지만 부모님은 외동딸에게 좀체 내색을 안 하셨다.
공장 운영 자금을 위해 납품 업체를 동분서주하고 서울로 돌아
오던 밤이었다. 그리고 그 날 아침의 잔상은 바로 어제 일만큼
생생하다.

"왜 그깟 학생회비도 제때 못 내서 애들 앞에서 나를 망신 주
는 거야!"

나는 부모님이 앉아 계신 안방을 향해 고지서를 힘껏 내던졌
다. 새벽에 들어와서도 시종일관 심각하게 얘기 중이신 듯 했던
엄마와 아빠는 피곤함 때문에 충혈 된 눈으로 울고 있는 나를 황
망히 올려다보고 있었다. 아빠는 바닥에서 나뒹굴던 고지서를
주워들고는 아무 말 없이 쳐다보았고 엄마는 난감한 표정을 지
으며 나를 달래려 일어섰다.

"순자야, 오늘 내려고 했어. 선생님께 꾸중이라도 들었니?"

그 순간은 엄마가 부르는 내 이름조차도 귀에 거슬렸다.

"창피하게 몇 번째야! 많지도 않고 고작 딸 하나 있으면서 이
름 지을 때처럼 무책임하게 그렇게 키우려는 거야!"

나는 내 손을 잡던 엄마의 손을 거칠게 뿌리치고 집을 뛰어 나

와 학교로 향했다. 고개 숙여 고지서만 하염없이 보고 있던 등이 굽은 아버지의 모습이, 그리고 베란다에서 나를 부르던 엄마의 애타는 목소리가 마지막 기억이다.

엄마는 그 때 약속한 학생회비를 그 이후로도 납부하지 않았다. 아니, 못했다. 그리고 나 역시. 얼마 후 나는 학교를 자퇴해야만 했다. 부모님은 힘에 겨운 물지게 같은 오천만원이라는 어마어마한 빚과 최순자라는 이름만 양 어깨에 짊어주고 떠나셨다.

정말 무책임하게…….

그 날 아침에 대한 기억은 아직까지도 나를 옭아맸다.

'차라리 공장이 파산 직전이었다고, 그래서 돈을 낼 여유가 없었다고 솔직하게 말해줬으면 좋았잖아.'

가끔씩 꾸는 그 날 아침에 대한 꿈은 늘 희비를 교차시켰다. 꿈에서 깨고 나면 젖어 있는 베개의 축축함이 성가셨지만 기억 속에서 자꾸 희미해지는 부모님 얼굴을 다시 아로새길 수 있었다. 그래서 아무리 가슴이 먹먹하다 해도 딸의 단잠을 깨우는 부모님의 느닷없는 등장 쯤은 눈감아 줄 수 있었다.

오천만원이라는 빚을 짊어지고 세상에 홀로 남겨진 내가 더 이상 학업을 유지할 수가 없어 자퇴서를 내고 집으로 향하던 날이었다. 힘내라고 토닥이는 따스한 손처럼 내 신발 위에 곱게 물든 붉은 단풍잎을 떨군 낙엽수를 올려다보다가 문득 3층의 허름한 법률 사무소가 눈에 밟혔다. 무턱대고 터벅터벅 올라가 문 앞에서 삼십분쯤을 서성이다 들어가 만난 낯선 아저씨는 내 사정을 듣고는 적극적으로 파산 신청 등의 법률 상담을 해주었다. 두 시간 쯤 후 상담을 마치고 나는 조심스레 물었다.

"실례지만 저기, 상담비가 얼마나……."

그는 머리를 긁적이며 멋쩍은 미소를 보였다.

"음… 나중에 여유 생기면 자장밥 한 그릇 시켜주면 더 없이 고맙겠어."

늦은 감이 없지는 않았지만 6년 후 나는 첫 회사에서 받은 퇴직금으로 분명 약속을 지켰다. 아니, 원금 자장밥에 복리계산으로 라조기까지 얹어서 배달을 보냈다.

그러했음에도 불구하고,

나는 여직 그 아저씨의 자장밥 주문을 위해

매일 12시 50분이면 어김없이 다이얼을 돌리고 있다. 마치 일수라도 찍듯이 말이다.

"불쾌하신 거 아니죠?"

"아, 아뇨."

나는 손사래를 쳤다. 그러나 예의상 부정하는 시늉 치고는 행동반경이 커도 너무 컸다. 족히 (심리적) 반경 1마일에 걸치고도 남을 퍼덕거림 후, 스스로도 놀라 슬쩍 그의 눈치를 살피니 그가 씨익 웃고 있었다. 과연 의미심장한 웃음이었다. 무안했다.

그는 나무젓가락을 쪼개어 내게 건넸다. 반으로 쪼개지는 '짝' 소리가 유난히 경쾌했다.

"드세요!"

그도 젓가락을 쪼개고는 선홍빛 연어 초밥을 집어 입에 넣었다. 물끄러미 보다가 나도 따라 조심스럽게 초밥을 집어 들려는 찰나,

"저, 실례지만 성함이?"

역시나 이 순간이 오고야 말았다. 차라리 구태의연히 대답하자.

"아, 예 최순자요."

얼굴이 화끈거렸다. 최대한 침착하게 보여야 했다.

"아, 네."

그러고는 연신 초밥만 먹어대는 것이 아닌가. 그러더니 대뜸,

"이름도 얼굴처럼 귀여우……."

"풉~!"

사레였다. 입에서 뿜어진 하얀 밥알들이 저들을 짓누르던 연어를 떠않고는 촉석루의 논개처럼 꼿꼿한 자세로 낙하했다.

"어머, 죄송해요."

나는 뜨악해서 젓가락을 내동댕이치고 희멀건 손을 쑥 뻗어 사방에 떨어진 밥알을 급하게 훔쳐냈다. 덩달아 그도 나를 도왔다.

"왜 놀라고 그러세요. 처음 듣는 얘기도 아니실 거면서!"

그는 넉살 좋게 웃어 보였다.

"장난하지 마세요……."

나는 살짝 애교스런 눈 흘김으로 응수했다.

그 후 세 번째 만남부터 우리는 사무실을 벗어난 곳에서 만나기 시작했다.

짧다면 짧고 길다면 긴 28년 내 인생의 첫 데이트였다. 그리고 솔로로 지냈던 음습한 내 이십대의 넋을 달래듯 진도는 초스피드를 구가했다. 그가 덥석 손을 잡아 느낀 찌릿한 전류가 채 가시기도 전에 곧 빨판 같은 그의 넓은 가슴팍에 흡착했고, 얼마 안 가 잡지에서 무스 케이크보다 달콤하다고 비유하던 (첫 느낌은 그래도 케이크보다 못했다. 실은 산낙지가 입 속에 감기는 듯한) 키스를 했다.

나는 (미용실과 은행에서 되도록 후미진 구석을 찾아 단시간에 속독해야만했던 여성지 후반부 기사부터 방문 흔적이 남지는 않을지 가슴을 졸이며 성인 인증을 거쳐 탐독하곤 했던 인터넷 야설까지) 다년간 숙달해온 이론을 바탕으로 그의 입속을 도화지삼아 혀로 알파벳을 그렸다.

게다가…

대문자였다. 대담하게도.

"너 정말 성격 화끈해. 다른 여자들과 다르게 쿨해서 정말 좋아!"

그가 그렇게 내 입술에 도장을 찍고 얼마 후, 나는 주식 계좌 개설을 위한 날인을 쿨하고 화끈하게 찍어야만 했다.

"야, 내가 나 좋으라고 하냐. 너 좋으라고 하지. 언제 신약 개발할지 몰라. 너 그럼 완전 대박나는 거야. 나도 여윳돈만 있었어도 벌써 샀을 거야."

나는 그렇게 저축 만기된 쌈짓돈으로 신약 개발 벤처회사의 (나 좋을 거라는)주식을 주당 만원씩 (본인이 못 사서 한이라는) 삼백주를 샀다. 이번에도 그는 화끈하고 쿨하다를 전제로 담백하다는 말까지 더 하며 미처 몰랐던 내 정체성을 찾아 주었다.

하지만 날이 갈수록 이 남자와의 연애 실전은 내가 습득했던 이론과 동떨어져 갔다. 보통은 평일 데이트보다 주말 데이트라는 어감이 입에 착 달라붙지 않는가. 하지만 나는 그와 입에서도 내내 겉도는 평일 데이트만 해야 했다.

"주말에는 부모님 뵈러 집에 내려가는 게 내 신조야. 너 그렇게 배려 없는 애였어?"

애는 아니지만 적어도 쿨하다는 말에 배려 지수는 비례해야 한다고 본다. 내려간다는 말도 거창한 광주(전라도 말고 경기도)였지만 신조라니 아쉬워도 별 수 없었다. 비록 주말이면 연락 두절이었긴 하지만……. 야근도 빈번해서 많아야 일주일에 이틀 만나는 정도였다.

"나 야근이야. 너 증권회사가 얼마나 일이 많은 줄 알아? 너희 회사랑은 비교도 마라."

비교는 제가 한다. 그러면서 다시 한 번 우리 회사의 곤궁한 업무량을 환기시켜주었다.

"영민씨 친구들 한 번 보고 싶다."

"뭐 하러?"

그 퉁명스런 말투에 나는 무안함을 감출 수 없었다. 그래서 뾰로통해 있자,

"뭘 그렇게 잘 삐쳐? 이렇게 둘이 있으니까 좋잖아."

그는 김새는 말로 나를 달랬다. 결국 내 정체성은 '잘 삐진다.' 하나 추가다. 젠장.

어느 날 그는 처음으로 주말 데이트를 약속했다. 나는 멋진 그와 더구나 토요일에 만난다는 설렘에 들떠 있었다. 모처럼 여유 있는 데이트였다. 그런데 키스타임이 제격인 순간, 그가 이제 막 달콤함을 선사할 입으로 난데없는 한 숨을 토해내는 것이 아닌가.

"무슨 일 있어?"

"아니야. 휴……."

"무슨 일이냐고. 말 안할래?"

"아니, 이번 인사 때 정규직으로 전환돼야 하는데 요즘 통 실적이 없어서 그렇지 뭐. 혹시 주변에 펀드나 주식할 사람 없을까? 변호사님이나 누구……."

그는 성탄 전야의 성냥팔이 소녀보다 더 애처로운 표정을 지어 보였다.

"아니다. 괜히 나 때문에 너까지. 걱정하지마."

걱정 않기엔 나도 이미 무스케이크보다 더 달콤하다는 그 금단(禁斷)의 열매를 따버린 뒤였다.

"응. 내가 여쭤볼게."

"고마워. 역시 너는……."

생략된 말은 추측이 가능하니 각설하고, 중요한 것은 지금 이 순간이 달콤하다는 것. 그는 무스케이크를 통째로 내 입 속에 퍼부었다.

3

궁서체로 '미담'이라고 쓰인 허름한 입간판이 보였다. 좁은 입구를 통해 지하로 내려갔다.

전등도 인테리어도 전체적으로 감귤 빛이 어룽어룽하게 감도는 전통 주막이었다.

"어서 와요. 오랜만이네요."

"네, 안녕하세요."

땅딸막한 키에 늘 고수하는 포니테일 머리와 희끗한 턱수염을 제법 멋스럽게 소화하는 사장님이었다.

익숙한 곳이었다. 스물두 살 시절 지영이의 첫사랑도, 그리고 (죽고 싶다는 것이 딴 이유가 아니라면) 현재도 사귀고 있을 지영이의 최근 애인을 소개받은 자리도 8개월 전 바로 이 곳에서였다. 내가 여기서 본 지영의 애인은 네 명 정도였지만 아마도 사장님라면 그의 뒤통수에 사다리처럼 꽂힌 알록달록한 머리핀 수를 압도하고도 남을 방대한 연애사의 산증인일지도 모른다.

나는 자리를 채운 꽤 많은 손님들 틈에서 단번에 지영의 뒷모습을 포착했다. 그녀는 용케도 올 때마다 같은 자리를 꿰차고 있었다. 그리고 그래왔듯 이미 두부김치 안주에 소주를 홀짝이고 있었다.

"지영아."

"어라, 우리 순자 왔니?"

휙 돌아본 그녀가 나를 안으려는 듯 팔을 활짝 펴고 발그레한 얼굴로 히죽히죽 웃어댔다. 나는 대신 그녀의 볼을 살짝 흔들어 보이고는 맞은편에 털썩 앉았다. 그녀는 잠시 아프다는 시늉을 했지만 그도 잠깐, 내가 앉자마자 역시나 멀거니 내 얼굴을 관찰하기 시작했다.

"뭔데. 이번은 또 뭐야. 전화까지 꺼놓고."

이미 내 자리를 지키고 있던 잔에 소주를 채우기가 무섭게 먼저 선방을 했다.

"너 다이어트 했지?"

그녀는 눈을 가늘게 뜨고 채근하듯 물었다.

"아… 아니. 근데 왜? 빠져 보여?"

기대에 부응코자 입술을 오므려 입 속 공간을 최대한 줄였다.

"뭘, 한 거 같은데. 얼굴이 팍 상했다야."

그렇게 단타로 선공을 치고는 무심하게 젓가락으로 김치 안주를 끼적였다.

K대학 법대까지 졸업한 지영은 역설은 알아도 반어라고는 모르는

순 맹탕이었다. 그래도 그나마 많이 유순해진 편이다. 그녀의 단점 중 하나가 바로 빈말과 칭찬에 인색하다는 점임을 익히 알기에.

지영과는 고1때 처음 같은 반이었는데 그 때는 서로 데면데면하다 고2때 다시 같은 반이 되는 계기로 둘 다 숫기가 없음에도 불구하고 단짝이 되었다. 2학년 때 자퇴서를 쓸 때는 지영를 혼자 두고 떠나는 것 같아 착잡하기까지 했다.

그녀는 남은 학창 시절을 그 직선적인 성격 탓에 외롭게 보냈지만 오히려 그 덕분에 학업에 매진하여 명문대학에 입학할 수 있었다. 나의 자퇴가 어찌 보면 그녀에게 전화위복이었던 것이다. 하지만 돌이켜 보면 외로웠던 여고시절을 보냈기 때문인지 그녀는 남자에게 더 많이 의존해왔던 것 같다. 그리고 그녀의 화려한 남성 편력은 학창 시절 그녀가 꿈꾸던 변호사의 길에서 차츰 괴리되는 결과를 낳았다. 그리고 보면 인생은 새옹지마다.

"민성씨랑 무슨 일 있었어?"

고개를 푹 숙인 채 젓가락으로 종지안의 김치만 끼적거리던 그녀가 내 물음에 차츰 어깨를 달싹이더니 기어이 눈물방울을 테이블 위로 떨어뜨리기 시작했다.

"야, 너 왜 그래?"

그녀는 쥐고 있던 젓가락을 획 던지고는 그 두 손으로 얼굴을 감싸며 복받친 듯 울기 시작했다. 나는 아무 말 없이 그녀에게 휴지를 건넸다. 한참을 흐느끼던 그녀가 고개를 들어 휴지로 코를 팽하니 풀고는 소주병을 흔들었다.

"사장님, 소주 한 병요."

눈 주위는 본궤도에서 한참 빗겨나간 인조눈썹이 마치 블랙홀처럼 검게 번져 있던 마스카라 속으로 빨려가는 듯 했다. 소주를 건네는 사장님은 그런 여자들을 많이 보았던지, 지영이의 과거만으로도 이미 익숙해진 건지 기괴한 그녀의 얼굴을 보고도 태연자약했다.

"그 나쁜 새끼가 바람났어."

그녀에게서 한 대여섯 번은 들었던 레퍼토리다. 그 중 한 놈은 스코어도 3이었다. 그녀는 소주잔을 기울였다.

"그것도 아주 어린 계집애야. 인사과 신입사원이래……."

이 대목도 이미 서너 번. 바람나는 남자의 새 여자는 대개 과거의 여자보다 어리다. 이것도 그다지 대수롭지 않다. 또 대부분 회사의 여자 신입사원들은 그 해의 혜성으로 떠오르고 해가 갈수록 떨어지는 별**똥**별이 된다. 이런 자연의 섭리를 연애깨나 한 지영이 모를 리 없다. 나도 말없이 내 소주잔을 기울였다.

"내가 그렇게 울며불며 매달렸는데, 쪽팔리게……."

정작 쪽팔린 것이 입가에 건하게 고인 침이라는 걸 아는지 지영은 팔소매로 입을 훔쳐냈다. '젊은이의 양지' 하희라와 '청춘의 덫' 심은 하는 사내 여럿은 후리고도 남을 빼어난 얼굴을 하고서도 이종원에게 울며불며 매달리는 등의 갖가지 수모를 감내해야 했다. 이들에 비하면 지영은 빼어난 얼굴도 아니다.

"나 4주래. 어쩌면 좋아?"

사랑 빼고는 영민한 이 친구가 때도 없이 논산 훈련소 입소기간 확인, 혹은 '부부 클리닉-사랑과 전쟁'에서 매 회 빼먹지 않고 신구씨가 뵙겠다고 하는 이혼 숙려기간 따위를 뇌까리는 것은 아닐 것이다.

"뭐?"

그녀는 턱을 괴고 괴로운 듯 머리를 설레설레 흔들었다.

"아니길 바랐는데. 생리 때가 지나서 혹시나 테스트기로 해봤는데……."

그녀는 또다시 술잔을 채웠다. 나는 얼른 그녀가 쥔 소주병을 낚아챘다.

"그런데 마셔? 너 미쳤어? 그 자식한테 말한 거야?"

그녀는 힘없이 고개를 끄덕였다. 두 눈에서는 덜 잠긴 수도꼭지처럼 삐죽삐죽 눈물이 새어나왔다.

"지우라지 뭐! 피임 안 하고 뭐 했냐고. 헤어진 마당에 자기 발목 잡는 거냐고. 수술비 준다고 쿨하게 해결하고 헤어지자고……."

빌어먹을 또 쿨이다. 쿨한 거 따지는 거 보니 애당초 글러먹은 놈이었다. 에라이.

아일랜드 시인이자 소설가인 와일드는 말했다.

– 여자는 남자의 공격을 처음에는 필사적으로 막으려 들고, 그 다음부터는 남자의 퇴각을 필사적으로 막으려 든다.

그러나 나는 초지일관 필사적인 수비가 약했다.

"우리 쿨하게 헤어지자."

영민은 하고 많은 수식어 중에 하필이면 또다시 나에게 '쿨' 이라는 말을 썼다. 그는 내게 마음이 식었다고 했다. 식어서 cool 하게 헤어지자고 한 건지 뭔지…….

그러고 보니 그 전처럼 어쩌다 한 번씩 내 집에 불쑥 찾아와 침대 속으로 달려들지도 않았고, 이제는 제 입 안에서 내 혀가 필기체를 그리는 득도의 경지인데도 심드렁한 표정이었다. 경제권이 없는 변호사님 등 내 주변이 그의 영업 실적에 그다지 도움이 되지 못했지만 내 주식 계좌에 찍힌 인주가 채 마르기도 전이었다. 그러나 하필 아킬레스건 격인 '쿨'을 써대는 바람에 바짓가랑이를 잡고 늘어질 수도 없었다.

그 자식은 마지막으로 이런 말을 했다.

"순자야. 사랑은 give and take야."

누가 영업맨 아니랄까봐 꼭 티를 낸다. 영업 수완 매뉴얼에나 나올 법한, '수요와 공급법칙' 엇비슷한 골 때리는 말을 남기고는 또다시 '영웅본색'의 주윤발처럼 옷자락을 펄럭이며 유유히 떠났다.

'give and take.'

그래. 나는 그 자식에게 영업수당을 챙겨주었고, 그 자식은 내게 무스 케이크가 제일 달콤하지 않다는 진리를 깨닫게 해줬다.

지영은 다행히 죽지 않고 나와 함께 택시를 타고 귀가하고 있었다. 혹여나 지영이로부터 네 글자의 문자를 통보 받은 사람은 날밤을 새우고 있을는지 모른다. 어쨌든 지영의 술잔을 낚아챈 후, 도리어 내가 그녀의 몫까지 거나하게 취하고 말았다.

　나는 망설임 끝에 술의 힘을 빌려 근 한 달 만에 현우에게 전화를 했다. 신호음이 얼마 안가고 끊겼다. 그리고 다시 걸었을 때는 전원은 이미 꺼져 있었다. 양화대교를 건너는 택시 안에서 지영은 배를 손으로 감싸고 말없이 야경을 바라보고 있었다.

　- 다음 곡은 김광석의 '서른 즈음'에 입니다.

　심야 라디오 프로에서 감미로운 기타 선율이 흘러나왔다

또 하루 멀어져 간다/ 내 뿜은 담배연기처럼

작기 만한 내 기억 속엔/ 무얼 채워 살고 있는지

점점 더 멀어져 간다/ 머물러 있는 청춘인줄 알았는데

비어가는 내 가슴 속엔/ 더 아무것도 찾을 수 없네

계절은 다시 돌아오지만/ 떠나간 내 사랑은 어디에

내가 떠나보낸 것도 아닌데/ 내가 떠나온 것도 아닌데

조금씩 잊혀져간다/ 머물러 있는 사랑인줄 알았는데

또 하루 멀어져간다

매일 이별하며 살고 있구나

매일 이별하며 살고 있구나

　지영은 서투른 음정으로 마지막 소절까지 나직이 읊조렸다. 어느 때보다 더 먹먹하게 들려오는 가사였다. 그녀는 차창을 조금 내렸다.

　"세월 참 무서워. 스무 살로 되돌아가고 싶다. 모든 다 잘 해낼 수 있을 텐데……."

　세상 풍파에 닳고 닳은 강바람이 그런 일은 있을 수 없다고 따끔하게 훈계라도 하는 듯 모질게 얼굴을 때려왔다.

　나도 두렵고 무섭다. 언제 쥐어졌는지는 모른다. 처음에는 저 멀리 끝도 보이지 않을 것 같았던 끈이었다. 그 끈을 타고 내려오며 반대편 끈에 매달린 다른 이의 발끝에 채이기도 했고, 차기도 했으며, 동그르르 끈이 말려 푸는데 고생했고, 그래서 정체해야 했고, 결국 끊겨 떨어지는 사람도 보았다. 누구의 것은 굵어서 안정감 있었고 화려해서 좋아 보이기도 했지만 그러나 그 끝은 매한가지였다.
　어느새 나도 매듭의 끝을 향해 내려오고 있고 올은 조금씩 풀려가고 있다. 저 아래는 희미하다. 무사히 안착할 수 있는 편편한 바닥인지 아니면 추락하는 낭떠러지 인지 알 수 없다.
　그래서 이 마지막 끄나풀을 발버둥 치며 움켜잡고 있다.

제5장

10점짜리 여자

1

입 속에서 혀가 바싹 마른 단풍처럼 아릿하게 달싹거렸다. 목은 무언가에 의해 갑갑하게 옥죄여 있었다. 얼굴에 와 닿는 햇살이 유난히 성가시다. 몸을 옆으로 돌리고 굼벵이처럼 웅크렸지만 이번에는 등에 볕이 넓게 돗자리를 편다.

항복하듯 무겁게 눈꺼풀을 들어 올렸다. 젖혀진 방문 너머로 냉장고가 요란한 모터소리를 내며 둔중하게 서 있었다. 눈을 치켜떴다. 침대 바로 옆 협탁 위에는 레이스로 둘려진 갓이 달린 하얀 전등에 괴리감을 불러일으키는 맥주 한 캔이 오도카니 놓여 있었다.

'젠장. 소주랑 짬뽕했네. 그나마 하나라……'

등이 사우나 맥반석에 기댄 것처럼 뜨거웠다. 간밤에 그대로 걸치고 잔 검은 터틀넥은 오롯이 태양광선을 삼키며 흡열하고 있었다.

'무슨 늦가을 볕이 이다지도 뜨거운지.'

손을 뒤로 젖혀 뻗었지만 커튼에 좀처럼 닿을 기미도 없어 몸을 벌떡 일으켰다. 그리고 내 과음에 대한 모든 책임을 전가하듯 애꿎은 커튼만 신경질적으로 쳐냈다. 다시 침대로 파묻히려 몸을 떨어트리는데 바닥에 나뒹굴고 있는 맥주 서너 캔과 과자 봉지와 부스러기가 보였다.

'미쳤어. 대체 얼마나……'

그 순간. 위가 들썩이더니 마치 마그마 같은 무언가가 역류하며 순식간에 식도를 타고 분출 시도를 하였다. 나는 재빨리 손으로 입을 막고 화장실을 향해 뛰어 갔다. 그 사이 입 속이 묵직해왔다. 웅크려 변기를 부여잡고 고개를 처박았다. 그리고 몇 번 괴성을 내지르며 혀끝에 닿는 마지막 이물감까지 게워냈다. 변기 속이 마치 눈 덮인 흰 산을 뒤덮은 붉은 용암 지대 같았다. 악취가 스물스물 아지랑이처럼 피어올라왔다.

화산 지대는 과연 어떤 지독한 냄새가 날까. 한 때 대뇌를 자극시켰었고, 내 미각을 만족시켰었고, 불과 몇 분 전까지 내 몸 안에 온전히 있다 대사 과정을 거쳐 에너지로 쓰일 것들이었는데 어느새 오물 처지로 전락해버렸다. 순간이지만 암모니아 보다 독한 냄새를 감내했을 내 장기(臟器)들에게 연민을 느꼈다.

모든 것들이 마찬가지다. 그 흔한 사과 껍질 하나도 내내 손에 쥐고 깎아내던 것이 쓰레기통에 버려지고 나서부터는 미간을 좁히며 엄지와 집게손가락으로 최대한 접촉 면적을 줄여 아슬아슬하게 쥐어야만 하는 처지가 되어 버린다. 또 내 안에 있던 유기물이 항문 한 겹의 출구를 통해 때로는 내 것이었다는 존재도 부인하게 만드는 역겨운 똥으로 그 신분이 훼손된다. 욕이라는 것도 내뱉어진 순간 도덕적이지 않은 것이 되고, 사랑이라는 말도 그 입을 넘는 순간 한 때의 추억을 차츰 변질시켜간다. 그래서 이 말이 어디서나 빈번하게 쓰이는 걸까.

'이 선을 넘지 말라는-'

변기 물을 내리고 그대로 바닥에 주저앉았다. 내 안에 있었던 것들이 소용돌이를 그리며 떠내려가고 있었다. 그것이 별스런 애상을 부추겼든 애초 불필요한 물질이었든 어쨌건 일말의 상실감처럼 헛헛하게 와 닿았다. 일어서다 순간 어지럼증에 비틀했다.

화장실을 나와 냉장고 문을 열었다. 냉장실 안의 냉기가 전신에 와 닿아 진땀을 식혀주었다. 생수병 뚜껑을 틀어 입에 대려는데 순간 폐부 깊숙이 스며드는 한기를 느꼈다. 경계하듯 거실을 천천히 훑어보았다. 신경과민인가. 갸우뚱하고는 다시 머리를 뒤로 젖히고 병을 입에 갖다 대다가 불현듯 시선이 현관문 쪽에 미쳤다.

"!"

없었다. 아무것도 없었다.

"설마, 술김에?"

감히 미아를 찾아 헤매는 어미 심정에 비할 수 있을까마는 나는 실성한 듯 방 안, 옷장 안, 침대 밑, 화장실, 욕조 안, 베란다, 싱크대 안을 샅샅이 살폈다. 동선이 길어질수록 조급함이 더 해져 가슴이 벌렁거렸다. 겨우 책 두 권 정도 들어갈 만한 조그만 틈까지 엎드려 이리저리 뒤져 보았다. 내가 찾는 건 작은 동전 따위가 아니었다. 허나 만날 코딱지만 한 집이라고 지청구하던 이곳 아무데서도 라면 박스보다 더 큰 트렁크는 보이지 않았다.

트렁크가 놓여있던 자리에 그대로 주저앉았다. 네모반듯하게 회색 먼지가 앉아 있었다. 문 옆에 횡뎅그렁하게 자리 잡고 있던 트렁크가 지우개로 지워낸 것처럼 그 어스름한 흑연 자국만 남겨 놓고 사라져 버렸다. 일종의 내 영역을 되찾은 것이니 홀가분해야 했다.

그런데 이 기분은 뭘까. 왜 또다시 부모님을 여의고 느꼈던, 어느 낯선 세상에 홀로 떨어진 듯 두려움이 앞서는 것일까. 자식을 찾는 어미가 아니라 내가 바로 미아가 돼 버린 것 같았다.

웅크려 굽은 다리를 양 팔로 감싸고는 얼굴을 묻었다. 시야에 무언가가 반짝였다. 현관 문 우유 투입구 바로 밑, 벗어 놓은 신발 사이에 급히 손을 뻗어 신발을 헤쳤다. 그것은 그가 마치 노획한 전리품이라도 되는 양 손가락으로 휘휘 돌리고 다니던 엄지손톱만 한 은빛 야구공 모형이 달린 열쇠고리였다. 그리고 그 끝에는 말린 작은 종이가 꽂혀 있었다.

힘주면 금세 부스러질 빛바랜 보물지도처럼 부들부들 떨리는 손으로 조심스레 펴보았다.

[잘 있어라. 그동안 고마웠다.]

시야가 어지럽게 일렁거리기 시작했다. 눈 가에 작은 동그라미들이 그렁그렁 맺히다가 이내 톡 터져 볼을 타고 흘러내렸다. 코끝이 시큰했다.

잘 있으라는 안부나, 고마웠다는 멘트 따위에 감격한 것은 절대 아니다. 그나저나 도대체 뭐가 고맙다는 건지. 트렁크에 짐을 채우는 수고를 대신 해주어 고맙다는 건가. 약 오르지만 대신 빼놓은 전동칫솔이 있으니 좀 낫다. 아님, 한 달 고이 맡아주어 고맙다는 건가. 그렇담 수차례 걷어차서 옆면이 쑥 들어간 것은 모르나 보지.

나는 '진달래꽃'의 그 누구처럼 말없이 고이 보내드릴 수는 없었다. "그래. 이 나쁜 자식아! 가다가 자빠져서 코나 깨져……."

어느새 보물지도는 금방 물 속에서 건져낸 듯 목적지를 잃고 물기로 너덜너덜 해져 있었다.

2

역시 인간이란 망각의 동물이었다.

나는 낮에 변기를 부여잡아야 했던 고된 기억들까지 하수도로 떠내려 보낸 사람처럼 바닥에 주저앉은 채 침대에 기대어 연거푸 맥주를 홀짝이고 있었다. 컴퍼스처럼 양쪽으로 뻗은 양 다리 사이로 구겨진 맥주 네 캔과 앙상한 치킨 뼈와 육포 쪼가리가 나뒹굴어져 있었다. 방 안은 어두웠다. 단지 명멸하는 텔레비전의 불빛이 방안을 노르스름하게 달구고 있었다.

대한민국이라는 이 조그만 땅덩어리에 코미디언이 이토록 많았던가 오늘에야 비로소 실감하게 된 것 같다. 낮부터 줄곧 시청한 오락프로에서 코미디언을 최소 오십 여명은 보았다. 물론 동시에 여러 프로에서 활약하기도 했다. 하지만 그들은 적재적소에 배치된 멀티 플레이어 선수처럼 어디서나 유쾌했다.

'개구리 왕눈이'를 보고는 엎드려 코를 박고 엉엉 울던 유년 시절, 텔레비전 속에서 시종일관 폭소를 자아내는 희극배우들을 보면서 저들이야말로 (당시 내가 최고로 좋아하던 떡볶이를 포기하고 주일마다 헌금 삼백 원을 다해 믿어오던) 그 신이 가장 어여삐 여기는 존재임이 틀림없다고 확신해 마지않았다. 그러니 선교사처럼 세상 어느 누구에게나 행복이란 바이러스를 전파할 수 있지 라며. 그런 일종의 동경이 허물어진 퍼즐처럼 산산이 조각난 것은 어렸을 때 영화 '모던 타임즈'를 보고 난 후다.

나는 안방에 엎드린 채 그림 숙제를 하다 우연히 VTR 밖으로 얼굴을 슬쩍 내민 비디오테이프를 보고 호기심에 도로 밀어 넣고 재생버튼을 꾹 눌렀다.

밤같이 어둠뿐이 어떤 이상한 회색 나라에서 고되게 일만하고 나자빠지고 넘어지기 일쑤인 수염 난 할아버지를 보고난 후 불쌍한 마음이 가시지 않아 그를 개구리 왕눈이가 사는 환하고 아름다운 무지개 연못에 그려 넣어 주었다.

그로부터 며칠 후 아빠가 재밌는 영화를 보자며 재생한 것은 또 그

비디오였다. 재밌다니… 하물며 부모님은 그의 동작 하나하나에 박장 대소까지 하는 게 아닌가. 나는 그 순간만큼은 엄마아빠가 신데렐라를 구박하는 계모와 배다른 언니들 같고 개구리 왕눈이를 괴롭히는 투투 같아서 잔뜩 골이 났었고, 아빠가 하나에 10원씩 쳐주던 하얀 머리대 신 검은 머리를 스무 개 남짓 왕창 뽑아 버렸던 웃지 못 할 아련한 기 억이 있다.

하지만 그 뒤 나는 알았다. 그것이 전 세계적으로 히트한 코미디 영 화였다는 것을. 그리고 수염 난 할아버지는 자국을 넘어 이미 전 세계 적으로 저명한 희극배우라는 사실을. 그리고 그 후 어느 샌가 나도 찰 리채플린의 마임에 낄낄거리는 어른이 되어 있었다.

우리는 소위 코미디언들의 실생활도 무대 위에서처럼 항상 유쾌할 것이라 생각하고 있다. 그래서 우스갯소리로 신랑감 후보 상위권에 항 상 랭크되는 코미디언들과 결혼하면 배우자의 엉덩이에는 터럭이 우 후죽순처럼 자랄 것이라는 속된 농도 하곤 한다.

그러다 몇 년 전, 당시 최고 인기 개그맨이었던 이의 인터뷰 기사를 보았다. 항상 보아오던 밝고 명랑한 그의 익숙한 모습과 달리, 그는 무대 아래서는 감정 기복이 심해 슬픔을 많이 느끼고, 말수 적으며, 열 등감도 많다며 자신의 성격을 제법 진솔하게 밝혔다. 그 고백이 내겐 적잖이 충격으로 다가왔다.

부모님의 사고 후 계속된 불행으로 신뢰를 무참히 앗아간, 그래서 어린 날 구멍가게를 애써 외면하면서까지 보여 주었던 믿음을 저버 린 죗값을 모조리 토해내라고 따지고 싶었던 그 옛날의 신이 적어도 항상 웃음의 여유가 있는 이들에게만 존재하는 게 아니겠다는 생각이 들었다. 그런 자각이 있고 얼마 후 나는 원인 모를 열병으로 홀로 끙끙 앓아야 했다. 그리고 속이 탈 듯 조갈을 느꼈다. 고통의 시간 속에서 거듭 자문하니 병인(病因)은 신의 배신도, 그 밖의 다른 이유도 아니었다. 바로 스스로 놓아버린 내 자신에 대한 자책 때문이었다.

탈진할 정도로 꺼이꺼이 울었던 그날 밤이 생각난다. 열린 창틈으로 유난히 진한 아카시아 향이 봄바람에 묻어 들어왔었다.

그리고 기력이 회복될 즈음에 광화문을 걷다 이끌리듯 서점에 들어갔고 묘한 설렘으로 검정고시 서적들을 들춰보기 시작했다.

고개를 뒤로 젖히고 캔 속 맥주를 입 속에 흔들어 넣었다. 한 두 방울이 혀끝에 떨어져 알싸함을 돋워 주었다.

"어라, 이게 뭐야? 누가 내꺼 다 마셨어?"

어느새 양 다리 사이가 예닐곱 개의 맥주 캔으로 꽉 들어차 있었다. 손에 쥐었던 마지막 캔을 배가 해쓱해지도록 구기고는 바닥에 떨어뜨렸다. 나도 그대로 비스듬히 쓰러졌다. 시야에서 핸드폰의 파란 램프가 반짝였다. 가만히 쥐어서 엄지로 슬라이드를 올렸다 내렸다 반복했다.

10분 쯤 후 망설임 끝에 1번을 꾹 눌렀다. 신호음이 얼마 안가다 끊겼다. 다시 시도해 보았다. 역시 마찬가지였다. 실타래에서 풀린 실처럼 눈물 한 줄기가 주르륵 흘러내렸다.

"젠장, 괜히 했네."

알코올은 이게 문제다. 감정 선을 자극한다. 그리고 누선(淚腺)도 헐겁게 만들어 놓는다. 게다가 지금은 밤이다. 모든 것을 어둠으로 잠식하는 밤은 사람들의 근성에 내재된 소심함과 두려움까지도 송두리째 삼켜버린다. 그리고 근거 없는 배짱과 용기를 북돋워준다. 그러나 문제는, 정작 다음날은 나 몰라라 한다는 것이다.

돌이켜보면, 나는 지금 이 어둠을 맞이하기 위해 내내 오락프로로 시간을 죽이며 낄낄거렸던 것이다. 웃는 일로 초조함을 달래며 시간을 때웠고, 게다가 내가 먹어 치운 맥주는 윤활유처럼 매끄럽게 타당성을 제시해 주었고, 또 어쩌면 빵빵하게 만든 방광처럼 대범하고 관대하도록 내 뇌세포를 넉넉히 불려 주었다. 내가 그에게 수신거부 대상이 된 것보다 끔찍한 사실은 이 최적의 조건들을 온전히 써먹지 못한 결과이리라.

눈꺼풀이 무거워져 왔다. 텔레비전에서는 애국가가 흘러나오고 있었다. 영상에는 최근 몇 년 들어 일본의 야욕으로 인해 더욱 애틋해진 독도가 호젓하게 떠 있었다. 그리고 그 주위를 에워싼 푸른 바다 위를 흰 갈매기가 끼룩끼룩 날아다니고 있었다. 유치원 때 배운 상투적인 의태어 그대로 그저 '훨훨' 날고 있었다. 저 새는 무엇 때문에 저리 큰 날갯짓을 하며 날고 있을까.

그러나 그 새의 여정을 미처 다 보지 못한 채 눈꺼풀이 감기고야 말았다.

훨훨 날고 싶다. 푸른 바다 위를.

얼마나 시간이 지났는지 모르겠다. 배가 바람 넣은 풍선 같았다. 뱃

속에 갇힌 누군가가 나가고 싶다며 그 내벽을 두드려대고 있는 듯 묵직한 방광에서 찌릿함이 느껴졌다. 피로함에 그 아찔한 신호조차 묵살하고 싶었지만 그러기에는 11월, 새벽녘의 추위가 더 아찔했다. 몸을 웅크리고 팔로 감쌌다. 바닥의 냉기가 전류처럼 온 몸을 타고 흘렀다. 결국 백기를 들어 올리듯 눈꺼풀을 치켜떴다.

어두웠던 방은 어스름한 빛이 감돌았고 여전히 텔레비전 화면이 환하게 명멸하고 있었다. 몸을 일으켜 세우는데 머리가 지끈했다. 관자놀이를 지그시 누른 채 일어나 화장실을 들렀다 나오고 보니 바닥은 지난밤의 흔적들로 어질러져 있었다. 핸드폰을 보니 시계는 6시 20분을 알리고 있었다. 텔레비전을 끄려 손을 뻗는데 큰 건물을 비추는 화면 아래로 신약개발 어쩌고 무어라 쓰여 있는 자막이 빠르게 스쳐 지나갔다.

"밤의 그 빌어먹을 감수성을 억제시키는 신약이라도 개발하라지. 아무튼 그러거나 말거나……."

텔레비전을 끄고 그대로 침대위에 쓰러졌다.

'이대로 스물 네 시간을 죽은 듯 잠들어있다 출근하면 좋겠다.'

폭신하게 감기는 솜이불에 발끝까지 숨기니 온 몸이 노곤하게 풀어졌다. 눈이 스르르 감기려는 순간이었다. 적요한 집 안에서 벨 소리가 요란하게 울렸다. 정신이 번쩍 들었다.

'현우?'

나는 이불을 걷어차고 벌떡 일어나 바닥에서 울려대는 핸드폰을 집어 들었다.

“뭐지?”

그러나 저장돼있지 않은 번호였다. 받을까 망설이는 사이 전화는 끊겼다. 그러나 곧바로 다급하게 다시 울리기 시작했다.

“여보세요?”

“순자야!”

누군가 대뜸 내 이름을 부르고 있었다. 귀에 익은 목소리였다. 그러나 현우는 아니었다.

“누구?”

“나야, 이영민!”

순간, 이영민이란 이름 석 자가 생경하게 느껴졌지만 서서히 첫 만남 때 사무실에서 그가 건넨 명함을 바라보던 장면 장면이 재생됐고, 정신을 번쩍 들게 만든 마지막 정지 영상은 다름 아닌 이틀 전 인사동에서의 깡통 투척 사건이었다.

(뭐야. 그때 얘가 깡통에 맞았었나? 아닌데. 근데 어떻게 알고 전화했지?)

내가 혼란스럽게 사건일지를 반추하는 사이 고요한 침묵이 흘렀다.

“야! 최순자!”

“어… 왜?”

“야! 너 저번에!”

그가 톤을 높였다.

(저번? 뭐야. 그 때 나를 어떻게 본 거지? 뭐라고 둘러대지? 에라, 모르겠다.)

"아니, 난 그냥 넌 줄 모르고. 쓰레기통에 던지려던 것이……."

나는 잔뜩 움츠리고 기어들어가는 목소리로 대꾸했다.

"아니, 애가 또 무슨 자다가 남의 다리 긁는 소리야? 꿈꿨어? 나야 이영민. 벌써 잊어버린 거야? 이런, 섭섭한데."

그는 또 주특기답게 능청스럽게 응수했다. 아무튼 헛짚은 것 같았다. 이래서 도둑이 제 발 저리나 보다. 어쨌든 나로서는 다행이었다.

"어, 근데 갑자기 웬일이야?"

그 말이 절로 입 밖으로 나왔다. 이제와 지가 쿨하지 않게 전화하는 이유는 무엇인가.

"최순자! 축하해! 진짜 내 말 듣기 잘했지?"

(애야말로 꿈을 꿨나? 갑자기 전화해서 뜬금없이 뭔 축하? 이영민에게 최순자가 둘이었나? 설마, 그렇게 책임감 없이 작명하는 부모를 둔 아이가 재 주위에 또 있다고? 아니, 그럼 뭐지? 내가 요즘 축하받을 일이 있었나? 설마, 나 차인 거 어디서 듣고 놀리나?)

머릿속이 복잡했다. 그도 그럴 것이 워낙 의뭉스런 놈이다.

"무슨 소리야?"

"아직 뉴스 안 본 거야?"

뉴스라는 말을 듣는 순간 나는 우두망찰했다. 등줄기에 한기가 훑고 지나갔다.

(설마! 말도 안 돼! 데자부야 뭐야? 진짜 뉴스에 '변호사 남편, 아내 살인' 이 기사가 난 거는 아니겠지?)

"무슨 뉴…스?"

그는 뜸을 들였다. 심장에서는 누군가가 제자리 뛰기를 하고 있었다. 불현듯 유치장 안에 앉아서 말려 올라간 양복바지 아래로 알이 밴 농익은 종아리를 반쯤 노출하고 손목을 사정없이 죄는 수갑을 차고 있을 변호사님의 침통한 표정이 떠올랐다.

그리고 걷잡을 수 없는 망상이 사무실에 걸렸던 자신의 사진 액자판 위로 (춘향이가 옥에서 차고 있던 네모 기다란 칼처럼) 봉두난발한 머리만 쑥 나온 채 혀를 죽 빼고 부패되고 있을 또 하나의 참상을 떠올리게 했다.

(변호사님 안 돼요, 안 돼!)

나는 눈을 질끈 감았다.

"설마… 아니지?"

"아니긴. 축하해, 순자야. 너 대박 난거야."

"대… 대박?"

나는 눈이 휘둥그레 졌다. 사모님이 나를 유산 상속인으로 해두었을 리는 없다. 그런데 무슨 대박?

"야, 내가 뭐랬냐. 그 벤처회사 신약 개발 반드시 할 거라고 안 했냐?"

"뭐?"

"뭐야. 너 진짜 요새 뉴스 안 봤어?"

"……."

순간, 멍했다. 그러다 문득 바로 몇 분전에 일별했던 뉴스 화면을 상기했다. 영민이 뭐라 떠드는 소리는 귀에 들어오지 않았다. 굳은 표정으로 나는 전화를 침대 위에 던지고 텔레비전 전원을 켰다. 그러나 그 회사 관련 소식은 없었다.

'설마, 장난하는 것은 아니겠지?'

급히 컴퓨터를 전원을 켰다. 부팅되는 시간이 뭐 이리도 긴지. 검색창에 떨리는 손으로 타자를 쳤다.

'**qkdldh vbcj**.'

"에이, 뭐야."

신경질적으로 한영 키를 두드렸다

'**바이오 퓨처**.'

또박또박 다시 치고 엔터를 꾹 눌렀다. 그리고 긴 로딩 시간을 틈타 잠시 숨고르기를 하였다. 이윽고 화면에 실시간으로 올라온 회사 관련 인터넷 뉴스가 가득했다. 굵은 글씨체의 머리기사가 눈에 띄었다.

– (주)바이오 퓨처. 인간 페로몬 성분 밝혀……. 이를 합성하는 신기술 개발. 실용화 눈앞.

3

2년 전 쯤 시내를 걷다가 한 좌판에 유독 많은 인파가 모여 있는 것을 보았다. 남자 상인은 '사랑의 묘약'이라고 써 붙인 패널을 높이 쳐들고는 이성을 유혹할 수 있다는 페로몬이라는 성분의 과학성을 사진 자료로 입증했고 뒤이어 그 성분을 다량 함유하고 있다고 선전하는 향수를 판매하기 시작했다.

그 때 내 잠재된 기억 속에 침잠해 있던 '사랑의 묘약'이 두둥실 떠올랐다.

그보다 더 예전에 소개팅으로 만난 2대 8가르마가 고리타분해 뵈는 남자가 오페라를 좋아하느냐고 꼭 저 같은 질문을 해왔다. 뮤지컬이나 연극을 연례행사처럼 봐 오기는 했으나, 오페라는 과연 그 어감조차 생소했기에 그 와중에 불현듯 중학생 때 단체 관람했던 오페라 '사랑의 묘약'이 떠오른 건 어찌 보면 소개팅이라는 미묘한 탐색전 속에 우위를 선점하려는 생존본능의 발현이 아니었을까 싶다.

어떤 연유로 하고많은 문화생활 체험 중 그 공연이 채택되었는지는 알 수 없다. 아마 주최 측인 시민회관에서 우리 중학교에 단체 할인권을 제공했을 것이라는 짐작뿐이다.

어쨌건 그 당시 영화관도 익숙지 않던 내가 처음 접한 그 넓은 객석과 무대는 어린 내게 큰 호기심과 설렘을 선사하기에 충분했다. 하지만 애석하게도 남은 잔상은 오로지 그 생경함에 대한 기억뿐이다.

나는 누군가와의 진지한 만남에 반드시 수반되는 통과의례적인 질문들, 그래서 흡사 돌덩이 같은 침을 힘겹게 삼켜내고서 애써 태연하게 대꾸해도 으레 이어지던 그 어색한 침묵을 감당할 수 없어 별도로 상황 대처능력까지 요구되었던 항목(예를 들면, 가족관계는? 학벌은? 등) 끄트머리에 별도로 오페라를 추가시켰다. 누군가가 또 내게 던질 유사한 질문에 대비하기 위해, 그리고 한 번이라도 보았던 사람으로

서의 흔적을 남기기 위해 검색해 본 '사랑의 묘약'의 줄거리는 아래와
같다.

  19세기 이탈리아의 작은 마을. 마을 청년 네모리노는 아디나를 사
랑하지만, 아디나는 자신의 매력에 자신만만한 벨 코레 하사관을 맘에
들어 한다. 둘 카마라 박사가 마을에 도착하여, 사기 조제약을 만병통
치약이라 선전한다. 네모리노는 사랑의 묘약을 찾고, 둘 카마라는 사실
적포도주를 묘약이라며 이를 제공한다. 아디나는 그동안 벨 코레와 결
혼하기로 허락한다. 약효가 아직 부족하다고 생각한 네모리노는 묘약
을 더 필요로 하지만 돈이 없어서, 벨 코레의 부하로 징집되기로 한다.
한편, 마을에 네모리노가 굉장한 재산을 물려받았다는 소문이 퍼지고,
마을 처녀들이 그의 환심을 사려한다. 이에 네모리노는 묘약의 효과가
퍼지기 시작했다고 생각한다. 이는 아디나의 질투를 유발하고, 둘 카마
라는 그녀에게 네모리노가 그녀의 마음을 얻기 위해, 징집에 응했다고
말한다. 그녀는 후회하고, 네모리노의 징집영장을 대신 돈으로 지불한
후 벨 코레와의 결혼을 무마시킨다. 네모리노와 아디나는 결혼하고, 둘
카마라에게 속은 줄도 모른 채 감사해 한다. 마을 사람들은 그를 환송
하며 막을 내린다.

  어린 시절의 생소한 추억과의 연관성 때문인지 나는 과연 물의 비
율이 얼마나 되는지도 알 수 없는 그 페로몬 향수 값을 덜컥 지불했고
고이 아껴두다 첫 애인 영민과 데이트를 시작할 무렵부터 뿌리기 시

작했다. 그런데 어찌나 빨리 향이 휘발하는지 두 시간도 채 유지돼지 않았기에 여기저기 뿌려댔는데 되려 영민은 향수 냄새가 진하다고 무안을 주었었다. 하긴 나마저도 그 냄새에 신경이 곤두설 지경이었으니. 게다가 쓰기 시작한 후 손목과 목 주위에 올라오던 붉은 반점이 간지럽기도 했다.

지영이 자신의 자궁에 허락 없이 터를 잡은 어떤 작은 생명의 등장으로 눈시울을 적시고, 현우가 내 마음 속에 세웠던 집을 허가 없이 처분하고 나간 뒤 내가 그 공허함과 헛헛함을 소주 두 병과 맥주 열 세 캔 분량의 알코올로 채우고 있던 사이, 세계적 제약회사는 바이오 퓨처와 전략적 제휴를 위한 조인식을 체결했고, 인간 페로몬을 이용한 신약개발에 착수할 예정이라고 밝혔다. 이번 기술 이전으로 바이오퓨처는 계약금, 기술료와 특허만료 기간까지 로열티를 확보하게 된단다.
며칠사이 바이오 퓨처의 주가는 그야말로 폭등해 있었다. 중요한 것은 1년여 전 쯤 한 주당 만원씩 샀던 주식이 순식간에 약 20배로 뛰었다는 사실이다. 종자돈 삼백만원이 어느새 육천만원으로 불어나 있었다.
나는 의식적으로 연거푸 눈을 비볐다. 눈앞에 벌어진 경이로운 상황을 대하는 사람이라면 누구나 하곤 하는 의무이자 하루아침에 대박난 사람들에게 주어지는 일종의 특권 같았다. 근데 대체 동그라미가 몇 개냐.
'60,000,000원.'

재복 있게 태어난 누구에게는 명품 백 몇 개. 혹은 차 한 대 값일 수도 있지만 삼백만원도 1년 가까이 빠듯하게 모은 나로서는 실감이 나지 않는 액수였다.

'과연 내 돈이 맞기나 한 것일까? 두 손으로 감싸쥐자마자 동그라미들이 탁구공처럼 통통 튕겨지며 굴러 떨어지지는 않을까?'

나 정도의 평범한 직장인 여성을 기준으로 평균 혼수자금을 어림잡아 보면 대략 삼천에서 많게는 오천만원 정도로 추정할 수 있다. 뭐 외모가 출중하면 빚 있어도 다 가는 결혼이라지만 나는 예쁜 편도 아니었고 게다가 혈혈단신이므로 이런 약점들을 보완하기 위해서는 오로지 평균에 근접하게 돈을 모아야 했다. 이 집 이천에, 천만원짜리 적금을 붓고 있긴 하지만, 결혼은 어림도 없었다.

그런데 어쩌다가 이 낡은 연립을 제외하고도 내 수중에 육천만원이 쥐어졌다. 순간 다른 누구보다 현우가 떠올랐다. 얼마나 좋아했을까.

"……."

그러나 기쁨이 채 가시기도 전에 허탈함이 밀려왔다. 전 전 애인도 떠나고, 전 애인도 떠나니 이 돈이 생겼다. 내가 애초 결혼 자금으로 목표한 돈의 두 배이고 맥시멈으로 따져도 웃도는 액수건만 이제는 그 돈을 함께 지켜 나갈 반려자가 없다. 그동안 그 동지로 내내 꼽아오던 사람은 현우였다. 어쩌면 바이오퓨처가 '사랑의 묘약'의 약장수처럼 나에게 의도하지 않은 기회를 선사한 것인지도 모른다는 생각도 들었다. 하지만 그는 내 번호를 수신거부하고 있었다.

'그래. 그거다!'

그와 연락할 방법에 대해 고심하다 생각이 미친 건 그의 미니 홈피였다. 만들어만 놓고 전혀 관리하지 않았던 터라 그동안은 볼 필요성을 못 느꼈지만 남들처럼 그도 가끔씩은 접속하지 않을까 라는 생각에 쪽지를 보내보기로 결심했다.

그의 이름과 생년월일로 회원검색을 했다. 같은 이름이 몇 명 있었지만 메인 사진만으로 내가 찾는 서현우의 진위를 쉽사리 확인할 수 있었다. 그가 평소 좋아하는 안도현 시인의 짧은 시구가 적혀 있었다. 그의 홈피 창이 떴다. 그런데 그 초라하다시피 한 홈피를 훑다가 대번에 눈에 들어온 것은 덩그러니 적힌 일촌 평 하나였다.

– 항상 고마워. (공주님 **김수진**)

푸시시– 제조일로부터 무려 30년을 앞둔 낡은 연식 두꺼비집은 강한 스파크를 일으킨 후 퓨즈가 나가버렸다. 내 뇌와 손과 눈과 호흡과 자꾸 흘러내리던 콧물 등 일체의 모든 감각을 연결하던 전선은 끊어졌고, 죽기 직전 발악하는 물고기처럼 순간 몸이 부르르 떨렸다. 머릿속에 차곡차곡 쌓여져 있던 기쁨조 돈뭉치도 파편처럼 피융 날아간 듯 했다.

– 항상 고마워. (공주님 **김수진**)

곱씹어 볼수록 참 난감한 삼위일체였다. 푹 삭힌 홍어삼합을 크게 한 쌈 털어 넣은 것과는 비교도 안될 만큼 입 안이 화했다. 그냥 어쩌다 한 번 베푼 호의는 아닌 듯 '항상' 이라는 부사와 그 인사치레를 적어 넣은 공주님이라는 호칭의, 그리고 누가 봐도 여자 이름인 김수진.

'무슨 사이일까.'

부디, 현우가 백설공주의 일곱 난쟁이 중 하나던가, 신데렐라의 호박 마차를 끌던 마부던가, 낙랑공주가 후에 찢어버릴 자명고를 지키는 병졸이어야 한다.

그녀의 홈피를 타고 가면 쉽게 밝혀질 답일지도 모르는데 마우스를 클릭하던 두 번째 손가락이 쉬이 말을 듣지 않았다. 허공에서 그대로 멈춰 마우스에 내려 닿지 않았다.

검정고시 결과 발표를 확인하던 순간도 그랬다. 어차피 당락은 결정된 것이고 아무리 마음 조리며 지성을 드려도 감천(感天)이 실현되기를 기다리기는 늦은 것이건만 나는 그동안 믿지도 않던 하나님을 맘속으로 거듭 외치며 스스로 시간을 유예하고 있었다.

이렇게 얼음 자세로 있는 내게는 영민이 찾아준 내 정체성이 땡과 같았다.

"그래. 까짓것 쿨하자."

나는 두 번째 손가락을 애써 경쾌하게 놀리며 마우스를 클릭했다. 그녀의 홈피로 순식간에 이동했다. 과연 공주님이라는 호칭답게 홈피는 전체적으로 핑크 톤으로 화사했다. 메인 사진에서 그녀의 얼굴을 확인할 수 있었다. 하얀 얼굴에 긴 생머리와 여리한 몸, 옅은 분홍색이 참 잘 어울릴 것 같은 여자로 남자들이 저마다 한 가지씩 꼽는 이상형의 집합체였다. 제아무리 수도자라도 마다할 도리가 없어 보였다. 게다가 절망스럽게도 그녀는 일명 얼짱 각도도 아니었고, 사진상 포토샵의 흔적 역시 눈 씻고 찾아볼 수 없었다. 그녀는 그 흔한 서클렌즈 없이도 큰 동공을 자랑하고 있었다. 땡감처럼 떫은 맛을 느끼며 일촌 평을 쭉 훑어 내려갔다. 얼마 안 내려가 내가 눈에 불을 켜고 찾으려던, 그러나 아이러니하게 내심 눈에 띄지 않기를 바라는 마음이 더욱 컸던 이름 석 자를 보고 말았다.

- 지켜줄게.(왕자님 **서현우**)

과연 이 핑크 공주님이 회원 검색창에 서현우를 쳤을 때 나오던 몇 명의 다른 서현우 중 한 명을 또 알고 있을 확률은 얼마나 될까. 바이오퓨처가 인간 페로몬을 합성하는 확률만큼 어려워 보였다. 그러나 서현우라는 이름을 다시 클릭했다. 새 창이 띄어졌다. 메인 사진에 안도현 시인의 시가 적혀 있는 그 썰렁한 홈피가 떴다. 웬 공주님이라는 애가 고맙다고 나불대는.

- 지켜줄게. (왕자님 **서현우**)

결국 현우는 다름 아닌 백설공주에게 키스해서 목에 걸린 사과를 뱉어 내게 한 이고, 신데렐라에게 유리 구두를 신겨준 이고, 낙랑공주가 자명고를 찢도록 만든 호동왕자였다.

"어렵쇼! 왕자 공주 잘들 놀고 있네! 지가 진짜 왕자인줄 알아? 지켜줄게?"

'지켜준다'는 말. 어떤 말보다 신중해야 할 그 약속을 이 자식은 대선 때마다 되풀이되는 공약(公約)보다도 추스르기 힘든, 현격하게 짧은 주기로 잘도 내뱉고 있었다. 이래서 연인 사이에도 매니페스토가 필요하다. 그러나 나는 실연을 확인한 여자치고 꽤나 담담했다. 기실 언제부터인가 그의 空約(공약)의 속성을 짐작하고 있었는지도 모르겠다.

멍하니 그녀의 홈피를 보았다. 일촌 평에는 그 외에 그녀의 임용고시 합격에 대한 축하 인사말이 가득했다. 임용고시 학원에서 만났나보다. 그렇게 추측할 수밖에.

왜 거금 육천만원을 손에 쥔 마당에 나를 차버리고 떠난 놈이 생각났는지 모르겠다. 참으로 애석한 일이다. 그러나 더 비통한 것은 스물여섯 살의 예비 국어 선생에게 어울리는 배필이 과연 누가 봐도 서른을 앞둔 초라한 이력이지만 마음만은 착한 여자(라 내세우고 싶…다)가 아닌 스물네 살의 어여쁜 과학 선생일까 라는 궁색한 자문과 차마 부인하지 못하고 끄덕이는 나를 비추는, 한 입 베어낸 듯 처량한 빛을 발하는 그믐달이다.

그렇게 고통을 감내하며 그 싸구려 페로몬 향수를 뿌려댔지만 영민과 현우는 사랑의 묘약의 아디나처럼 감동의 눈물을 결코 흘려주지 않았다. 그리고 그 짧은 잔향의 지속력만큼이나 순식간에 내 곁을 떠났다.

바이오 퓨처가 일찌감치 사랑의 묘약을 만들었다면 내 모습은 지금 어떻게 달라졌을까.

이럴 줄 알았으면 길 가에 나앉더라도 집 팔고 주식을 왕창사서 바이오 퓨처가 페로몬 개발에 박차를 가하도록 했어야 한다. 그럼 치열한 적자생존 법칙에서 살아남은 진화된 한 놈 정도는 내 곁에 남아 있던지 아님 벼락부자라도 됐을 것이다. 젠장.

하지만 한편으로 또 감사하다.

신은 한 번에 한 가지씩만 손에 쥐어 주시기 때문이다.

4

'마지막 잎새'라는 유명한 단편을 쓴 미국의 작가 O.헨리는 말했다.

– 여인들이 혼자 있을 때 어떻게 시간을 보내고 있는가를 남자들이 안다면 남자들은 결코 결혼 같은 것은 하지 않을 것이다.

그렇다고 그가 평생 숭고한 독신주의자를 자처했을까?

정작 그도 그의 여인이 혼자 있는 모습을 못 보았는지 어쨌는지 별 수 없이 결혼을 했다. 투명인간이거나 관음증 비슷한 증세가 있지 않는 이상 여인들의 은밀한 사생활을 목도할 수 없었을 아둔한 대한민국 남자들은 반려자감의 기준을 항목으로 열거했고, 그것을 토대로 또 어느 무지한 집단에서 수치화하여 통계표를 완성했다. 그 중 최고 몽매한 여자들이 그에 따라 자신을 점수 매기고 있다.

그리고 예외 없이 나도 빨간 볼펜을 집어 들었다.

(ㅇㅇ 결혼정보회사 내부 심사표: 여자)

※점수배분

40점: 외모

20점: 집안 배경

20점: 직업

10점: 학벌

10점: 재산

※직업

20점: 연봉 3천만 원 이상, 전문직

15점; 연봉 2천만 원 이상, 대기업

10점: 연봉 2천만 원 미만, 중소기업

※학벌

※집안환경

※재산

10점: 부모 대졸 이상, 재산 30억 이상

5점: 부모 대졸 이상, 재산 10억 이상

※외모

40점: 키 165 이상, 미인, 안경 미착용자, **몸무게 50킬로 미만 마른형**

30점: 키 160 이상, 미인, 안경 미착용자, 몸무게 50킬로 미만 마른형

$\sqrt{}$20점: 키 155 이상, 미인, 안경 미착용, 몸무게 50 킬로 미만

15:점 키 150-155, 마른형

"키는 지금 164지만 1센치 정도는 유동적인 거니까 우기면 되고…

몸무게 정도야 가입만 한다면야 죽음의 다이어트에 돌입해서 소개팅 전에 15킬로 쯤 빼면 되고… 젠장. 미인형이 문제네. 그래도 내가 좀 통통해서 그렇지, 본바탕이 미운 건 아닌데 말이야.”

용지에서 시선을 떼고 불쑥 뒤 돌아 예뻐 보이는 전신 거울에 다각도로 내 얼굴을 비춰 보았다. 손으로 얼굴을 매만지고는 씨익 회심의 미소를 지었다.

촉수 낮은 백열전등 아래 내 모습이 제법 예뻐 보였다. 저 거울이 이제야 제 이름값을 하나 보다 싶었다. 아니, 그 보다 육천만원이라는 거금이 후광을 비추고 있는지 모른다.

“학벌, 집안 환경은 다 해당 사항 없으니까 패스고 재산… 재산은 저기에는 해당되지 않지만 작은 집과 육천만원 상당의 주식, 천만원짜리 적금도 붓고 있으니까. 뭐 좀 괜찮지 않을까? 흐흐. 근데 우리 회사가 중소기업 축에는 끼는 건가?”

흐뭇하게 용지 아래까지 쭉 훑어내려 갔다.

※비고

- 여성의 경우, 호감 가는 인상이 아니면 외모점수 0점

- 장녀인 경우, 총점에서 5점 감점

- 남자 나이 35세, **여자 30세 이상인 경우 5점 감점**

- 학벌과 재산은 위의 최하점에 미치지 않으면 0점

- **총점 65점 이상일 경우만 회원 등록**

들뜬 기분으로 중요 항목에 형광펜을 칠했다.

"가만, 65점이라. 내가 몇 점이지?"

다시 위를 보며 빨간 볼펜의 행적을 되짚었다.

"사십에 십. 오십… 이런!"

형광펜을 쥔 주먹으로 책상을 한 번 쿵하고 내리 쳤다.

내 나이 29세. 한 달 새 5점 감점당할 처지에 있다.

현재, 반타작 50점 여자.

그러나 한 달 후 서른이면 그마저 감점돼서 사십오 점 여자가 된다.

그나마 패스한 항목으로 인해 생긴 조바심 때문에 의식적으로 나머지 항목이 후했을 뿐. 실은 나는 저 기준 이하의 여자일 뿐이다. 더 솔직히 말하자면, 65킬로그램 여자의 외모는 해당 사항이 없으니 호감가는 인상이 아닐 수도 있다. 그럼 그나마도 외모 0점. 난 총 10점짜리 저급한 여자일수도 있다. 엠병.

"아니, 내 돈 내고 하겠다고 하는데도 난리야!"

괜스레 울화가 치밀었다. 종이를 마구 구겨 쓰레기통에 홱 던졌다.

내가 관리하는 인터넷 커뮤니티에서 익명의 한 회원이 예전에 올렸던 게시물이다. 물론 그 당시는 반려자라고 내정된 인간도 있었고, 회원가입비만도 백만 원을 훌쩍 넘는다는 결혼정보회사에 대해서 털끝만한 관심도 없었다. 아니, 감히 관심을 둘 여유도 없었다.

그러나 현재, 물망에 올랐던 사람은 돼지 꼬리표처럼 날아가고, 그 공석에 돈뭉치가 뚝 떨어졌다. 그리고 별안간 이 게시물이 생각이 났다. 그 아래 댓글을 보면 회원 등록 가능한 최하점인 65점은 거의 다

넘으려니와 80점 이상도 수두룩했다.

아무리 별 대수롭지 않은 인터넷 커뮤니티라고 해도 내가 이런 대단한 회원들을 관리하는 카페 주인장이라니 주객전도가 따로 없었다.

물론 65점 이하도 있었고 50점 미만도 있었다. 그러나 60여 개의 댓글 중에 내가 본 최하점은 고작 35점이었다. 그것도 어쩌면 객관적으로 외모 40점 만점인 아이가 장녀라는 이유로 5점 감점 당했기 때문일지도 모른다.

익명임에도 불구하고, 본인에게 최종 낙찰된 10, 20점을 애써 외면하고 싶었던 회원들도 과연 있었을까? 내일 출근하면 변호사님께 변호사 사무실이 중소기업에 해당하는 지 한 번 물어봐야겠다고 생각하면서 그대로 두 다리를 쭉 펴고 팔베개를 하며 바닥에 누웠다.

천정을 골똘히 쳐다보았다. 천장과 벽이 맞붙는 모서리 부근에 팔손이 잎 같은 뭔가가 피어 있었다. 거무튀튀한 곰팡이였다. 비오면 자주 습기가 차던 곳이었다. 자세히 보니 날 끝이 뾰족한 갈퀴 형태였다. 달리 보면 벌레 먹은 사과 같기도 했다. 괜스레 아까 심사표에서 평가 절하된 내 이력을 떠올리게 했다.

벌레 먹은 사과는 칼로 둥글게 도려내면 되고 곰팡이 슨 곳은 물기를 제거하고 화려한 도배지를 덧바르면 감쪽같다.

하지만 내게 최하점을 부과하는 내 과거는 칼로 도려낼 수도 없고 없었던 듯 덧붙일 수도 없다.

갈퀴에 긁힌 상처가 쓰라리다.

전초전의 알림

1

핸드폰 액정을 보았다. 새벽 3시 38분.

느닷없이 잠자리를 걷어차고 벌떡 일어나 화장대 서랍을 뒤적였다. 그리고 그 속에서 편편한 흰 편지봉투를 꺼내 들고는 탁자로 돌아와 검정 펜으로 글자를 크고 또렷하게 적어 넣었다.

〔사직서〕

아무리 일반 회사와 다르게 일정한 이윤을 창출하지 못한다지만 그래도 회사는 회사다. 그리고 변호사님은 엄연히 나의 고용주이며, 나는 고용인이다.

나는 마지막까지 상사에 대한 예우를 다하기로 했다.

'그나저나 인수인계할 사람이 금방 들어올는지……'

법률회사 경력이 있는 비서만 들인다면 나머지는 일사천리로 처리된다.

중국집 번호와 특정 메뉴를 일러주고, 변호사님 커피는 설탕 조절을 해야 하고, 생팥도 그냥 삼킬 사람 같지만 그 또한 사람인지라 가리는 음식도 있다는 사실을 주입시키면 된다. 그리고 무엇보다 사모님의 레이더에 안 잡히는 지극히 평범한 외모에, 적막감이나 따분함이 체질상 맞으며, 자기 일에 대한 성취욕을 결코 바라지 않는 성향이라면 적격이다.

이런저런 생각에 뜬 눈으로 밤을 지새웠다. 미래에 대한 계획을 구체적으로 세우기는 간밤이 너무 짧았다. 뺨까지 내려앉은 다크 서클이 음습하게 덮은 퀭해진 눈으로 천장을 캔버스 삼아 그려 본 나의 청사진은 2년제 대학을 가서 시나리오 공부를 본격적으로 시작해야겠다는 것이었다.

그리고 반추해보니, 이 험난했던 노정(路程)은 결국 보물섬을 찾기 위한 탐험이었다.

영민이 회사로 온 것. 대관절 초밥을 사온 것, 그리고 그가 나를 쿨하다고 치켜세운 것. 그래서 그의 추천으로 쿨하게 주식을 산 것, 그가 떠나고 현우가 나타난 것, 그가 장래 선생인 애인이 생겨 나를 떠난 것, 그녀가 미인이었기에 승복이 쉬웠던 건지 그렇게 실연의 상처를 훌훌 털어버리고, 결혼에 대한 압박감을 떨쳐내고, 자기계발에 대한 의지를 불태울 수 있게 된 이 모든 여정이 해골이 그려진 닻을 내리고 섬에 정박하기 위한 길고 긴 항해였던 것이다. 비록 순항은 아니었지만.

태양이 작열하는 논바닥처럼 쩍쩍 갈라진 입속으로 얼음조각을 넣고 시린 어금니로 오도독 오도독 깨어 삼키는 짜릿함이 전신의 혈관으로 퍼져 나갔다.

그러나,

쉽사리 녹아버리는 얼음의 성질처럼 전율은 그리 오래가지 않았다. 이 모든 낙관은 소심함과 두려움을 삼킨 어둠이 가공해낸 신기루일 뿐이다. 역시나 밝은 빛은 어느새 밀물처럼 밀려 들어와 간밤에 천정에 그려 놓았던 청사진을 허물어 놓고 근거 없던 배짱과 용기에 대한 허울을 씻겨 내며 마치 나를 냉수마찰 시키듯 정신이 번뜩 놓이게 했다.

'그래, 그래도 이건 아니다.'

물론 여직까지 나의 발목을 잡는 것은 나이에 대한 두려움이었다. 서른 살에 내내 입시 공부를 하면 서른한 살에나 대학 새내기가 될 수 있다. 그렇지만 회사 생활을 접고, 보장도 없이 1년을 입시에 투자하고 대학 2년을 공부한다는 것은 내 인생에 대한 사치란 생각이 컸다.

다행히 앞으로 더 오를 수도 있는 주식 덕분에 결혼자금과 대학 등록금에 대한 부담감이 없어진 것이 사실이다. 하지만 있는 돈을 조금씩 갉아 먹는다고 생각하니 배추 애벌레나 다름없다는 생각이 들었다.

한바탕 늘어지게 기지개를 켰다. 간밤에 결의를 다지며 썼던 사직서는 어제 저녁에 먼저 쓰레기통 속에 굴러 들어간 결혼정보회사 심사표와 함께 뒹굴려 있게 되었다.

'겁쟁이. 겁쟁이!'

쓰레기통 안에서 야유의 목소리가 간헐적으로 들려왔다. 아니, 나는 다만 현실에 충실할 따름이다.

출근 직후부터 내내 내 촉각은 컴퓨터에 띄어 놓은 인터넷 주식 시세표에 곤두서 있었다. 그나저나 입이 근질근질 했다. 다른 누구보다 변호사님에게는 이 경이로운 축복을 알리고 싶었다. 만약 한 턱도 아니고 자장밥을 일 년 동안 365턱 대접해야 한다고 해도 말이다.

아빠는 기쁨은 나눠야 가치 있다고 항상 말씀하셨다. 그래서 낯선 이의 실소를 자아내는 내 이름을 지었는지도 모른다. 어쨌건 아빠의 말씀을 숭고하게 받아들여 가끔씩 목을 쭉 빼고 모니터 너머 맞은편에 앉은 변호사님에게 자연스레 말할 타이밍을 찾고 있었다.

그러나 저번 주부터 여전히 일관된 그의 불안정한 모습이 전이되어 바이오 퓨처의 시세까지 곤두박질치는 느낌이었다. 그래도 다행이었다. 적어도 그가 내가 불길하게 망상했던 구치소에서의 모습처럼 처량하게 있진 않았으니.

딩동. 댕. 동~

12시 50분.

건너편 학교의 배꼽시계가 삼동네에 울려 퍼졌다. 내 배도 뒤따라서 반응했다.

'뭐 먹을까? 자장면, 짬뽕. 아님……'

허울은 행복할 것 같지만 이 선택의 기로는 누구나에게 힘겨운 순간이다. 특히 우유부단한 내겐 아빠가 좋냐, 엄마가 좋냐 하는 질문에 대한 그럴듯한 답을 궁리해내는 시간처럼 힘겹다.

말이 나왔으니 말이지. 대체 왜 어른들은 일정 연령이 되면 치러야 할 관례(冠禮)도 아니고, 왜 한 번씩 꼭 그런 허무맹랑한 질문으로 어린 자식의 등에 무거운 짐을 지어 주는 것일까. 그건 아프리카 하마르족의 성년식인 '발가벗고 소 등 뛰어넘기'보다 더 터무니없다. 그 질문에는 짬짜면처럼 공평하게 믹스할 만한 대답도 없다.

그러고 보면 짬짜면이란 것은 과히 특허감이라 해도 손색없다. 누구인지는 몰라도 그 메뉴를 개발한 이는 필시 무궁화 대훈장쯤은 받아야 하지 않을까. 대한민국 국민이라면 대부분이 그 사사롭지만 너무도 빈번한 선택의 기로에 놓이게 된다. 그렇기에 짬짜면이 그 번뇌로부터 해방감을 선사했다고 해도 과언이 아닐 것이다. 그 덕에 점심시간을 맞은 직장인들은 불필요한 사안에 뇌 소모를 덜하고 노동 생산성을 증가시킬 수 있었다. 대한민국 1인당 GDP 2만 달러 돌파의 숨은 주역일지 어찌 아는가.

내 머리 위로 중국집 메뉴들이 뭉게뭉게 피어올랐다. 근데 저이가 외칠 자장밥이 오늘은 늦어도 너무 늦다. 희뿌연 그것들을 양 손으로 헤치고 변호사님의 동태를 살폈다. 그는 책상 위에 축 처져 있었다. 그 걸 보자니 푹 익힌 왕만두 생각이 간절해졌다. 나는 의외의 성과에 홀 가분해진 기분으로 물었다.

"변호사님 식사 안하세요?"

"……."

그는 묵묵부답이었다.

"식사 하셔야죠."

나는 약간 짜증 섞인 목소리로 되물었다,

"응, 난 생각 없어. 혼자 먹어."

그제야 변호사님이 새침한 표정으로 대답했다. 그러고는 담배 한 개 비를 주어 들고 일어나 허청허청 창가로 갔다. 창문을 열고 고개를 내 밀며 담뱃불을 붙였다.

그 황량한 뒷모습에 '고독한 가을 남자'라는 부제를 달아주고 싶었 지만 그러기에는 그 넙대대한 얼굴과 두툼한 목으로부터 뒤뚱한 엉 덩이로 이어지는 호리병 같은 실루엣에 비해 창문 너비가 결코 그럴 싸하지 않았다. 아마 건물 밖에서 보면 네모난 창문틀에 얼굴이 꽉 끼어 있을지도 모른다. 나는 의자에 걸친 외투를 집어 들고 종종 걸 음으로 사무실을 빠져 나왔다. 이런 충신이 다 있을까. 변호사님의 저조한 심기 덕에 나까지 입맛을 잃은 것 같다. 대충 끼니나 때우고 와야겠다.

2

그 결연한 충성심을 느낀 지 불과 몇 분 되지도 않아 나는 분식집에서 만두 한 접시를 뚝딱 해치우고는 포만감에 충만한 배를 두들기며 걸었다. 오른손에 변호사님 몫으로 포장한 왕만두 2인분을 들고 회사 건물로 막 들어설 때였다. 낡은 건물을 무너뜨리고도 남을 굉음이 울려 퍼졌다. '꽝'하고 닫히는 문소리인지 싶었다. 이어 계단을 내려오는 발자국 소리가 들렸다.

'사모님?'

나는 반사적으로 사방을 살폈다. 허둥지둥 우편함까지 뒤적이는 등 몸을 숨길만한 장소를 물색했지만 마땅한 곳이 없었다. 발끝부터 서서히 동파되듯 그 자리에 멈추었다.

그런데 안테나처럼 귀를 쫑긋 세우고 받은 수신음은 그동안 익어온, 사모님의 육중한 두 발바닥에 짓눌린 슬리퍼의 삼킨 비명소리가 아닌 날카로운 구두 소리였다. 게다가 한 명이 아닌 듯 했다. 나는 눈을 치켜뜨고 계단 위를 올려다보았다.

몇 명인지 알 수 없으나 누군가 거칠게 욕설을 주고받으며 내려오고 있었다. 그리고 이내 그들과 맞닥뜨렸다. 건장한 사내 둘이었다. 그 중 한 명과 눈이 마주쳤다. 두덕두덕 붙은 얼굴 살과 대비되는 제법 날카로운 눈초리를 가진 그가 나를 매섭게 쏘아 보았다.

그 살기등등한 표정에서 순간, 십여 년 전 부모님이 빚진 오천만원을 받아내겠다며 허구한 날 집에 들이닥치던 이들의 매서운 눈빛이 떠올랐다.

　나는 시선을 떨어뜨리고 최대한 벽 쪽으로 몸을 붙였다. 한 명이 몸을 약간 비틀더니 내 귀에 불량스럽게 휘파람을 불어댔다. 그들이 건물을 빠져나가자 나는 그제야 슬쩍 뒤를 돌아보았다. 아래위로 검정 양복을 걸친 이들이 유유히 멀어져 가고 있었다. 그 중 휘파람을 불었던 한 놈이 영역을 표시하는 개 마냥 회사 앞에 침을 찍 갈기고는 주머니에 손을 꽂고 어기적어기적 걸어갔다.

　"아니, 왜 우리 건물에 저런 인간들이!"

　나는 미간을 좁혀 눈을 흘기고는 성큼성큼 계단을 올랐다. 3층 사무실 앞에 다다랐을 때 내 두 눈은 휘둥그레졌다. 쪽빛 출입문에 찍힌 발자국들이 녹아내리는 눈밭 위의 그것처럼 난잡했다. 순간 방금 전의 그 사내들이 떠올랐다. 다급하게 문 꼬리를 돌리고는 문을 벌떡 열어젖혔다. 변호사님이 사색이 된 채 놀란 토끼 눈으로 이쪽을 쳐다보고 있었다. 책 잡힐 일을 벌이고 사모님을 대면할 때보다도 공포감이 배가 된 얼굴이었다.

　"변호사님!"

　내 얼굴과 마주하고서도 한참 서슬이 퍼렇던 그가 그제야 내 목소리를 인지했는지 한 숨을 크게 내뱉고는 그 자리에 철퍼덕 주저앉았다. 나는 만두 봉지를 손에서 떨어뜨리고 그에게로 달려갔다.

　"무슨 일이세요!"

　"물 좀……."

　그를 부축해 의자에 앉히고 물 컵을 그에게 건넸다. 그제야 차츰 그는 본연의 혈색을 되찾아갔다. 엉망진창이던 사무실도 눈에 들어왔다. 테이블 책상과 의자는 뒤로 거꾸러져 있고 바닥 곳곳에는 서류용지들이 흩날려 있었다. 급히 내 자리를 가 보았다. 다행히 손이 탄 흔적은 없었다. 한 숨을 쉬고 고개를 들었다. 그런데 변호사님 책상 뒤 벽면이 유난히 휑했다.

'!'

없었다. 집 현관문에서 어느 샌가 자취를 감추었던 현우의 트렁크보다 더 큰 공백이었다. 몇 분전을 상기했다. 분명 그들 손에는 네모난 액자가 없었다.

'하긴, 무슨 인질도 아니고.'

나는 황급히 건너편 책상 뒤로 갔다. 그 존재 여부만으로 다행인지는 모르겠으나 암튼 액자 속의 사모님은 거꾸러져 있었다. 손을 뻗어 내리기도 번거로운 이것이 굳이 그들의 신경을 자극시켰는지 모르겠다. 혹시나 이것에서 마치 달마도 그림처럼 강한 기운이나 알 수 없는 위압감을 느꼈을지도.

액자를 잘 맞추어 걸어두고 뒤를 돌아보았다. 의자에 걸터앉아 연신 마른세수를 하던 변호사님의 얼굴에는 수심이 가득했다. 다가가 넌지시 물었다.

"변호사님, 대체 무슨 일이세요?"

가까이서 보니 그는 고개를 숙인 채 깍지 긴 손을 부들부들 떨고 있었다. 나는 다시 물 한 잔을 더 건넸다.

"말씀해보세요."

빨갛게 눈이 충혈 된 그가 연신 코를 들썩거리기 시작했다. 그러고는 바싹 마른 입술을 달싹였다.

"순자야, 나 어쩌냐? 나 이제 안사람한테 죽었다."

(안사람? 오 마이 갓. 하필, 사모님하고 연관된 일이라니.)

"왜요? 무슨 일이세요? 그래서 요새 사모님이 뜸하신 거예요?"

그가 사모님을 언급함으로 말미암아 나는 더 이상 침착함을 유지할 수 없었다.

"글쎄 일전에 닥터 박이랑 술 마시러 갔었는데……."

닥터 박이라는 분은 변호사님과 막역한 친구로 치과 의사이다.

그는 마치 잘못을 실토하는 어린 아이처럼 흐느끼며 말을 이었다.

"웬 젊은 여자들이 합석하자고 하는 거야. 술김에 응낙하고 하고 몇 잔 주고 받았는데 이상하게 갑자기 필름이 끊겨 버렸어."

"그래서요?"

나는 보채 듯 물었다. 그의 센 주량을 생각한다면 분명 예사롭지 않은 일인 것이다.

"그런데 눈을 떠보니 낯선 모텔인거야. 어리둥절해서 옆을 보니까 아까 그 아가씨들 중 한 명이 속옷 차림으로 막 울고 있더라고. 놀라서 벌떡 일어났는데 때마침 방 안으로 남자들 둘이 들이닥쳤어."

"방금 그 사람들이요?"

"아니."

그는 괴로운 듯 머리를 절레절레 흔들었다.

"그래서요?"

"방 안에 들어온 놈들이 내 멱살을 쥐더니 그 아가씨가 지 마누라인데 나보고 간통 혐의로 집어넣는다고 협박하는 거야. 하늘에 맹세코 순자야 나는 정말 고의가 아니었어. 결코!"

그는 '결코' 라는 말에 악센트를 두고 애처로운 눈빛으로 내게 하소연했다. 순간, 분통이 터졌다. 변호사씩이나 하는 양반이 꼭 물가에 내놓은 어린애 같은 소리나 하고 있었다.

"그럼 밝히시면 되잖아요!"

"근데 그게 말이지… 요상한 사진이 찍혔더라고. 해결의 수위를 넘었어. 내가 아무렴……."

그는 하던 말을 마저 잇지 못하고 낙담했다.

"닥터 박 아저씨는요?"

"걔도 마찬가지야. 그 쪽으로 상습적인 놈들인 것 같은데 상황이 공교롭게 맞아떨어져서 이길 재간도 없겠더라고. 나중에 봤는데 정말 혼인신고 된 부부였어. 난 그 모텔 간 기억도 없는데 말이야. 정말 고의가 아니야. 결코."

그는 판사 앞에서 최후 진술을 하는 피의자처럼 똑같은 말만 되풀이했다.

"당장 경찰에 신고하세요!"

내가 몸을 벌떡 일으켜 세우자 그는 엄마 치맛자락 잡는 아이처럼 다급하게 내 손목을 붙잡았다.

"안 돼, 그랬다간 나 정말 안사람한테 죽고 말거야. 워낙 치밀해서 입증하기도 어렵고, 설사 무죄라고 혐의를 벗어도 안사람이 순순히 받아들일 거 같아? 변호사로서의 이미지 실추는 어떻고? 그리고 무엇보다 아빠 때문에 상처받을 지수는 어떡하니. 나도 이런 내가 비겁해서 싫지만 이번 일은 어떻게라도 덮는 편이 나을 것 같아. 그게 고심한 결과야."

나는 서서 잠시 동안 그를 내려다보았다. 빵을 훔쳤던 장 발장보다도 더 억울하다는 표정에 주름이 팬 눈가 속 동공은 검은 단추처럼 크게 채워져 있었다. 나는 하릴없이 다시 자리에 주저앉았다.

"그래서 어쩌자는 건데요?"

"걔네들 말이 우리 둘 다 사회적인 위치도 있고 하니까 더 험한 꼴 보지 말고 합의 보자고. 정신적, 육체적 피해 보상비랍시고 견적을 뽑았는데. 무려 천이었어. 근데 안사람은 미국에서 올 때가 다가오고 손쓸 겨를도 없어서 그만……."

"그만… 뭐요?"

"사채를……."

"사채요? 사채까지 쓰신 거예요?"

"뾰족한 수가 없었어. 근데 정작 미칠 노릇은 그게 며칠 새 삼천으로 불어났다는 거야."

"삼천요!"

입이 하얀 접시처럼 떡 벌어졌다.

"그럼 방금 그 남자들이 사채업자예요?"

"아니. 걔네는 사채업자가 보낸 *끄나풀*에 불과해."

"그게 말이 돼요? 아니 어떻게 그 지경까지 가신 거예요."

어떻게 변호사씩이나 하는 양반을 그렇게 속수무책으로 두 손 들게 하는지 그 놈들의 용의주도함과 대범함에 혀를 내둘렀다. 그는 아랫입술을 질근 물고 말없이 다리만 떨어대고 있었다.

"그럼 어떡하실 거예요? 돈 주실 거예요? 그 정도 돈 있으세요? 또 다시 협박하면 어떡해요. 저런 놈들 그런 쪽으로 악랄하잖아요."

"무슨 수를 써야지. 닥터 박이 알아본다고 했어. 설사 장기라도 팔아야 한다고 해도……. 그래도 내가 변호사인데 다시 꼼수를 쓰지는 못할 거야."

그는 반 쯤 넋이 나간 사람처럼 엄지손톱을 물어뜯으며 자위하듯 말을 이었다.

결국 모든 내막이 드러났다.

엄마 양은 어린 양들한테 절대로 늑대에게 문을 열어 주지 말라고 신신당부했지만 그들은 늑대 앞 발에 묻힌 새하얀 밀가루에 속아 문을 열어 주어 결국 잡아먹히게 되었다. 돌아온 엄마양은 나무 아래서 노곤히 낮잠을 자는 늑대의 배를 갈라 양들을 꺼내고서 그 공간에 돌멩이들을 집어넣고 실로 꿰맨다. 그러나 그간 지수를 보러 미국에 나가 있었던 사모님은 돌아와 늑대의 뱃속에서 양을 끄집어내거나 돌멩이를 넣는 번거로운 수고쯤은 하지 않을 것이다.

또한 목자는 나머지 아흔아홉 마리를 들에 두고, 길 잃은 한 마리의 양을 찾아 살핀다고 했지만 변호사님의 말대로 사모님이라면 버리면 버렸지 결코 길 잃은 그 한 마리의 양을 구원의 길로 인도하지 않을 것이다.

얼핏 들은 바로는 변호사님의 유일한 친구이며 월급쟁이 의사인 닥터 박 아저씨도 좋게 말하자면 애처가로, 변호사님 못지않게 부인에게 잡혀 살고 있다고 했다. 그래서 그런가. 유유상종에 초록동색이다.

나는 바닥에 떨어진 서류들을 한 장씩 주워 갔다. 이혼 합의서가 보였다. 변호사님의 도장이 어스름하게 찍혀 있었다. 누렇게 변색된 모서리가 그 동안 책꽂이 한편에서 은둔하며 보낸 세월을 어렴풋이 짐작하게 했다. 또 다른 한 장을 주워 얼른 그 위에 포갰다. 그것은 2주 전 쯤 호적 변경을 원해서 사무실을 다녀갔던 이지혜씨의 서류들이었다.

'이 여자는 어떻게 지내고 있을까.'

갑자기 그녀의 근황이 궁금했다. 하긴 변호사님이 사방에 적들이 포진된 그야말로 사선(死線)에서 무슨 경황으로 이 일에 관심을 두겠는가. 나는 새치를 골라내듯 책상 아래 희끗하게 숨어 있던 마지막장까지 빼내어 차곡차곡 포개고는 변호사님의 책상 위에 올려놓았다.

변호사님의 얼굴은 웨딩 액자 속의 모습보다 더 누렇게 떠 있었고 눈자위는 푹 꺼져 있었다. 과장을 조금 보태자면 뭉크의 명화 '절규' 속의 그 이보다 더 그로테스크했다.

'때르르르릉~' 공명하며 갑작스레 울린 벨소리가 적막감 돌던 사무실 양 회벽에 스매싱되는 탁구공처럼 이쪽저쪽에 부딪혔다.

쌀쌀한 바람을 맞으며 담배를 태우던 변호사님은 그것을 창문턱에 급히 비벼 끄고 민첩하게 수화기를 들었다.

“네? 어, 닥터 박?”

그의 얼굴엔 순간 희망에 부푼 기색이 역력했다. 그러나 이내 아무런 대꾸 없이 내용만 전해 듣고 있었다. 나도 하던 일을 멈추고 초조하게 그를 바라보았다. 그러나 차츰 그의 얼굴이 일그러졌다.

“어, 그래…….”

그는 꺼질 듯 작게 말을 마쳤다. 그리고 수화기를 귀에서 떼고도 무슨 미련인지 한참 동안 그대로 손에 쥐고 있었다. 눈은 어디를 보고 있는지 그 초점이 불분명했다. 마지못해 나도 그로부터 시선을 거두고 컴퓨터 자판을 쳐대기 시작했다.

잠시 후 딸각하며 수화기가 거치대에 오르는 소리가 들렸다. 적막한 사무실 안은 자판 소리만 마치 헛기침처럼 반복됐다.

“아, 꼼짝없이 죽게 생겼군. 하하… 하.”

스스로 죽음을 예견하는 말보다 그가 뱉은 갑작스런 실소에 놀라 타자를 멈추고 모니터 너머 그를 넌지시 바라보았다.

“무슨 일이세요?”

그는 아무런 대꾸도 없이 관자놀이를 꾹꾹 누르길 반복하며 실없이 웃고 있었다. 갑자기 등골이 서늘해졌다. 나는 엉덩이를 떼고 일어나 짐짓 심각하게 물었다.

“변호사님 왜 그러세요?”

“다 망했어.”

“왜요?”

“돌겠다. 닥터 박이 돈 구하는 게 어렵게 됐대. 제수씨가 뭔가 낌새를 차린 모양이야. 다시 도박 같은 데 손 댈까봐 미리 돈줄을 묶어놨다는군. 암튼 개나 나나……. 저도 여기저기 손벌려봤자 천만원 정도밖에 해결 못하겠다고 나보고 알아보라는데 누가 나한테 그렇게 많은 돈을 꿔주겠니? 내가 속 빈 강정이라는 걸 다들 아는데……."

"……."

"안사람은 내일 모레 귀국한다고 했고, 그 놈들은 내일까지 마련해 놓지 않으면 언론에까지 퍼트린다는 식인데. 빌어먹을."

좀처럼 그에게서 들을 수 없는 격한 말씨였다. 그나저나 언론이라니. 말문이 막혀 나는 아무런 대꾸도 할 수 없다.

"그냥저냥 죽게 생겼어. 으흐흐흐."

어찌 보면 달관한 사람 같기도 했다. 다리가 꼬일 재간이 있다면 가부좌라도 틀어야 할 것 같았다. 하지만 그럴만도 하다. 못 갚아 죽으나 못 갚아 알려져 죽으나 가해자만 달라질 뿐 피차일반이었다.

"도저히 방법이 없으신 거예요?"

"……."

그는 대답 대신 눈을 지그시 감았다.

언제부터 꼬인 끈인지 모르겠다. 그러나 그에게 느끼는 이 연민이 그가 애써 담담하게 받아들이고 있는 대가에 대한 값싼 동정쯤은 아니라는 게 분명했다. 하지만 왜 그가 그 놈들의 농간에 순순히 놀아나야 했고 사채까지 빌릴 만큼 자포자기했는지 그 일들을 처리하는 내내 그의 뇌리에 박혀 있던, 그리고 변호사로서의 자긍심마저 꺾어 버린 그 두려움의 실체와 공포의 깊이를 어렴풋이나마 가늠할 수 있었다.

　나는 한참 동안 모니터에 알 수 없는 외계어들을 끼적거렸다. 아니 그보다 내 뇌가 불어 놓은 말풍선 속에 쳐댄 것이다. 나는 아빠가 좋은지 엄마가 좋은지, 혹은 짬뽕인지 짜장 인지하는 선택 따위와는 비교도 안 될 만큼의 고민을 거듭했다.

　그리고 한참 후 주먹을 꼭 쥔 채 꾹 감았던 눈을 번쩍 떴다.

　"변호사님!"

　자꾸 나를 망설이게 하는 번뇌를 떨치기 위해 내게 주어진 데시벨을 다해 그를 불렀다. 그는 갑작스런 부름에 화들짝 놀라 나를 쳐다보았다. 나는 마른 침을 꿀꺽 삼켰다.

　"변호사님, 드릴 말씀 있어요!"

3

　"미쳤어, 미쳤어."

　한참을 침대 위에서 팔다리를 늘어뜨린 채 바동거렸다. 이부자리는 발에 걷어차여져 저만치서 잔뜩 주눅 들어 있었다. 목청을 돋우고는 있는 소리를 꽥 질렀다. 그러나 이미 양 손으로 얼굴에 짓이겨 놓았던 솜 베게가 괴성을 둔탁하게 조율해주었다.

　프랑스의 철학자 서머셋 머엄은 이런 말을 남겼다.

　- 여자는 기회만 있으면 자신을 희생으로 바치고자 한다. 그것은 자

기도취의 한 형식이며 더욱이 여자들이 좋아하는 형식이다.

그러나 나는 그런 희생으로 스스로 황홀경에 빠질 감성적인 사람이 아니다. 그런데 도대체 내가 왜 그랬을까?

"변호사님, 드릴 말씀 있어요!"

오늘 오후. 사무실에서 변호사님은 삼복더위에 지친 개처럼 부적 쪼그라든 얼굴로 맥없이 나를 돌아보았다.

"……."

나는 또 마른침을 꿀꺽 삼키고 말을 이었다.

"제가 그 돈……."

- 딩동 댕 동~

동시에 학교에서 울린 종소리가 내 말을 삼켰다. 나는 창문 너머 보이는 여우콩만한 학교를 공연히 가늘게 한 번 노려보았다.

"응? 뭐?"

나는 한숨을 크게 들이 쉬며 다시 장전했다.

"제가 그 돈 해드린다고요."

"뭔 돈?"

말귀 먹은 변호사님 때문에 괜스레 부아가 났다.

"사채 돈이지 뭐예요! 알겠어요? 변호사님은 도대체 왜 그렇게 일을 벌이고 다니세요? 그러고도 변호사가 맞아요? 제가 변호사님 뒤치다 꺼리해야 해요? 마음 편하지 않게!"

나는 요 근래 마음속에 담아두었던 말들까지 장전하고는 따발총처
럼 무차별적으로 쏘아댔다. 방심한 채 연타를 맞은 그는 입이 떡 벌어
진 채 잠시 동안 말을 잇지 못하고 작은 눈을 동글린 후 나를 보았다.

공허함이 감돌던 사무실에 하교하는 아이들의 즐거운 함성소리가
가득해졌다.

'도대체 내가 왜 그랬을까?'

회사를 쑥대밭으로 만들어 놓았던 그 양아치들을 보자니 10여 년
전 내 처지가 다시금 상기됐다. 그 때 고작 자장밥 하나로 선뜻 나를
도왔던 그가 극한의 공포를 느끼고 있다지만 분수도 모르고, 박애정신
이 웬 말인가.

나는 결국 늑대의 뱃속에서 살찐 양을 구출해내고 그 거푸집 같은
공간을 지폐더미로 채우는 수고를 자청하고야 말았다.

어느새 발광하던 기세도 한 풀 꺾인 채 눈을 감고 큰대자로 누웠다.

"순자야, 고맙다, 고마워. 네가 사람 하나, 아니지, 사람을 둘이나 살
리는 구나!"

내 개인 접시에 큼직한 탕수육 하나가 떡 하니 올려졌다. 흠칫 놀
라 그를 보니 그 큼직한 고기 덩어리에 걸쭉하게 묻어 난 소스처럼
입가에 잔뜩 자장을 묻힌 그가 방그레한 얼굴로 거듭 눈인사를 하고
있었다.

'살리다니. 나는 이렇게 절체절명 파국에 직면해 있는데……'

실은 나는 뱉어 놓은 말을 차마 주워 담지 못해 짬뽕 면발이 코로 들어가는지 귀로 들어가는지 모르는 판국이었다.

"어떻게 그렇게 주가가 급등할 주식을 다 사 놓았더냐. 나한테 귀띔이라도 해주지 원. 암튼 너의 선견지명에 감탄을 금할 수 없구나."

단언컨대, 그의 말처럼 내게 모종의 선견지명이 있었더라면 어제 그렇게 대책 없이 사표를 구겨 넣지 않았을 것이다. 입은 바싹 타들어가고 기름진 중국 음식을 먹어서 그런지 내 속은 니글니글했지만 이건 원 소화 흡수기관이 다르게 생겨먹었는지 그의 까칠하던 얼굴은 그새 기름기가 좔좔 도는 본연의 피부타입인 지성으로 돌아와 있었다.

그 동안의 식욕 감퇴로 인해서 불성실했던 주문실적에 대해 보상이라도 하듯 그가 배달시킨 갖가지 중국 요리들이 9첩 반상처럼 가득했다. 물론 자장밥이 소복이 덮였던 하얀 그릇도 어느새 반질반질하게 밑바닥을 드러내고 있었다. 그 덕에 유난히 오지랖이 넓은 배달부는 한결 가벼워진 철가방을 싣고 돌아갈 것이고, 중국집 주인은 고객 관리 전화가 통했는지 어떤지는 뒷전이고 응당 결과에 기꺼워할 것이다.

변호사님과 닥터 박 아저씨네 두 가정의 가장권을 지닌 '철의 여인'들의 피가 거꾸로 솟을 일들이 은폐되었기 때문에 순조롭게 대통을 이어갈 것이고, 사모님의 컨디션 난조 등 이상 기후 때문에 슈퍼 아주머니나 빵집 아저씨 등 3층 건물의 모든 점포들이 부당하게 오를지도 모를 월세로 전전긍긍할 필요도 없을 것이다.

이렇게 난 박애주의자가 되어 있었다. (물론 은연중이지만.)

나는 천정부지로 뛸지도 모르는 주식을 내일 당장이라도 팔아야하고, 그의 아무 기약 없는 환급을 기다려야 하는 처지가 되었다. 역시나 한때 꿈꾸었던 대학 입학과는 애당초 인연이 없었다. 그 놈의 정 때문에 다시 빈손으로 서른을 맞아야할 지 모른다.

물론 시일 내로 (그 시일이 언제인지가 관건이다) 갚아준다는 변호사님을 신뢰할 수 있지만 (아니, can이 아니라 must다),

오늘 밤은 아무래도 신경 안정제를 찾아 먹어야겠다.

유명한 풍자소설 '돈키호테'를 쓴 세르반테스. 성격 묘사에 뛰어났던 그는 여성에 대한 다음과 같은 예리한 분석을 남겼다.

- 여자의 '예스'와 '노우'는 같은 것이다. 거기에 선을 긋는다는 것은 무모한 짓이다.

다분히 이성 관계에만 통하는 것은 아니라고 본다. 변호사님도 풍차를 향해 돌진하는 돈키호테와 별반 다르지 않았다.

"순자야, 어제 얘기는 변함없는 거지?"

모처럼 일찍 출근해 있던 그는 사무실로 들어선 내게 겸연쩍은 미소를 지으며 물어왔다. 눈이 뻬꿈한 게 칼자루를 쥔 내 심경에 혹 변화가 있지는 않은지 밤새 노심초사한 듯 했다.

"……."

"그렇지?"

"…네."

예스는 예스일뿐. 노우가 아니라는 분명한 선이 그어진 후 그 다음 과정은 일사천리로 진행됐다. 다행히 바이오 퓨처 주가가 상승세였던 덕분에 나는 별 어려움 없이 주식을 후한 값에 매도했고 얼마 후 내 통장 잔고에는 0이라는 숫자의 나열이 까마득한 액수가 들어와 있었다.

나는 은행을 나와 사무실로 향했다. 전신은 금방이라도 바람에 날아갈 듯 바싹 마른 나뭇잎같이 바스락거렸다. 그나마 삭정이 같이 잔약한 팔로 바투 쥐고 있던 돈 가방 무게 덕에 날려가지 않고 지탱하고 있었다. 혹시나 지난 번의 그런 양아치들을 만나거나 혹은 소매치기를 당하지는 않을지 여러 가지 과대망상에 시달렸기에 연신 두리번거리며 행동반경을 최소화해야 했다.

사무실 문을 열고 안으로 들어 갔다. 책상에 놓인 모니터 위로 얼굴을 쑥 내밀고 있던 변호사님은 인기척에 사모님을 맞이할 때처럼 재빨리 몸을 일으켜 세웠다. 그때와 다른 건 입가에는 함빡 미소가 가득했다는 거다. 나는 눈 근육은 그대로 인 채 입만 쟁반처럼 쭉 찢는 어색한 미소로 화답했다. 그러고는 비척비척 그의 책상가로 다가갔다. 책상 위에 넌지시 가방을 올려놓고는 지퍼를 열었다. 손을 넣으려는데 이제 막 '진실의 입' 앞에 당도한 오드리 햅번처럼 잠시 망설였다. 혀를 쭉 내밀고 그릇에 담기는 사료를 바라보는 개처럼 예의주시하던 그는 마른 침을 꼴깍 삼켰다. 내가 꾸물거리자, 그는 무언의 재촉처럼 가방에 두툼한 손을 사뿐히 얹었다.

손에 잡히는 두둑한 돈 봉투를 쥐고 꺼내려는 순간이었다. 환기를 시키려 열어 놓았던 창으로 찬바람이 제법 강하게 밀려들어 왔다. 그

바람이 내 털뿌리를 차갑게 적심과 동시에 그의 책상 위에 놓여 있던 서류용지들 사이사이 틈을 파고들어 들썩 인 후 흩날리게 했다. 부유하다 나풀나풀 낙하하는 서류들을 멀끔히 올려다보는데 서류 한 장이 은행잎처럼 내 품에 와 닿아 고개를 묻었다.

"이건……."

그것은 바로 이지혜씨의 호적변경 서류였다. 순간, 머리와 몸 속이 울렁였다. 갑자기 머릿 속이 번뜩였다.

"변호사님, 좋은 생각났어요."

날리던 서류용지를 손으로 잡아채느라 정신없던 그가 일련의 동작을 멈추고 나를 물끄러미 올려다보았다.

"저 좋은 생각났어요!"

나는 양 손을 부여잡았다.

"뭐가?"

그의 질문이 귀에 들어오지 않았다. 어두운 극장 안으로 이제 막 들어선 사람의 두 눈처럼 내 감각은 이미 마비되어 있었다. 유일하게 전원이 켜진 내 머릿속의 영사기가 쉴 새 없이 돌아가고 있는 필름을 환하게 비추고 있을 따름이었다.

제7장

타임머신을 기다리다

1

상황 역전이다.

"안 돼! 당최 무슨 말도 안 되는 헛소리야?"

"변호사님 제발요."

나는 두 손을 모아 간곡하게 부탁했다.

"터무니 없어 보이는 소리라는 거 알아요. 그런데 저도 한 달 후면 서른이예요. 두렵다고요. 학업에 짓눌려 살아도 굴러가는 가랑잎에 깔깔대는 교복 차림의 그런 평범한 여고생이 되고 싶고, 수순을 밟아 대학도 가고 싶고, 그래서 시나리오 공부도 제대로 해보고 싶어요. 즉흥적이리라 생각하시겠지만, 아니에요, 돌이켜보니, 제 속에서 간절히 염원하고 있었던 거였어요. 단지 이제야 그 방도를 찾은 거라고요. 네?”

“헛~!”

그는 짧은 탄식을 내뱉으며 나를 쏘아보았다.

“너 미쳤니? 제 정신이야? 내가 무슨 타임머신 기계야? 사기죄나 문서 위조죄로 쇠고랑 차봐야 정신 차릴래? 내가 살다살다 열두 살을 잘라먹겠다는 소리는 처음 듣는다.”

그는 힐난하고는 매몰차게 고개를 홱 돌렸다.

“알아요. 그런데 우리만 비밀로 하면 가능성이 없지는 않잖아요. 저 부모님 고2때 돌아가시고 그 때부터 모든 일이 어그러졌어요. 그 시절로 돌아갈 수 있다면 첫 단추부터 다시 올바르게 끼워 맞추고 싶어요. 다른 시기는 허망한 제 인생에 특별한 전환점이 되지 않을 거예요. 그 시간으로의 회귀가 운명이고 순리라는 직감이 강하게 든단 말이에요. 제발요, 변호사님.”

두 눈가에 눈물이 그렁그렁 맺히다 톡 터져 흘러 내렸다. 그러나 그의 싸늘한 얼굴은 야속하리만치 미동도 없었다. 괜스레 괘씸한 생각까지 들었다. 나는 옷소매로 눈물을 훔쳐내고 입술을 질끈 물었다.

“변호사님, 저도 그럼 약속 못 지켜요!”

그는 그제야 휘둥그레진 눈으로 나를 돌아보았다.

"뭐?"

"타협해요."

"너 뭐 믿고 이런 정신 나간 소리를 하니?"

"… 그냥요. 변호사님을 믿어요."

그러나 그가 극도로 말을 아끼는 제3의 인물에 대해선 감히 언급할
엄두도 나지 않았다.

"안 돼!"

"어차피, 이러나저러나 위험하긴 마찬가지예요. 서로 좋은 쪽으로
타협해요."

"됐어. 그럼 나도 딴 데 알아보겠어."

"그러시던 지요."

나는 이를 악물고 그의 책상에서 내 가방을 천천히 잡아 당겼다. 그
의 곁눈은 가방을 좇았고 그의 손아귀에서 멀어질수록 그의 얼굴도
차츰 어두워졌다. 거의 내 품에 당도했을 때였다.

"안 돼!"

그는 가방 끄트머리를 그러쥐었다.

"나 이거 없으면 사채업자한테 죽던지 아님 안사람한테 죽는다고!"

"죽는 게 낫나요. 아님, 저 한 번 도와주시는 것으로 끝내시겠어요?"

그는 잠시 망설이는 듯 했다.

"그냥 삼 년만 안 되겠니?"

나는 고개를 절레절레 저었다.

"너 딱 네 연배로 보이는데 대체 몇 살로 속이겠다는 거야? 진짜 제

정신이야?”

나는 눈을 지그시 흘기고는 가방을 다시 내 쪽으로 잡아 당겼다.

“제가 나이 바꿔서 누구를 피해주려는 게 아니잖아요. 잃어버린 내 과거를 되돌려보고 싶은 거예요.”

“…….”

“예?”

“그래 그래. 나도 이판사판이다. 그럼 오년. 까짓것 그 정도는 미친 셈치고 한 번 시도해보겠어. 나도 이 마당에 죽기 아니면 까무러치기다!”

“아뇨. 어차피 우리 둘 다 모 아니면 도예요. 정확히 십이 년이요. 그 아래로는 부질없는 게임이에요!”

농산물 도매시장의 경매사 같은 그에게 나는 무리수를 두고 흥정을 했다.

12로 낙찰을 위해.

‘내가 정신이 이상해졌나?’

무슨 배짱이었는지 모르겠다. 침대 위에 앉아 한 참을 웅크리고 있다 창밖을 보았다. 어스름한 새벽녘의 찬 이슬이 가로등 불빛에 의해 은가루처럼 부서져 내리고 있었다.

몇 시간 전 변호사님과의 팽팽한 줄다리기에서는 최후의 승리자는 단연코 나였다. 처음부터 열세였던 그에 비해 내 줄은 돈을 발라 놓은 덕에 견고했기에.

변호사님은 항복 후 창밖을 보며 담배에 불을 붙였다. 그러나 그가 뿜어내는 하얀 연기는 링보다 흡사 올가미에 가까워 보였다. 어쩌면 똬리 튼 백사 같기도 했다. 그리고 이내 신기루처럼 흩어졌다. 그는 그렇게 연달아 담배를 피우고 몸을 돌렸다. 자리에 앉아있던 나는 황급히 고개를 떨어뜨렸다. 승자인데도 나는 당당하지 못했다.

"순자야, 어떤 결과에 대해서도 후회 안 할 자신 있니?"

후회라. 내 다짐을 합리화 할 필요가 있었다. 당연히 '후회보다 실패가 낫다.'로 낙점했다.

나는 그를 올려다보며 무겁게 고개를 까닥 까닥했다. 나를 지그시 바라보던 그는 핸드폰을 집어 들고 유유히 밖으로 나갔다.

아마도 그의 전화벨은 (내 추측대로라면) 제3의 인물 혹은 어디선가 돈을 구하기 위해 동분서주하고 있을 닥터 박 아저씨의 바지 뒷주머니에서 울릴 것이다. 닥터 박 아저씨라면 이 타협안을 전해 듣고 어떤 반응을 보일까. 강화도 조약이나 미국 쇠고기 협상 보다 더 불평등한 조건이라고 비분강개하고 혀를 내두를지도 모른다. 하지만 그런 비아냥거림쯤은 겸허히 받아드릴 준비가 되어 있다.

'후회보다 실패가 낫다.'

한참 후 그가 사무실로 돌아왔다. 내 시선은 계속 낮게 머물러 있었다. 그는 자리에 앉아 흰 종이에 무언가를 끼적였다. 이윽고 그는 그것을 들고 테이블 의자에 앉더니 인감을 가지고 오라며 나를 불렀다. 나도 의자에서 엉덩이를 뗐다. 몸을 일으키는데, 순간 어질했다.

그의 맞은편에 앉아 묵묵히 서면을 내려다보았다. 각서라는 두 글자가 엄지손만큼 큼지막하게 쓰여 있었다. 어수룩해 보이던 그도 역시 변호사였구나, 라며 실감해 마지 않았다. 그가 건넨 각서 내용을 꼼꼼히 살펴보았다. 그 동안 사무실에서 일하며 접했던 각종 각서들에 비해 다소 격식이 떨어지는 문장들이었다.

그가 적어 넣은 그 의도하지 않은 나쁜 결과가 무엇인지는 정확히 파악할 수 없으나 더 이상 잃을 것도 없는 처지이기에 설사 중국집 메뉴 대신 콩밥을 주식으로 해야 하는 최악의 상황에 이른다 해도 이 무모한 도전을 감행해 보기로 결심했다.

암튼 나는 그 나쁜 결과에 대해 그에게 책임을 묻지 않겠다는 동의로 하단에 날인을 찍었다. 붉은 인주가 짓눌려 있는 것을 보니 문득 1년 전의 주식 계좌 개설란이 떠올랐다. 하지만 그 때만큼 쿨하게 찍지는 못했는지 동그라미의 왼쪽 절반은 붉은 색료가 비워져 있었다.

내 뇌도 그렇게 반쯤 비워져 있는지도 모르겠다.

나는 침대 위에 제멋대로 나뒹구는 가방 속에서 빠끔히 고개를 내밀고 있는 종이를 집어 들었다. 변호사님이 건넨 또 다른 서류였다. 내게 빌린 오천만원을 시일 내로 갚겠다는 내용의 지불 각서 하단에는 변호사님의 사인이 흩날리는 머리채처럼 갈겨져 있었다.

"지영아! 괜찮아?"
"응. 좋아."

“…그건?”

“응. 병원 다음 주로 예약했어.”

뱃속의 생명체에 대해 물었는데 의도가 잘못 전달된 건지, 순간 의구심이 들었다. 그녀는 마치 감기라도 앓고 있는 듯 가볍게 대꾸했다.

“지영아 병원은 함께 못 가 줄 것 같아.”

“응, 너 회사 출근하는 거 뻔히 아는데 뭐. 걱정 마.”

“아니, 나 회사는 이번 주 안으로 그만두는데…….”

“어, 진짜? 왜? 다른 데로 이직하려고?”

“아니, 실은…….”

머금었던 말들이 차마 입 밖으로 떨어지지 않았다. 아마 성당에서 고백성사를 해야 한데도 마찬가지일 것이다.

“뭔데 뜸 들여?”

“실은, 외국에서 좀 살다오려고.”

아직은 때가 아니라는 생각이 들었다. ‘후회보다 실패가 낫다’로 애써 다진 지지대를 친구가 불어대는 힐난의 바람으로 휘청이게 할 수는 없다.

나는 바로 즉석에서 시나리오를 쓰고는 대사를 읊조렸다. 주인공인 내가 난데없이 호주로 워킹 홀리데이를 가게 되어 그녀를 못 보고 간다는 플롯인 내 생에 첫 시나리오는 초등학생이 개학 전날 벼락치기로 쓴 일기보다도 허술했다. 그러나 개연성도 없는 허무맹랑한 졸작에 대해 수화기 저 편의 첫 관객인 그녀는 아무 의심도 없이 코맹맹이 소리로 눈물까지 떨구어 주었다. 나는 더욱 마음이 편치 않았다. 꼭 코흘리개의 돈을 빼앗는 것 같은 치졸함 따위를 느꼈다.

이런 엉터리 골자를 쓰는 삼류 시나리오는 두 번 다시 쓰지 않겠다고 마음먹었다.

2009년을 떠안고 있던 달력은 어느새 2010으로 그 겉장이 넘어 갔다. 1월이 두 팔 가득 안고 있던 속지도 제법 여러 장이 뜯어져 나갔다. 내 통장의 잔고에 찍힌 공 여섯 개의 졸개들을 이끄는 수장은 이제 6이 아니라 1이다. 그리고 내 핸드폰 번호도 중간 네 자리가 제법 질서 정연한 모양인 9959에서 삐죽한 9454로 바뀌었다.

일전에 통신회사에서 핸드폰 신규 가입서 용지를 받아 들고 나는 몇 번을 고쳐 적어야 했다. 관자놀이에 땀이 삐질 하고 흘러내렸다. 무의식적으로 810523으로 시작하는 열세자리 를 써내려가고 있었기 때문이다. 한참을 머릿속으로 적어보다 여의치 않자 지갑에서 등본을 꺼내 힐끗 보며 주민등록번호를 적어 냈다. 남자 직원이 미심쩍은 눈으로 내려다보는 것 같았다. 일부로 시답지 않은 질문으로 그의 시선을 딴 데로 돌리었다.

하지만 이따위 숫자 변환은 작년 말, 29를 17로 바꾸어야 했던 일에 비한다면 새 발의 피도 안 되는 싱거운 일들이었다. 부득불 치아 감정서를 떼어 주게 된 닥터 박 아저씨의 눈빛은 마치 충치 치료하는 드릴처럼 무섭게 내 가슴을 후벼 파며 작동했고, 공허한 사무실에서 울리는 변호사님의 한 숨 소리에 의자의 나사 조임이 반 바퀴씩 풀어지며 자꾸 몸을 움츠려들게 했다.

아니, 반복되는 한 숨들이 나를 마치 사과처럼 한 입씩 베어 먹은 지도 모르겠다. 법원의 최종 허가를 기다리다 내 육신은 여러 숨에 먹혀 누르스름하게 변색된 사과 뼈대같이 앙상해질지도 모를 일이었다.

어느 날 사무실에 전화벨이 울렸다. 그러나 평소와 다름없는 벨소리가 이상하게 예사로 들리지 않았다. 그도 그랬는지 수화기를 드는 표정이 짐짓 무거워 보였다. 역시나 법원의 메시지를 알리는 전화인 듯 했다. 전화 내용을 듣는 변호사님의 안색을 살폈다. 차츰 그의 얼굴에 희미한 미소가 실렸다. 희비는 교차한다. 나는 그의 미소에 실망감을 감출 수 없었다. 수화기를 내려놓으며 그가 나를 돌아보았다. 그의 입이 어항 속의 붕어처럼 뻐끔거렸다. 벌써 난청인가. 보청기를 껴야 하나.

"……."

나는 귓불을 긁어대며 꾸부정하게 몸을 일으켜 세웠다.

"순자야. 허가됐단다."

갑작스레 볼륨을 최대로 높인 것처럼 귀가 먹먹했다.

"에?"

"맙소사! 어떻게 이런 일이 실현될 수 있지?"

변호사님은 얼떨떨한 표정으로 서 있었다. 믿어지지가 않았다. 나는 변호사님과 부둥켜안고 빙빙 돌았다. 그도 재판에 승소한 사람처럼 의외로 기뻐했다.

그날 밤 나는 꿈을 꾸었다. 신음을 토해내다 눈을 뜨니 온 몸이 진땀으로 축축하게 젖어 있었다. 뭔가 난잡했지만 어렴풋이 기억나는 건 법원에서 실수로 십이 년을 이 년으로 착각했다며 다시 기각한다고 알려온 것이었다. 그리고 뒤이어 내 다리도 아니고 내 밥 그릇 내 놓으라며 쫓아오는 얼굴 없는 기괴한 형상에게 붙들리려는 절체절명의 순간 악몽에서 깼다.

'혹시 그가 제3의 인물?'

엉뚱한 상상의 나래로 간밤을 꼬박 새우다 사위가 짙푸른 새벽녘 찬이슬을 맞으며 부모님의 유골이 안치된 납골당으로 향했다. 납골함 옆에 세워져 있는 사진 속의 부모님은 더 없이 온화한 표정이었다.

"괜찮죠? 저 미워하지 않으실 거죠? 저 엄마 아빠 떠나고 그 뒤로 너무 힘들었어요. 그러니까 한 번만 용서해주세요."

코가 시큰해지더니 촛농처럼 무언가 똑 똑 떨어져 내렸다. 숙였던 고개를 쳐들고 보니 다행히도 투명한 콧물이었다.

11년 전. 집은 경매에 넘어가고 오도 가도 못하는 처지가 못내 한스러워 여기서 있는 대로 원망을 쏟아내고 돌아가는 길에 충동적으로 면도날을 하나 샀다. 하얀 손목에 서슬 퍼런 그것을 수십 번도 넘게 얹고 떼기를 반복하고, 또 반복하고 주저하다 이내 지쳐 잠들었는데, 그날 밤 꿈속에서 돌아가신 이후 처음으로 부모님을 뵐 수 있었다.

그런데 반가운 기색은커녕 부모님은 마치 모르는 사람인척 차갑게 나를 외면했다. 발목을 붙잡고 늘어져서 악다구니 하며 쫓아가려고 하면 떼어 내려 애는 썼지만 유난히 기력이 쇠한 두 분은 내 완력을 당해내지 못해 기진맥진해 있었다. 그렇게 지체하다 어느 순간 멀리서 다

154

가오는 검은 형체가 눈에 띄었다. 부모님은 순간 낯빛이 변했고 아빠는 다급하게 엄마에게서 정체모를 무언가를 받아들었다.

자세히 보니 그것은 한 자루의 낫이었다. 그러고는 눈물이 그렁그렁한 얼굴로 내게 무언가 호소하듯 천천히 도리질을 하고는 말릴 새도 없이 힘주어 날을 내렸다. 내가 그러쥐었던 자신의 발목 한참 위였다.

나는 비명을 지르며 꿈에서 깨었다. 고시원의 작은 창으로 쏟아지던 네온사인이 허공에 그대로 떠 있던 두 손을 유난히도 선명한 핏빛으로 물들이고 있었다. 꿈으로 끝나버린 비극에 안도하며 뒤척이다 그새 까맣게 잊고 있던 그 면도날을 다시 보았는데 그 위로 정체불명의 뽀얀 물방울이 맺혀 있었다.

그 후 다짐했다. 부모님 앞에서는 절대 눈물을 보이지 않겠노라고.

두 눈을 지그시 감고 두 개의 납골함에 양손을 가져다댔다.

들뜬 밤을 지새우고 부모님의 손을 맞잡고 동물원을 갔던 여덟 살 어린이날이 아련하게 떠올랐다. 아빠보다 훨씬 작은 코끼리와 엄마보다 하얗지 않은 백조를 그린 그 날의 그림일기는 황금 색종이로 만들어진 메달을 끄트머리에 달고 교실 뒷벽에 한참동안 붙어서 어린 나를 꽤나 우쭐하게 만들었었다.

단단한 사기에서 여덟 살 아이의 작은 두 손을 잡아주던 그 커다란 온기가 희미하게 전해졌다.

'고맙습니다. 그리고 사랑합니다.'

930523-2XXXXXX

내 새 주민등록번호이다.

93년생 미성년자가 되어 버린 내 법정대리인은 이평안씨였다. 이로 인해 변호사님에게 이름과는 반어적인 삶이 더욱 가중되었다. 나는 선심 쓰듯 지불 각서에 적힌 오천을 이천으로 감해주었다. 이천까지 훌훌 날려버려도 시원치 않겠지만 앞으로 최소 2년은 벌어들이는 소득이 없다는 점을 감안해서 내린 차선책이었다.

그렇다고 그의 어깨를 짓누르는 짐 덩어리가 가벼워 질 리는 없을 것이며 영원히 나는 그의 목구멍에 걸린 사레에 불과할지도 모른다. 평생토록 그에게 자장밥을 시켜줘도 다 갚지 못할 큰 빚을 지었지만 언제가 그가 막힌 사레를 시원스럽게 뱉어 내고 자장밥을 게걸스럽게 비워내도록 잘 자립하여 보답해야겠다고 굳게 다짐했다.

2

독일의 관념주의 철학자이며 염세주의 사상가인 쇼펜하우어는 말했다.

- 여자란 머리카락은 길어도 사상은 짧은 동물이다.

나는 이마를 훤히 내놓던 뒷머리를 끌어 당겨 앞머리를 싹둑 잘랐고 고수했던 긴 웨이브 컬의 머리카락을 어깨에 닿을락 말랑한 생머리로 짧게 정리했다.

"와우, 언니 퍼펙트!"

(언니?)

나는 머리를 다듬는 동안 내내 그를 오빠라 호칭했던 실수에 번뜩 놀라서 조심스레 얼굴을 살폈다. 남자 같은데. 헤어디자이너의 가슴부터 아랫도리까지 광속으로 훑었다.

'뭐야, 남자구만.'

갈색 단발머리에 성인 남자 평균키 보다 작은 그는 변성기에 접어든 소년처럼 미성을 내지르며 손뼉을 쳐댔다.

"언니~! 다섯 살은 족히 어려 보인다."

열 살도 아니고 겨우 다섯 살이다. 난 그 정도에 맞장구칠 만큼 사상이 짧은 동물도 아니다. 대충 웃는 시늉으로 마무리 했다.

"언니 몇 살?"

"서… 서……."

사상은 아니더라도 기억력은 족히 짧다. 나는 재빨리 손으로 입을 막았다.

"응? 몇 살이라고?"

"……."

기억력이 짧은데다 배짱은 바닥이다. 열여덟이라는 말이 차마 입 밖으로 떨어지지 않았다. 연습 좀 해야겠다.

"맞춰보세요. 저 몇 살 같아 보여요?"

그는 둘째 손가락을 아래턱에 갖다 대며 입을 쭉 내밀고는 몸에 베인 듯 자연스럽게 앙큼한 표정을 지어 보였다. 가슴은 횡하고 아랫도리는 불뚝한데… 괜히 물었다.

"음, 스물 셋, 넷?"

"그래요?"

썩 나쁘지는 않았다.

"네. 비슷해요. 근데 요즘은 고등학생들도 많이 성숙해 보이죠?"

"맞아요, 맞아. 애들이 갈수록 서양 애들처럼 일찍 삭더라고요. 무슨 여기 단골 아줌마 연배로 보이는 애들도 있고, 어릴 때부터 공부 때문에 찌들어서 그런가. 딱하지 뭐."

그가 고개를 절레절레 흔들다가 시선이 다시 내 머리칼 끝에서 출렁거렸다. 나는 씩 웃으며 회심의 미소를 지어 보였다.

어느새 2월도 끝 무렵이었다. 벽에 걸려있는 달력에서 눈을 떼고 뿌옇게 서리가 낀 건너편 쇼윈도를 보았다. 건물 지붕들은 늘어져라 햇볕을 만끽하고 있으면서도 저마다 듬성듬성하게 새치 같은 눈덩이를 달고 있었다.

미용실 문을 열고 나오자마자 칼바람이 샘내듯이 앞머리를 헝클어 놓았다. 손가락을 구부려 가지런하게 빗어 내리고는 코트에 달린 모자를 끄집어 쓰고 목도리를 빙빙 둘렀다. 몸을 웅숭크리고 종종 걸음으로 내 달린 곳은 바로 길 건너 헬스장이다.

"아, 안녕하세요."

들어가자마자 맞닥친 헬스장 코치에게 아는 척을 했다.

"아, 네."

그러나 그는 우락부락한 몸집에 좀처럼 안 어울리는 아리송한 표정을 지어 보였다. 탈의실에서 운동복을 갈아입고 나오자 그는 그제야 나를 알아보고는 반가워했다.

"아, **수지씨구나.** 헤어스타일이 싹 바뀌어서 나는 웬 고등학생인가 했지."

"그래요?"

나는 입가에 함빡 미소를 머금고 러닝머신 위를 뛰었다. 머리카락을 줄여서 그런지 몸도 절로 가벼웠다.

아주 어렸을 때 부모님과 즐겨 보았던, 동명 소설이 원작인 '토지'라는 드라마에는 주인공 최서희 역을 맡은 아리따운 여배우가 등장했다.

"아빠, 저 언니 꼭 선녀 같아."

나는 여느 애들처럼 드라마 내용에는 통 관심 없이 한 배우에게만 정신이 홀딱 빠져 있었다.

"엄마, 저 언니 이름 뭐야?"

"최수지."

"아빠, 나도 순자 말고 수지라고 불러줘. 최수지. 응?"

"우리 순자 이름을 수지로 지었으면 지금보다 더 예뻐졌을까?"

"응."

나는 냉큼 고개를 끄덕였다.

"그럼 순자는 선녀가 돼서 아빠 엄마를 두고 날아갔을지 몰라. 그래도 좋아?"

나는 턱을 괸 채 볼을 잔뜩 부풀리고 잠시 생각에 잠겼다. 내가 인어공주 다음으로 슬프게 읽었던 동화책의 결말이 떠올랐기 때문이다. 결국 고민 끝에 아빠와 엄마를 선녀를 떠나보낸 나무꾼처럼 불쌍하게 할 수는 없다고 말했다. 그러자 나는 심각한데 아빠는 껄껄껄 웃으셨다.

나는 개명 신청서에 도장을 찍으며 부모님께 말씀드렸다.

'이제는 선녀가 돼도 불행하지 않으시겠죠? 아빠 엄마가 먼저 날아가셨으니까요.'

별세한 세계적 지휘자 이와키 히로유키는 말했다.

- 남자는 죽고 싶지 않아서 살을 빼고자 하는데, 여자는 죽어도 좋으니 살을 빼야겠다고 생각한다.

마이너스 12로의 고지는 멀지 않다. 나는 지난 달부터 이 헬스장을 찾았다. 그리고 장장 두 달에 걸친 혹독한 다이어트 끝에 무려 8킬로그램을 뺐다. 1킬로그램의 지방은 고봉밥으로 세 공기 정도 되니 난 주걱으로 자그마치 스물네 공기 분량을 내 몸에서 퍼 버린 셈이다.

'고수레, 고수레, 살 귀신아, 이 밥 먹고 물러나라.'

그러나 내가 운영하는 인터넷 카페는 익명이니 회원들에게는 다이어트 비법이 운동의 효과만은 아니었다고 순순히 자백할 것이다.

1월 초 나는 시간이라는 개념이 정체된 것 같던 곳에서 보름이라는 꽤 긴 여정을 하릴없이 보내야 했다. 인공 감미료를 안 쓴 웰빙 식단이라지만 삼시 세끼 식탁을 채운 푸성귀의 향연 때문에 절로 식음을 전

패 할 수 있었다. 다행인건지.

돌이켜보니, 사업 수완이 대단했던 것도 같다. 주인이 혹시 MBA라도 땄던 건 아닌지 모르겠다. 하긴 복도에 걸려 있던 큰 액자에서 양 볼이 쏙 들어간 여자 연예인과 어색한 손동작으로 어깨동무한 채 엄지를 바짝 들어 보이던 그 샤프한 남자와 단식원이라는 곳은 거리가 영 멀어 보여도 MBA는 썩 어울렸다.

그런데 대체 어느 산천에 그렇게 각양각색의 풀 따위가 자라나는지. 대신 장운동이 좋아져 변비에는 좋았지만 거무튀튀한 녹색 빛이 감도는 변기 속의 부산물들을 내려 보자니 문득 유치원 때 키우던 달팽이가 떠올라 아련했다.

팽아라고 불리던 우리 집 달팽이는 먹는 음식 색깔대로 오색찬란한 것들을 남기곤 했다. 그 중 녹색이 가장 많았다. 그래서 그런지 색채를 구별하기 전인 그 무렵 내가 그린 그림일기에는 초록색 구름, 초록색 사람과 자동차가 많았고, 금방 몽당이 되어버리는 녹색 크레파스를 쥐고 떼쓰는 나 때문에 엄마가 골치 꽤나 아팠다고 했다.

암튼 나는 그 곳에서,

빌어먹을,

생겨 먹길 뱁새의 기장인데 황새처럼 다리를 **쭈우와이악** 찢어야 했던 무자비한 '스트레칭 시간', 가부좌를 튼 채로 자는 법을 터득해 나름 가장 부가가치가 컸던 '명상의 시간', 나뭇가지를 질질 끌며 뒷산으로 휘- 산책 가서 장 속에 묵혀두었던 질소만 배출하고 오는 게 전부였던 '삼림욕 시간', 빈속으로 멀뚱히 앉아 신트림만 해대던 '묵념의 시간' 등 이름만 거창한 별 시답지 않은 일정들을 무사히 마치고 그에 대한 대가로 거금 75만 원을 지불했다.

오는 차에서 보니 그와 같은 수순을 밟고 있는 사람들이 산송장처럼 여기저기에 널브러져 있었다. 그 어느 이윤 추구 업체보다 순수익이 많을 것 같았다. 돌아가서 목돈을 부동산이나 주식으로 굴릴 계획이 있는 이들을 대상으로 단식원 사업설명회를 개최해도 쏠쏠하겠다는 생각이 들었다.

보름 내내 코빼기도 볼 수 없던 단식원 주인은 마지막 날이 되어서야 얼굴을 비쳤다. 아니, 어쩌면 복도에서 몇 번 마주쳤는데도 그냥 지나쳐 버린 지도 모른다. 아무리 얼굴을 헤집고 뜯어봐도 그 액자 속의 흔적은 흐릿했으니 지나친 비약은 아니다. 이래서 중이 제 머리 못 깎는다 했던가. 그는 지인들에게 홍보 좀 많이 해달라며 명함을 건네고는 엠보싱같이 푹신해 보이는 턱살을 흔들어대며 웃어 재꼈다.

암튼 그 곳 덕분에 몸에서 고봉밥 18그릇을 비웠다. 그러고는 해쓱해진 채 집에 돌아와 무심코 밥솥 뚜껑을 열다가 단식원 액자 속에 있던 그 여자 연예인을 쇼 프로그램에서 보게 되었다. 그녀의 복구된 살들을 보고는 그대로 밥숟가락을 내던지고 곧장 이곳 헬스장에 등록했다.

1, 2킬로그램으로도 여자라는 예민한 동물은 짜내는 치약 튜브처럼 팬티 이음새를 빗겨나간 허벅지살의 두께 변화나 셀룰라이트의 반지름 감소까지 적확하게 감지할 수 있는데 5킬로그램도 아니고 자그마치 8킬로그램이다.

허리는 3인치 줄어 현재 26인치였다. 덕분에 3달 후 살 빼고 입겠다는 각오가 어언 3년이 지나고 나서야 빛을 발한 빨간 역 피라미드가 뒷주머니에 박힌 게스 청바지를 제법 멋스럽게 소화할 수 있었다. 팔뚝살과 허벅지살은 특히 현저한 변화를 보였고 나잇값 못하고 붙어있던 볼 살이 많이 빠져서 얼굴도 더 갸름해지고 작아졌다.

무엇보다 감격스러운 것은 잊고 있던 흐릿한 쌍까풀 선을 되찾은 것이다. 초등학교 때 까지만 해도 눈매가 더 또렷하고 컸던 사진속의 흔적은 그 당시에는 나도 말랐었다는 사실을 반증해주었다. 고등학교 때 급격하게 불은 내 몸을 보고 친구들 누구도 그 사진 속 인물을 나라고 믿어 주지 않았다.

그러나 전부를 소유할 수는 없는 것. 그래도 헐거워진 브래지어 속에 도톰하게 뽕을 한 개 더 채워야 하는 수고쯤은 대수롭지 않았다. 발은 5미리 작아져 구두가 약간 헐거웠다.

며칠 전에는 동네를 지나다가 익히 알고 지내던 자장면 배달부와 마주쳤다. 나도 모르게 저절로 그에게 손짓을 하려는데 시도 때도 없이 넉살 좋게 아는 척을 하던 그이가 나를 보고서도 시퉁스럽게 휙 지나쳐 버리는 것이 아닌가. 단지 우연인가. 나는 의구심에 그 달음으로 사무실 아래 슈퍼까지 찾아갔다.

"어서 오세요."

계산대 옆의 한 평 남짓한 공간에서 소형 난로를 쐬고 양반 다리를 하고 있던 아주머니는 나를 본채 만채 하고는 꼼지락 거리는 발만 만져 댔다.

"이거 얼마죠?"

과연 귀에 익은 목소리였던지 그제야 그녀가 고개를 들고는 나를 올려다보았다. 심장이 무두질 쳤지만 천연덕스럽게 딴청을 했다. 그녀는 콧잔등에 돋보기를 걸치고 끔뻑끔뻑 나를 올려다보다가 거스름돈을 건네주었다. 막 나오려는데,

"이봐!"

가슴이 쿵하고 내려앉았다. 걸렸구나. 나는 놀란 마음을 추스르고 배시시 웃으며 천천히 뒤를 돌아보았다.

"학생, 문 좀 꼭 닫고 가줘. 가게 외풍이 세서 말이야."

가게를 나오며 나는 알 수 없는 짜릿한 전율을 느꼈다.

두 시간쯤 헬스장에서 땀을 빼고는 지쳐 집에 돌아왔다. 허기질 것 같지만 이상하게 격한 운동 후에는 입맛이 더 없었다. 아니, 그보다 벽에 반듯하게 걸려 있는 교복이 마치 자린고비가 천정에 걸어 둔 굴비라도 되듯이 배를 절로 부르게 하는지도 모르겠다. 그 깨끗하게 다림질 된 굴비는 마치 진주조개라도 삼켰는지 영롱한 빛을 형형하고 있었다.

간수는 사형 당일을 맞닥뜨린 사형수에게 그가 노모에게 영치품으로 받아 그동안 요긴하게 쓰던 바람막이 상의를 다른 감방 동료에게 물려주는 건 어떤지 의중을 물어본다. 그는 과연 뭐라 답을 할까.

어쩔 수 없이 자퇴해야 했던 고2 때 선생님 한 분은 불우 학우를 위

해 교복을 학교에 기증하고 가면 어떠냐고 딴에 조심스럽게 물어왔다.

아니요. 됐습니다. 꿋꿋해야 했기에 애써 스스로 아물리던 마음 깊숙한 곳의 상처가 뜯어지는 실밥처럼 다시 조금씩 벌어졌다.

나는 자퇴서를 내고 나오던 마지막 날 까지도 정돈 된 수의처럼 블라우스 칼라까지 반듯하게 다림질해 입고 교문을 나섰다. 그러고는 돌아와 그것을 부모님의 영정 사진이 모셔져 있던 장롱 맨 아래 칸에 고이 접어두었다. 그 날 그 속은 마치 관처럼 음산했다.

그 후로 한 번도 꺼내보지 않았다. 내가 내게 남긴 유품이었으니.

관속에 담긴 내 유품과 닮은 옷을 입고 다니는 또래들을 볼 때마다 나는 마치 내 것을 갈취 당하기라고 한 것처럼 억울함에 울분을 삼켰다. 그러다 새삼 자멸을 자각했고 혼령처럼 부유하여 내 껍데기를 내려 보았다.

내가 다니던 여고는 그 몇 년 후 부근에 있던 남고와 통합되었다. 그리고 차츰 내 유품이 어땠는지도 기억이 가물가물해졌다.

"무한고등학교? 말도 안 돼. 왜 하필!"

바로 그저께였다. 이메일을 확인한 후 좌절하여 자판 위에 그대로 쓰러졌다. 자판의 뭉개짐이 뱉지 못하는 고음처럼 탁하게 울렸다. 이 정도로는 역부족이다. 이런 강도의 좌절감을 제대로 살리기 위해서는 적어도 웅장한 파이프 오르간 위에는 쓰러져 줘야 할 것 같았다. 둥근 앵글로 비운의 여주인공만 비춰주는 등대 조명도 필수다.

"아니다. 이럴 때가 아니다."

마음을 추스르고는 곧장 교육청으로 전화를 돌렸다.

"세종고등학교는 결원이 없습니다."

교육청 직원은 평소 사회에 잉여 인간쯤이라고 생각하던 날라리 자퇴생이라도 대하듯 퉁명스럽게 대답하고는 말도 더 섞기 싫은지 전화를 뚝 끊었다. 다시 걸어 애걸복걸한다고 해도 될 일도 아니고 그러게 왜 자퇴는 했냐는 비아냥거림만 들을 것 같았다.

지금 살고 있는 동네에서 무한고 교복을 입은 학생들은 회색 비둘기 무리에 낀 흰 비둘기 정도로 드물었다. 두발은 귀밑 몇 센티까지, 치마 길이는 무릎 위로 얼마가 허용되는지 새 학기마다 달라지는 세종고 선도부 주임의 학칙 경향까지 파악할 정도로 그 학교 학생들만 눈에 익었다.

'오 마이 갓. 왜 하필 결원이 없는 것인가.'

무한고등학교. 왠지 꺼림칙하다. 그곳은 다름 아닌 사무실 창문을 열면 항상 내 시야에 닿던 곳이었다. 등하교 길에 있는 아이들의 분주함, 운동장에서의 떠들썩함, 그리고 학교 창문을 통해 수업하는 장면까지 내가 틈만 나면 넋을 잃고 바라보던 곳이었다. 그곳은 내게 마치 무대였고, 나는 감정 이입한 단 한 명의 관객이었다. 쇼맨십 많은 배우가 불쑥 객석으로 내려와 관객 한 명의 손을 이끌고 무대로 올리는 것과는 차원이 달랐다.

이제 내가 그 출연 배우들의 하나로 무대에 서게 되는 것이다.

무대 공포증 비슷한 아찔함이 밀려왔다.

그러나 들여다볼수록,

저 벽에 걸린 채 가슴팍에 꽂혀있는 배지를 반짝이는 무대의상은 세종고의 쑥색 계열에 비하면 아래 위 회색인 교복 치마와 재킷이 제법 세련되고 멋스러워 보였다.

이왕 이렇게 됐으니 앞으로 무한고의 장점을 한 가지씩 찾아봐야겠다고 마음먹었다.

제8장

나이테와 노익장

1

아침밥을 뜨는 밥숟가락이 바들바들 떨렸다. 아니, 둥근 수저 안에
서 밥알이 요동치고 있었다. 이대로 밥알들을 식도로 넘기면 위 속에
서 흩날리는 눈발이 될지도 모르겠다는 생각이 들었다. 그 눈발을 귀
로 넣었는지 코로 넣었는지는 대충 어딘가로 꾸역꾸역 밀어 넣고 그
릇들을 모조리 개수대에 던져 놓은 뒤 방문을 열었다.

한 여름 뙤약볕이 내리쬐는 늘어진 빨랫줄에 홀로 걸려있는 양말짝
처럼 벽에는 교복이 단조롭게 놓여 있었다. 그 새 반짝거리던 것이 오

늘따라 발색된 것처럼 보였다. 그러고 보니 푸른 죄수복 같기도 했다.

　더는 지체할 수 없어 교복을 내려 순서대로 걸쳐 입고 화장대 거울을 들여다보았다. 앞머리를 가지런하게 빗어 내리고 입술에 립글로스를 발랐다. 화장대 위에 너저분하게 뒹굴던 색조 화장품들은 이미 서랍 깊숙이 넣어 둔지 오래였다. 그래도 피부는 아기 못지않게 자신 있었는데. 오늘은 유독 쳐져 보였다.

　"아참, 오늘 아이크림을 빼먹었구나."

　머리를 콩콩 쥐어박으며 자책하다 시간에 쫓기여 가방을 들춰 멨다. 신발장 속에 모셔져 있던 새 단화를 꺼내어 신고는 난데없이 야구 모자를 깊숙이 눌러 썼다.

　복도는 아침부터 아랫집 부부의 옥신각신 다투는 소리로 울렸다. 얼핏 듣자니 비상금이 아내에게 발각된 모양이었다. 여자는 목소리에 날을 세워 할퀴고 있었다. 모쪼록 조속히 해결되기를 바라며 한참을 오도 가도 못하고 서 있었다.

　잠시 후 날카로운 구두 소리를 마지막으로 밖은 잠잠해졌다. 현관문을 빠끔히 열고 몸을 낮추어 확인했다. 복도는 기척 없이 적막했다. 부리나케 문을 잠그고 서너 계단을 한꺼번에 뛰어 내려 왔다. 단식원에서 매일 했던 스트레칭이 이제야 그 진가를 발휘하는지 황새마냥 다리가 쭉쭉 찢어졌다. 그 달음으로 숨 쉴 겨를 없이 언덕을 뛰어내려 왔다. 모퉁이를 돌고서야 멈춰 가쁜 숨을 내쉬었다.

　별 수 없었다. 이사 전까지 당분간은 이렇게 도둑고양이 신세에 적응해야 할 것이다. 그 동안 집을 처분할 시간이 없는 것도 아니었지만

부동산으로 가는 발걸음이 수 십 킬로짜리 편자를 대어 붙인 듯 무거
웠다. 어렸을 때 몇 달치 용돈에 세뱃돈을 더해 샀던 새끼 강아지를 며
칠 방안에서 키우다 엄마의 예민한 오감에 감지되어 도로 보내야 했
을 때랑은 비교도 안될 만큼 헛헛했다.

그래서 여직 이 꼴로 다니고 있다. 아무리 연립 이웃들과 얼굴을 익
힐 정도의 내왕이 있지도 않았고, 내 외양까지 달라졌다 할지라도 혼
자 살던 여자 집에서 교복 입은 여자애가 왔다갔다 한다면 분명 의심
의 여지를 제공할 것이다.

좀 느긋하게 버스 정류장으로 향하다 순간 멈칫했다. 버스 정류장은
쑥색 교복을 입은 세종고 학생들로 초만원이었다. 그야말로 푹 찐 쑥
개떡처럼 한데 뭉그러져 있었다. 발이 앞으로 떨어지지 않았다. 시계
를 보았다. 8시. 아랫집 부부싸움 덕에 첫날부터 지각할 판이었다. 별
수 없이 천근같은 발을 한 발 한 발 앞으로 내딛기 시작했다. 고개를
푹 숙이고 다가가 정류장 가판대 옆으로 몸을 숨겼다. 회색 비둘기들
의 시선이 흰 비둘기에 슬쩍슬쩍 와 닿는 게 느껴졌다. 가판대로 몸을
더욱 밀착시켰다.

이윽고 버스가 왔다. 가판대를 비켜섰다. 622번. 낯익은 번호라 몸이
먼저 반응했다. 내가 저 노선버스를 타고 가는 목적지는 5년이 넘도록
61번지 낡은 3층 건물이었다.

버스가 오자 아이들이 우르르 몰려갔다. 작은 승차 문을 중심으로
쑥색이 부채꼴처럼 넓게 퍼져 있었다. 나도 별수 없이 쑥떡 끄트머리
에 엉긴 콩처럼 무리 옆에 삐죽 섰다.

운전기사 아저씨의 간 떨어지는 고함과 변성기 아이들의 간질간질한 목소리가 한데 뒤섞여 맞지 않는 라디오 주파수처럼 어지러웠다. 부채꼴은 점차 줄어들었고 대신 버스 안은 예전에 다큐멘터리에서 보았던 인도 열차처럼 북적거렸다. 다행인지는 모르겠으나 암튼 나도 버스 앞머리에 몸을 실었다.

크고 작은 발들이 조약돌처럼 빽빽이 자리 잡고 있었고 머리들은 바다 위의 부표처럼 둥둥 떠 있었다. 그 나이 때 남자 아이들에게서 풍기는 쾌쾌한 채취가 잔파도처럼 거듭 밀려왔다. 눈을 감고 숨을 죽였다. 아까부터 폐가 혹사당하고 있다.

사람들 사이로 차창 밖에서 노란 물체가 언뜻 보였다. 그리고 버스의 과속 덕분에 거의 근접해졌다. 화물칸에 닭장을 실은 노란 용달차였다. 닭장 철조망은 당장 제가 날더라도 손색없을 만큼 깃털이 숭숭 꽂혀 있었다. 그 틈에 삐죽한 것이 솟아 있었다. 저 부리 주인은 분명 고고한 암컷일 것이다.

손에 닿는 손잡이가 없어 버스카드 찍는 기계 옆에 솟은 봉을 꼭 부여잡고 한참을 갔다. 잠시 후 어디선가 은은한 향기가 해일처럼 밀려들었다.

4월의 설익은 연둣빛 사과 내음이었다.

"잠시만요!"

그 나직한 소리에 고개를 비집고 돌리니 내 얼굴이 회색 교복을 걸친 누군가의 가슴팍에 밀착해 있었다. 그 속에서 향기가 더 진하게 배어 나왔다. 나는 눈을 스르르 감고 그 향을 음미했다.

'이 남정네에게 이대로 안기고 싶다.'

향기에 취해 나도 모르게 그 가슴팍으로 고개를 살짝 묻었다.

"저기요, 잠깐만요."

"네……."

나는 하얀 달맞이꽃처럼 가련하게 고개를 쳐들었다. 그 순간.

"!"

꽃잎은 외화 피부터 서서히 얼어붙었다. 안개가 자욱한 몽환적인 달밤은 삽시간에 걷혔다.

눈에 익은 아이였다. 농구소년! 그 아이가 나를 내려다보며 멋쩍은 듯 입을 열었다.

"이봐, 학생! 아까부터 정신 어따 팔고 버스카드 기계 앞에 서 있는 거야! 내가 몇 번 말했어!"

그가 삐끔거리다 말고 옆을 돌아보았다. 나도 따라 고개를 돌렸다. 버스기사 아저씨가 눈에 쌍심지를 켜고 고래고래 소리치고 있었다.

"저기, 버스카드 좀……."

조급해진 그 아이의 목소리였다.

"어, 네."

나는 그제야 서둘러 비켜섰다. 그 아이를 선두로 뒷사람들이 승차하며 하나둘 버스카드를 찍기 시작했다. 월요병에 찌든 저마다의 면면에서 불평과 짜증을 느낄 수 있었다. 그 중 누군가 내 양 귀 속에 불쏘시개를 집어넣었는지 후끈했다. 그들의 승차와 동시에 후문에서 쑥이 한 대 뭉쳐 내려갔다. 세종고 앞이었다. 버스 안은 어느새 휑했다.

나는 버스기사 아저씨를 필두로 여러 사람들의 날이 선 시선을 뒤통수에 꽂은 채 황망히 빈자리에 앉았고 내 앞에 그 아이가 앉았다. 버스기사 아저씨와 마주치지 않도록 그 아이의 뒤태에 판박이처럼 붙어 있었다. 그 아이가 창문을 열었다. 3월, 약간 서느런 바람을 타고 그 애에게 베인 사과향이 내 콧등을 간질였다. 나는 차창에 기대어 눈을 감았다. 아까 부리를 삐죽 내밀던 닭은 어디쯤 갔을까. 밤새 잠을 한숨도 못자서 두 눈이 뻑뻑했다.

 - 이번 정류장은 무한고등학교 앞입니다.

얼마쯤 갔을까. 안내 방송이 나왔다. 달달한 향에 취해 잠깐 잠이 든 것 같았다. 입가에 축축함이 느껴졌다. 샛눈을 뜨고 주변을 살핀 후 고인 침을 재빠르게 훑어냈다. 그 애의 예쁜 뒤통수가 여전이 내 앞에 고정돼 있어서 다행이었다.

하품이 밀려 왔다. 포효하는 백악기 티라노사우루스처럼 콧구멍을 벌렁거리며 입을 쩌억 벌리다가는 무심코 시선이 운전석 옆에 부착된 네모난 거울에 닿았다.

"!"

멈춘 시계의 시침 분침처럼 벌어진 입이 다물어지지 않았다. 거울 속으로 미소를 머금고 있던 그 아이가 황급히 거울에서 눈을 뗐고, 나도 감기는 태엽 소리처럼 작은 신음을 내뱉고는 고개를 푹 숙였다.

프랑스의 작가이자 비평가이며, 프랑스혁명 후 수 년 간 치안재판소의 판사였던 주베르는 말했다.

- 여성은 자기 자신을 위해서뿐만 아니라 여성 전체를 위해 수치심을 갖지 않으면 안 된다.

수치심의 원인으로 형을 받아야 한다면 주베르는 영웅 잔 다르크 못지않은 나에게도 화형을 선고하리라. 젠장.

'다 봤나? 왜 웃고 난리야!'

땅거미가 진 얼굴로 버스에서 내려 투덜거리며 잰 걸음으로 걸었다. 뒤에서 큰 보폭으로 걷고 있는 발자국 소리가 괴괴하게 들렸다. 그 아이리라. 조소를 머금은 그 얼굴이 사과괴물처럼 점점 부풀어 나를 덮칠 것 같았다.

"어이, 주장!"

고개를 들었다. 내 앞에 있던 한 아이가 손을 번쩍 들고 내 뒤를 향해 소리쳤다. 나도 따라 뒤를 보았다. 사과괴물이 역시 손을 번쩍 쳐들고 이쪽을 보고 있었다. 아니, 아직은 사과괴물로 변신 전이었지만 나는 쌩하고 고개를 돌리고 가던 걸음을 재촉했다.

새 학기를 맞은 학교 앞은 아이들로 북적거렸다.

"어, 저기!"

아이들의 아우성 속에서 내 귀는 유독 하나의 음파만을 감지했다. 시장 바닥 같이 북적이는 곳에 서 있던 그 아이가 손가락을 세워 정면을 가리켰다. 문득 내가 서 있던 곳을 두리번거렸다.

"어?"

눈이 번쩍 떠졌다. 교문에서 멀찍이 빗겨 있었다. 나도 모르게 내 발걸음이 사무실로 향했나 보다. 그 아이는 그제야 옆에 있던 친구와 교문 안으로 들어갔고 나는 입맛을 다시며 발걸음을 돌렸다.

2

드디어 앞에 섰다. 뒤로는 두 대의 스프링클러가 빙글빙글 돌아가고 있었다. 고루 분사되는 그 물줄기는 마치 자개처럼 영롱한 무지갯빛을 반사하다 낙하하며 진주 같은 알갱이들을 대지로 훑어냈다. 그것을 머금은 푸르른 잔디밭은 상서로운 새의 양 날개처럼 드넓게 펼쳐져 있었고 깊게 뿌리내린 붉은 건물은 신령한 거목처럼 위용 있는 자태로 우뚝 서 있었다.

거대한 아치형 교문이 활짝 열려 있었다. 얕게 불뚝 선 교문 문턱은 마치 레이스의 골인지점 같았다. 가슴이 뭉클했다. 나는 선 안으로 들어서며 완주한 마라토너처럼 두 팔 벌려 승리의 기쁨을 누렸다. 그도 잠깐.

"으아악."

그 도취감을 무자비하게 산산조각 내는 비명횡사 소리에 눈을 뜨니 누군가 나를 보며 기괴한 표정을 짓고 있었다. 개학 첫날임에도 불구하고 교문 뒤에는 학생 주임이 떡 버티고 있었다. 회초리로 자신의 손바닥을 쳐대길 반복하던 그는 키가 껑충 큰데다 투박해 보이는 까만

양복에 양귀비 염색약 애용자인지 뒤로 쓸어 넘긴 머리까지 유난히
까매서 흡사 관속에서 막 나온 드라큘라처럼 섬뜩한 인상이었다.

그 옆으로는 일곱 여덟 명의 사내 아이들이 일순간에 목에 일침을
당하기라도 한 것인지 허옇게 핏기 가신 얼굴로 후들거리는 양 팔을
힘겹게 쳐들고 있었고, 뒤로 갈수록 대열은 아예 도미노처럼 무너져가
고 있었다. 호각을 물고 있는, 동굴처럼 음습한 주임의 입 속에서 종유
석같이 삐죽 내려온 송곳니 하나가 반짝였다. 나는 괜스레 양 손으로
목덜미를 감싸 쥐고는 종종 걸음을 내 디뎠다.

실내화로 갈아 신고 건물 안으로 들어섰다. 어렸을 때 처음 63빌딩
수족관을 가 보았을 때처럼 속이 울렁거렸다. 길게 쭉 뻗어있는 복도
바깥 창문으로는 따스한 햇볕이 정방형으로 쏟아져 들어왔고 건너편
여러 개의 낡은 갈색 문들은 햇볕을 차단하는 차양처럼 굳게 닫혀져
있었다. 교무실이었다. 나는 낡은 회벽을 손으로 쓸며 계단을 천천히
올라갔다. 여자 아이들은 둘 셋이 모여 참새처럼 지저귀며 올라갔고 남
자 아이들은 닭처럼 푸드덕 날갯짓을 하며 계단을 뛰어 다녔다. 가끔씩
그 면면이 용케 내 학창 시절 친구들을 닮아 있어서 낯설지 않았다.

어느새 3층에 다다랐다. 복도 중앙에 서서 좌우 복도를 살폈다. 2반
팻말은 오른쪽 복도 끝쯤에 있었다. 발꿈치를 들고는 높게 걸린 반 창
문으로 안을 엿보며 걸었다. 아이들의 모습이 활기찼다.

2학년 2반. 나는 팻말이 걸린 문 앞에서 잠시 걸음을 멈췄다.

'제발, 부디, 2학년을 잘 마칠 수 있도록 도와주세요.'

맘속으로 하느님, 예수님. 부처님, 알라신까지 찾고는 크게 숨을 들

이 마시었다.

　손잡이를 잡고 오른쪽으로 서서히 비틀자 차츰 문이 열리기 시작했다. 희미한 빛이 새어 나왔다. 판도라의 상자가 열리고 있었다. 과연 안은 어떤 세상일까.

　"야! 이 계집애야, 얼른 안 들어가?"

　문을 열다말고 뒤를 돌아보았다. 웬 덩치 큰 아이가 코를 벌름거리며 나를 내려다보고 있었다.

　"뭘 꼬라 봐!"

　"… 나?"

　동글 넙적한 얼굴에 밤톨처럼 짧은 스포츠머리를 하고 있었고 목소리는 허스키했다. 나는 잠시 넋을 잃고 바라보았다.

　"야, 미친개 온다."

　그 애 뒤에서 누군가 다급하게 소리쳤다. 그 말이 떨어짐과 동시에 그 애는 저쪽 복도 끝을 돌아보았다. 나도 따라서 고개를 쭉 빼고 그쪽을 쳐다보았다. 다행히 입에 거품 물고 뛰어 오는 개는 없었고 좀 전에 교문에서 보았던 학생 주임이 유유히 걸어오고 있었다. 영락없이 그는 검은 망토를 펄럭이며 양 송곳니를 삐죽하게 드러낼 것 같았다.

　"야, 비켜."

　그 애는 내 어깨를 세게 밀치고 교실로 후닥닥 뛰어 들어갔고 뒤에 있던 아이도 눈을 흘기고는 뒤따라 들어갔다. 덩달아 나도 엄습한 공포를 체감하며 십자가가 치솟아 있는 교회라도 들어가듯 재빨리 교실 안에서 빈자리를 찾아 앉았다.

일제히 자리에 앉은 아이들은 속으로 무슨 주기도문이라도 외우는 지 웅숭크린 채 숨죽이고 있었다. 복도에서는 백작의 성에서 울려 퍼 지는 오르간 소리처럼 웅장하면서도 기괴하게 주임의 목소리가 울려 퍼졌다.

"담임 선생님 오실 때까지 정숙하고 있어라!"

그는 진짜 부양이라도 한 것인지 어느새 앞문에 서서 회초리를 만 지작거리고 있었다. 그러고는 그것을 십분 활용해 앞으로 다스려야 할 탁한 피를 간출해내듯 아이들을 천천히 훑어보더니 게슴츠레한 눈빛 으로 되돌아갔다.

파도가 휩쓸고 간 모래사장처럼 교실은 고요했지만 차츰 작은 입들 이 조개같이 벌어지기 시작했다.

- 아유, 미친개는 전근 안가나.

- 담임은 누구래?

- 아, 우리 오빠는 지금 뭐하고 있을까.

10여 년 전과는 사뭇 달라진 모습이었다.

가장 눈에 띄는 건 지우개 선반의 분필가루 더미가 흡사 백사장같 았던 분필 칠판이 화이트보드로 교체되어 있는 점이다. 그 때는 앞 두 줄까지 선생님들의 타액과 분필가루가 진눈깨비처럼 흩뿌려지곤 했 다. 그나마 약과지 환절기 재채기 시즌에는 분무기처럼 서서 그 쪽에 주로 앉는 안경 쓴 아이들은 수시로 렌즈를 닦아줘야 했다.

모두 추억이 된다. 이제는 주번이 되도 지우개 두 개를 양 손에 쥐고 심벌즈처럼 힘주어 맞부딪치면 높은 옥타브에서 부유하다 떨어지곤 했던 그 나른한 영상들을 볼 수 없을 것이다. 칠판 옆은 프로젝터 스크린에 에어컨에, 교실은 나날이 진화하고 있었다.

빽빽하게 놓여 있던 책상도 이제는 널찍히 떨어져 있었다. 하긴, 50명도 너끈히 넘던 정원이 이젠 40명도 채 안된다니.

1, 2분단은 남자 아이들이, 3, 4분단은 여자 아이들이 모여 앉아 있었다. 2분단과 3분단 사이는 반투막으로라도 막혀 있는지 서로 내외하듯 말도 섞지 않고 있었다. 하지만 음양의 조화에 의한 삼투현상은 시간 문제일 따름이다.

아이들을 쭉 훑어보았다. 그런데 계란판같이 자그마한 체구의 여자 아이들 사이에 웬 타조 알 하나가 불뚝 솟아 있었다.

'남자 애가 왜 저기 앉아 있지?'

밤톨같이 깎은 뒤통수부터 아래로 쭉 내려 보는데 허연 맨다리가 달달달 떨리고 있었다. 치마였다. 홍조를 띤 옆모습이 보였다.

'어머. 아까 그 애네. 여자였구나.'

그제야 환부에서 욱신거림을 느꼈다. 어깨를 살살 주무르는데 때마침 그 아이가 뒤를 돌아보았고 눈이 마주쳤다. 그 애는 어깨를 만지는 나를 보더니 바닥에 침을 한 번 찍 갈기고는 한쪽 입가를 씰룩 거리며 웃었다.

'근데, 저것이!'

"미연이 건드리지 말고 죽은 듯이 있어!"

나직한 말소리에 옆을 돌아보았다. 짝은 마치 아무 말 안했다는 듯

이전부터 풀어대던 문제집에 시선을 고정시키고 있었다. 잘못 들었나?

"나한테 뭐라고 했니?"

아무 대꾸가 없었다.

"어?"

코를 파묻고 공부하는 그 애에게 머리를 수그리고 채근했다. 그러자 그 애가 고개를 들었다. 하나로 단정히 묶은 머리에 잠자리 안경을 쓰고 있는 평범한 외모였다. 렌즈 속으로 두 눈동자가 흔들림 없이 나를 보고 있었다. 이어 쥐고 있던 형광펜을 내려놓고는 둘째 손가락을 세워 입가에 갔다 댔다.

"쉿!"

얼떨결에 고개를 끄덕끄덕 했다. 그 애는 다시 문제집을 풀어 대기 시작했다. 머리가 띵했다.

잠시 후 교실 앞문이 드르륵 열렸다. 두리번거리던 나도 그쪽을 보았고 아이들도 일제히 그 쪽을 주시했다.

"와!"

여자 아이들이 또 일제히 환호했다. 어떤 아이는 주먹을 불끈 쥐고 예스를 외쳤고 다른 누구는 드러머처럼 두 손바닥으로 책상을 쳐대기 시작했다. 사내 녀석들은 쭈뼛 앉아 있거나 그런 여자애들을 둘러보며 지들끼리 키드득 거리고 있었다.

제법 큰 키에 말쑥한 갈색 정장을 걸친 한 남자가 수줍은 미소를 띠고 교실로 들어왔다. 성큼성큼 걸어 어느새 교탁 앞에 섰다. 30대 중반쯤으로 보이는 남자의 제멋대로 자란 갈색 두발이 오히려 더 멋스러웠다. 그는 손을 뻗어 환호성을 잠재우고 차근차근 아이들을 둘러보기 시작했다. 나는 입술에 침을 한 번 바르고 밀가루 배급 타러 온 아이처럼 목을 쭉 빼고 순번을 기다렸다.

"섹시하지?"

넋 나가 있던 나는 그 말에 옆을 돌아보았다. 짝이 볼펜 꽁지를 입에 물고는 그를 쳐다보고 있었다. 수학 문제집에 그려져 있던 별모양 도형이 그대로 그녀의 안경에 묻어난 듯 눈을 반짝였다.

"어, 어."

나는 엉겁결에 대답하고 다시 그를 보았다. 내 눈에도 별이 떠오르고 있었다.

그는 칠판 중앙에 이름 석 자를 쓰기 시작했다. 그러나 그가 다 적어 내기도 전에 여자 아이들이 너나 할 것 없이 김진호를 연호했다.

김진호. 얼굴처럼 참 담백한 이름이다. 진호씨!

그는 출석부를 들추며 아이들을 하나씩 호명하기 시작했다. 나는 절로 어깨가 으쓱했다. 이제 나도 선녀 이름 같은 최수지다. 하하, 음하하하, 음하하하하하.

"준호!"

"예."

"민석이!"

"예."

“순자!”

“네.”

“네.”

교실엔 두 팔이 번쩍 올라가 있었다. 근데 두 개 모두 오른팔이었다. 하나는 내 것이고, 다른 하나는 다름 아닌,

내 짝의 것이었다. 두 오른팔의 양주인은 멀뚱히 서로를 바라보았다.

(뭐야. 얘도 순자야? 어라, 아니지. 나는 최수지인데.)

“둘 다 순자니? 이 반에 순자는 한 명인 걸로 아는데. 누가 김순자니?”

(음미. 김순자라고?)

“제가 김순자 맞아요.”

그 애는 질세라 손을 더욱 치켜들었다.

아차! 인간의 반사신경이란.

나는 얼굴이 샛노래져서 선생님을 돌아보았다. 선생님은 어리둥절한 표정으로 나를 보고 있었다.

“어머, 제가 잘못 들었네요. 죄송합니다.”

아이들은 한 번씩 나를 돌아보며 킬킬거렸고 그 밤톨 같은 미연이란 여자애도 나를 돌아보더니 입을 씰룩거리며 냉소를 지었다. 선생님은 고개를 한 번 갸우뚱거리고는 웃으며 다시 출석을 부르기 시작했다.

“혜린.”

“…….”

“오혜린!” 우연의 일치라기에는 절묘하다 싶은 순간, 뒷문이 드르륵

열렸다. 일제히 모두 그쪽을 돌아보았다.

"선생님, 좀 늦었습니다."

그러나 다급한 목소리는 아니었다. 몸을 젖히고 뒤를 보니 마치 무대의 입구에서 조명을 받고 있는 배우처럼 보이는 아이가 서 있었다. 언뜻 봐도 자태가 바비인형 같았다. 교실은 또다시 술렁거렸다. 남자 아이들은 들뜬 듯 떠들어댔고, 여자 아이들은 뭐 씹은 얼굴을 하거나 싸늘한 시선을 던졌다. 이전과는 완전히 역전이었다. 1시간도 채 안 돼 이 조그만 교실은 희비가 엇갈렸다.

"네가 오혜린이니?"

"네."

"첫날이니까, 한 번만 봐준다. 자리에 가서 앉아라."

"감사합니다."

그 애는 빈자리를 찾아 두리번거렸다. 그 여자애의 시선이 닿을 때마다 남자 아이들이 쑥스러운지 눈을 돌렸다. 옆에 빈자리가 있는 남자애들은 간택을 기다리는 궁녀들처럼 조신하게 눈을 내리감고 있었다. 그러나 그 여자애는 결국 내 앞 빈자리에 와 앉았다. 여기저기 안타까운 탄식이 기포처럼 들끓었다.

가까이 온 그녀를 올려다보았다. 근데 낯이 익었다.

'누구더라? 연예인이랑 닮았나?'

쭉 훑어보았다. 그 때 실내화도 갈아 신지 않은 그 아이의 구두에 눈이 닿았다. 검은 구두. 삐걱 대는 검은 구두. 두. 두. 두둥. 둥.

'맙소사!'

그 애였다. 재수 오지게 없는 그 아이. 현우의 과외 학생. 그새 앞머리를 내려 헤어스타일이 변했던 그 애는 내 앞에 새치름하게 앉았다. 오 마이 갓.

"야, 최수지."

"……."

누군가 나를 톡톡 건드렸다. 옆을 보았다. 김순자가 걱정스런 표정으로 나를 보고 있었다.

"으응, 왜?"

김순자는 느닷없이 문제집 여백에 쥐고 있던 볼펜으로 선을 그었다. 그 선이 뇌파처럼 삐뚤삐뚤했다. 내가 의아스런 표정을 지으니 그 아이는 그 볼펜 끝을 아래쪽에 가리켰다. 책상이 요동치고 있었다. 아니, 자세히 보니 내 몸이 사시나무처럼 와들와들 떨리고 있었다.

"너, 오줌 마렵니?"

나는 일곱 살짜리 어린애처럼 처연하게 고개를 흔들었다. 단지 인간의 배뇨 문제라면 얼마나 좋겠니. 김순자는 다시 문제집을 풀어대기 시작했다. 문제집 여기저기에 비뚤한 뇌파가 여러 개 그어져 있었다. 지금 당장 내 뇌파를 측정하면 엇갈려 붙은 에베레스트와 뒤집힌 케이투처럼 정점도 없을지 모른다.

판도라는 제우스가 내린 금기를 어기고 상자를 열었다. 그러자 그 순간 상자 속에서 슬픔과 질병, 가난과 전쟁, 증오와 시기 등 온갖 악(惡)이 쏟아져 나왔으며 놀란 판도라가 황급히 뚜껑을 닫았으므로 한

가지는 빠져 나오지 못하였다.

헛된 희망! 그것이다.

"야, 김순자. 오랜만이다."

혜린은 쉬는 시간이 되자 뒤를 돌아보았다. 나는 목석처럼 그대로 굳었다. 그러나 혜린은 다행히 김순자 옆에 앉은 나를 거들떠보지도 않았다.

"응."

김순자는 혜린에게 시선도 주지 않은 채 무성의하게 대답하고는 문제집만 풀어댔다. 혜린은 개의치 않고 재차 물었다.

"공부가 그렇게 재밌니?"

"응."

김순자는 또 건성으로 대꾸했다.

"나도 이참에 공부해볼까. 볼펜 좀 빌려줘라. 이왕이면 예쁜 색으로."

"풋~ 네가 무슨 공부냐. 안 어울리게."

김순자가 콧방귀를 뀌자 혜린의 예쁜 얼굴이 차츰 일그러졌다. 내가 괜히 무안했다.

"치, 없음 말고. 재수 없어."

혜린은 그제야 내 존재를 의식하고는 눈치를 살폈다.

"너 볼펜 있어?"

그녀는 자존심을 회복하기 위해선지 또 애꿎은 볼펜을 들먹거렸다.

그녀가 고개를 돌려 나를 보았다. 숨이 턱 막혀와 아무 대꾸도 할 수가 없었다. 그녀는 내 얼굴과 명찰을 번갈아 보더니 김순자에게 물었다.

"얘 말 못하니?"

김순자가 나를 올려다보다가 어깨를 흔들어 댔다.

"야, 너 오늘 계속 왜 그래?"

"아니…없어. 하…하."

어색하게 웃었다. 혜린이 입을 삐죽거리다가 앞으로 쌩하게 돌아섰다. 나는 그제야 가는 숨을 내 쉬었다. 그런데,

불쑥 혜린이 다시 뒤를 돌아보았다. 유유히 주머니에서 손을 빼어 날카로운 손가락 끝을 내 얼굴로 겨냥했다.

"너… 너 낯이 익어. 우리 어디서 봤지?"

김순자를 비롯해서 혜린 주변을 어슬렁거리던 무리들까지 덩달아 하던 일을 멈추고 모조리 나를 응시했다. 나는 배급 받은 밀가루를 뒤집어 쓴 것처럼 허옇게 뜬 얼굴을 재차 흔들었다.

"아냐. 내 눈썰미가 얼마나 정확한데……."

그녀의 의혹에 찬 눈빛이 일순 기함하는 표정으로 변했다.

"맞다. 나 참, 살다살다, 이런 일이……. 아니 왜 도대체 여기에? 지난 번에……."

나는 마른 침을 꿀꺽 삼키고는 지그시 눈을 감았다. 천정에서 올가미 하나가 서서히 내려오고 있었다. 하긴, 혜린이 나를 못 알아보길 기대한 건 판도라 상자에 남은 헛된 희망이었는지 모른다.

"너, 너 저번 주에… 청담동 클럽에 왔던 그 촌년이잖아."

"……."

"이 앙큼한 것이 어디서 발뺌하고 난리야."

"뭐라고? 나 언제 봤다고 아는 척이야!"

순간, 나는 욱하고 말았다. 혜린이 놀란 토끼 눈을 하고 있었다. 좌중은 물을 끼얹은 듯 조용해졌다. 김순자는 냉큼 문제집에 얼굴을 파묻고 문제집을 훑기 시작했다.

"아니라니까. 잘 못 봤어. 정말이야!"

나는 겸연쩍은 표정으로 대답했다.

"그래? 그런가? 하긴 이름이 수지가 아니었던 것 같기도 하다."

대답 한번 간단했다. 파죽지세로 몰아세울 때는 언제고. 그제야 다른 아이들도 지들끼리 다시 떠들어대기 시작했다.

집에 가는 길에 22번 버스를 타고 돌아왔다. 이번에는 다행히 편히 가나 했지만 오산이었다. 얼마 후 세종고 앞, 그야말로 쑥대밭에 입이 떡 벌어졌다. 혹여나 18년 전이 베이비붐 시대가 아니었는지 국사를 가르치는 멋진 담임선생님께 물을 질문거리를 마음 속으로 추려보았다.

아이들은 운전기사 아저씨와 합심하여 '버스에 사람 많이 태우기' 기네스북 신기록이라도 준비하는지 투지를 불태우듯 끝도 없이 올라타기 시작했다. 그러나 아크로바틱하게 휘어지는 인체들을 보다 못해 결국 그 처참한 광경에서 시선을 돌리고야 말았다.

출발과 동시에 고개를 드니 내 눈앞에 만삭의 임산부 배가 떡하니 있었다. 얼른 자리를 내주기 위해 엉덩이를 의자에서 떼며 고개를 쳐드는 순간 화약이 터진 터널처럼 내 얼굴에 후터분한 콧바람이 슝 내려앉았다. 그 배불뚝이 남자애의 콧바람과 들숨과 날숨에 따라 밀착한 내 얼굴은 펴지고 뭉개기를 반복했다. 집에 가서 아끼던 탄력크림을 두텁게 발라주어야겠다는 간절한 생각이 들었다.

버스 차창 밖으로 노란 용달차가 보였다. 그러나 화물칸 안은 중앙에 깃털만 소복이 쌓인 채 텅 비어 있었다. 오전에 철창 밖으로 부리를 삐죽 내민 닭의 생사가 염려되었다.

깃털 하나가 양탄자처럼 바람을 타고 저 혼자 하늘로 날아가고 있었다.

3

세종고 애들의 등교시간을 피해 서둘러 새벽부터 나왔다. 실은 그 사과괴물의 산 제물로 바쳐지고 싶지 않았다. 더불어 아침부터 봤음 하루 종일 흉흉했을 인물도 피할 수 있어서 그야말로 일거삼득이었다.

이른 아침 6시 30분. 새벽하늘이 희붐해지고 있었다. 까치발로 폴짝폴짝 뛰며 담 너머 운동장을 보고 또 보았다.

"거기 누구죠?"

눈이 부셨다. 눈을 찡그리다 차차 노란 불빛을 응시했다.

"아, 예. 여기 학생인데요."

그제야 불빛을 바닥 쪽으로 내리며 누군가 성큼성큼 다가왔다. 가까이 보니 인상 좋아 보이는 수위 아저씨였다.

"아, 일찍 왔네. 안 들어가고 뭐해?"

"아, 예. 지금 들어가려구요."

인사를 마치고 교문까지 후닥닥 달렸다.

다행히 살풍경한 교정 안 어디에도 (드라큘라) 백작은 없었다. 그러나 신 새벽 닭 울음소리에 학교 지하 철문 안에 있는 관 속에 드러누워 있다 인기척을 느껴 박차고 나올 거 같았다. 재킷 깃을 세워 목덜미를 덮고 교문부터 본관까지 우사인볼트 저리 가라처럼 달렸다.

마치 집어등처럼 드문드문 켜져 있는 불빛은 오히려 을씨년스러웠다. 그냥 기네스북 도전자 중 하나로 오고 말걸 하는 후회가 거듭 밀려왔다.

계단을 오르며 눈이 마주치는, 슬쩍 뒤돌아 곁눈으로 봐도 기어코 또 눈이 마주치는 벽에 걸린 모조품 인물화에서 애써 시선을 돌렸다. 교실은 아직 어둑어둑 했다. 어제 앉았던 자리에 가방을 내려놓고 형광등 스위치를 찾아 벽을 더듬었다.

"아악!"

내 어깨를 지그시 누르는 느낌에 나는 비명을 지르며 바닥으로 주저앉았다. 검은 물체가 서서 나를 내려다보고 있었다.

"누구?"

나는 울부짖듯 물었다. 그 물체가 벽으로 손을 뻗었다. 형광등이 깜박임을 반복하더니 환하게 켜졌다. 김순자가 시큰둥한 얼굴로 앞에 서 있었다.

"최수지네."

김순자는 얼굴을 붉적이더니 대수롭지 않은 듯 자리로 돌아가 내 옆자리에 가방을 내려놓았다. 나는 가슴을 쓸어내리고 일어났다가 괜히 머쓱해서 교실을 나갔다.

화장실에 들렀다 나오며 어둑한 맞은 편 복도 끝을 보자 문득 영화 '여고괴담'의 클라이맥스 장면이 떠올랐다. 그러자 몸서리치며 부리나케 교실로 뛰어 들어갔다.

어느새 교실은 아이들의 열기로 후끈했다. 병아리처럼 노오란, 이른 봄날의 어린 햇살들은 너른 창을 넘어 아이들의 수군거림에 귀를 기울이려는 듯 교실 여기저기에 몽실몽실한 작은 볼기를 들이밀며 들어와 앉았다.

운동장에서는 어렴풋하게 호각소리가 들렸다. 그것을 물고 있을 선도주임의 반짝이는 송곳니가 떠올랐다.

내 옆에는 김순자가 너덜너덜해진 자습서를 붙들고 있었고, 내 앞에는 혜린의 예쁜 뒤통수가 보였다. 그녀는 이어폰을 귀에 꽂은 채 머리를 흔들어대며 리듬을 타고 있었고, 그녀의 가느다란 손가락은 혀끝과 잡지 귀퉁이서 번갈아 움직이며 페이지를 넘기고 있었다.

사랑에 관한 명언을 많이 남긴 M.D. 라이크는 말했다.

- 여자들은 서로를 꿰뚫어보지만, 자신을 들여다보는 경우는 드물다.

"야, 너 조용히 안 할래?"

반 아이들이 일제히 하던 일을 멈추고 소리의 진원지를 돌아보았다. 미연이 몸을 뒤로 젖히고 내 쪽을 쏘아보고 있었다. 나는 휘둥그레진 눈으로 손가락을 펴서 그것을 내 가슴 쪽으로 당기는 시늉을 했다.

"네가 뭔 상관이야!"

그러나 언성을 높여 대꾸한 것은 혜린이었다.

"너 잡지 넘기는 소리가 자꾸 귀에 거슬리잖아!"

"거슬리는 사람이 귀를 틀어막던지. 네가 여기 전세냈냐? 내가 독서 하겠다는데!"

"나 참. 그것도 깐에 책이라고."

미연이 옆에 앉은 깻잎머리 지현과 마주보더니 배를 잡고 웃어댔다.

"하기야 독서가 한자로 뭔지나 알겠냐. 머리도 텅텅 빈 게. 독서 타령은. 쳇."

다시 고개를 돌리며 버릇인 듯 입 꼬리를 씰룩거렸다.

"텅 비기로는 지나 나나지. 그리고 내가 설마 홀로독에 책서도 모를 까봐?"

"홀로독이라니……."

나직한 목소리의 김순자가 고개를 저으며 지저스를 외쳤다.

"그나저나 나 다 읽고 이 잡지 빌려줄까? 어머, 아니다. 하긴 네가 이 런 여성잡지 읽고 얻는 게 뭐 있겠냐. 넌 men's health 같은 거나 사 보 렴."

혜린이 얄밉게 이죽거리고는 손에 침을 바르며 의식적으로 잡지를 척척 넘기기 시작했다. 미연의 얼굴이 금세 삶은 문어처럼 벌게졌다.

"저 계집애가!"

그녀는 자리에서 벌떡 일어났다. 교실은 순간 폭풍 전야처럼 고요해졌다. 그러나 그녀는 붉으락푸르락한 얼굴로 씩씩거리며 혜린을 한참 노려보기만 하다가 이윽고 제 풀에 지쳤는지 자리에 털썩 주저앉았다.

한참 흥미진진해져 가는 투견 싸움에서 갑자기 한 쪽이 꼬리를 내리고 몸을 사릴 때만큼 흥이 깨지는 건 없다. 나는 괜스레 입맛을 다셨다.

잠시 후 담임이 교실에 들어왔다. 그는 어김없이 출석을 불렀다. 나는 어제와 같은 우를 범하지 않도록 온 정신을 쏟아 그의 음성에 집중했고 다행히 순자라는 고난도의 코스를 넘겼다. 수지라는 이름에 번쩍 올린 오른팔이 깨끗하게 착지한 체조선수의 그것처럼 허공에 꼿꼿하게 처들려있었고 담임은 흡족한 심사 위원처럼 흐뭇하게 웃어 주었다.

18세기 영국의 정치가이자 유능한 외교관, 저술가인 필립 체스터필드는 이런 말을 남겼다.

- 미녀와 추녀는 지성을 인정받는 것을 바라고 아름답지도 추하지도 않은 여성은 미모를 인정받기를 바라는 법이다.

나는 지성을 인정받는 것이 우선이었고 이왕이면 전자에 적을 두기를 바랐다. 앞에 앉은 아이도 펼쳐 놓은 책을 골몰히 내려다보고 있었다.

'역시, 저 아이도!'

내 집단으로의 동류의식을 느끼고 싶었다고나 할까. 그러나 반 아이들이 몇 장의 페이지를 넘길 동안 그 애의 그것은 막힌 산처럼 넘어가지 않고 있었다. 이상해서 고개를 살짝 빼고는 슬쩍 들여다보니 그 위로 책갈피처럼 작은 거울이 반짝이고 있었다. 살짝 들어 올린 그 거울로 그녀의 얼굴이 비쳤다.

'정말 눈부시게 예쁘다.'

그로서 내 소속은 전자가 아니라 후자에 보다 가까움을 실감했으며 미녀가 모두 지성을 바라는 것은 아니었다고 절감했다. 어쨌건 나는 마음 속으로 파이팅 구호를 외치고 1교시 수학부터 눈에 불을 켜고 공부하기 시작했다.

루트. 오랜만에 들어보니 감회가 새로웠다.

열심히, 열심히, 열심, 히, 열심…….

그러나 칠판에 가득했던 기역의 대칭 모양과 비슷한 루트는 차츰 라꾸라꾸 침대처럼 기능성 좋게 곧게 펴져 보였고 그에 따라 센 화력으로 타들어가던 불꽃은 서서히 사위어갔다. 그리고 어느 샌가 희미해졌다.

통-.

소리에 놀라 눈을 뻔쩍 뜨니 뿌연 시야 아래 아까 펼쳐서 세워놓았던 책이 책상에 널브러져 있었다. 뾰족한 안경테가 깐깐한 B사감의 인상을 풍겼던 수학 선생님은 어느새 만주 벌판처럼 광활하게 이마가 벗겨진 지리 선생님으로 바뀌어 있었다. 그는 콧잔등에 안경을 걸치고 굳은 표정으로 나를 쳐다보고 있었다. 나는 눈가에 쌓인 잿더미를 손으로 훑어 내고는 얼른 가방에서 지리책을 꺼냈다.

꼬르륵.

나는 필기를 하던 김순자의 눈치를 살피며 배를 움켜쥐었다. 12시 50분이 근접했음을 몸소 직감했다. 그리고 역시나,

딩동 댕 동.

점심시간 종소리가 울렸다.

"순자야, 자장밥 하나!"

순간, 주변을 두리번거렸다. 환청이었나. 아니면 그와 텔레파시가 통했을지도. 그가 어떻게 자장밥은 잘 챙겨 먹고 있을는지 염려스러웠다. 중국집에 식사 하나 시키기가 미안한지 점심은 뭐니뭐니 해도 중국 음식이라며 차츰 내 위와 뇌를 세뇌시켰던 그였다.

사모님은 지영의 반응과는 다르게 별수 없이 재탕하게 된 나의 워킹 홀리데이 시나리오에 대해 의혹을 드러내 날 당혹스럽게 만들었다. 여하튼 사모님은 당분간 여직원을 들일 계획이 없다며 못 박았고 나는 마지막 출근 날 점심은 정말 뭐니 뭐니 해도 중국음식이었다며 그에게 용기를 북돋아주었다.

식당으로 내려가서 급식 배식을 받았다. 따뜻한 잡곡밥에 다양한 반찬과 잘 익은 바나나까지 침이 꼴깍 넘어갔다. 그 중에서도 김이 폴폴 오르는 미역국은 실로 오랜만이었다. 특히 남이 끓여 준 미역국을 먹었던 때가 언제였는지 기다란 미역줄기만큼이나 가물가물했다.

함빡 웃음을 짓고 숟가락을 들려는 찰나,

"여기 앉아도 되지?"

말이 채 끝나기도 전에 옆자리에 가지런하게 배식판이 놓였다. 김순 자였다.

"응. 당연하지."

우리는 허겁지겁 밥을 떠먹기 시작했다.

밥 숟가락을 입 안으로 떠 넣으며 문득 고개를 드니 북적이던 출입 문 앞의 인파가 모세의 기적처럼 일사분란하게 양 쪽으로 갈라지더니 찬물을 끼얹은 듯 고요해졌다. 그 사이로 혜린이 들어서고 있었다. 그 녀는 건들거리며 줄을 서고 건성건성 배식을 받고는 두리번거리다 구 석 자리에 앉았다. 공석이 많지 않은데도 그녀가 앉은 6인용 식탁만 이상하리만큼 한산했다. 모두 은근슬쩍 그녀가 밥 먹는 모습을 눈에 담고 있는 듯 했다. 그녀는 고고한 학처럼 젓가락질을 하기 시작했다. 그런 그녀와 문득 눈이 마주쳤다. 그녀는 쌜쭉하게 고개를 돌렸다. 저 쪽에서 미연이 깻잎머리 지현과 배식판을 든 채 두리번거리다 턱짓을 하고는 귓속말을 하는 것이 보였다. 그러고는 혜린의 건너편으로 가서 앉았다. 혜린의 얼굴이 목석처럼 딱딱하게 굳어졌고 그 앞에서 미연과 지현은 의기양양하게 떠들어댔다. 테이블은 마치 두 심지가 맞붙은 시 한폭탄 같았다.

"저기, 신경 안 쓰는 편이 좋아."

돌아보니 김순자가 젓가락으로 콩자반 하나와 대결하고 있었다. 콩 자반이 자꾸 꼬챙이 끝을 피해 겉돌았다. 몇 번의 시도 후 그녀는 내내 뻗대던 콩자반을 마침내 정복했고 승리자처럼 득의양양하게 입 속으로 넣었다. 나까지도 큰 귀지를 파낸 것처럼 시원했다.

"하긴, 둘이 많이 불편해 보인다."

나도 따라 콩자반을 집어 들었다. 단번에 KO시켰다.

"둘이 중학교 때는 베스트였다던데. 지금은 완전 견원지간이야."

"견원, 뭐라고?"

"앙숙이라고."

그냥 웬수라고 하면 될 것을. 나는 괜히 입을 씰룩거렸다.

"근데, 왜 저렇게 된 거야?"

"잘 모르겠지만 세종고 3학년 일진을 중학교 때부터 미연이가 몇 년 간 지독하게 짝사랑했는데 혜린이가 뺏었다나 뭐래나. 그거 알고 어느 날 미연이가 머리를 홀딱 밀었대. 원래는 머리가 허리까지 닿았다던 데. 셋이 같은 중학교 나왔다나 뭐라나."

"아……."

나는 미연의 밤톨 같은 뒤통수에 삼단같이 휘날리는 머리카락을 넌지시 그려 보았다. 폭포같이 흘러내리는 머리 사이로 양 어깨가 태백산맥 줄기처럼 한참 뻗어 나아가서 탈이지 제법 그럴 듯한 뒤태였다.

"오빠!"

혜린이 자리에서 엉덩이를 떼고 손을 번쩍 쳐들었다. 미연이 따라 뒤를 보았다.

"풉-."

고개를 돌린 미연의 얼굴을 마주하자 입속에서 속사포처럼 밥알이 튀어 나왔다. 과거 헤어스타일의 그녀는 마치 내가 방금 후루룩 삼킨 미역줄기를 덮어 쓴 것 같았다.

"풉-."

김순자가 뒤따라 웃었다. 나는 낄낄대며 모처럼 내 말에 호응해준 김순자의 팔을 장난스럽게 툭툭 치며 맞장구쳤다.

'어라? 근데 내가 김순자한테 언제 얘기했지?'

이상해서 옆을 보니 김순자는 주먹을 입에 갔다대고 웃음을 참고 있었다. 그녀의 시선을 좇아 앞을 보았다.

"!"

뜨악했다. 그리고 부리나케 내 맞은편 안경잡이 남학생의 오른쪽 렌즈에 붙어있던 서너 개의 밥알을 떼어 냈다. 미역국을 한 술 뜨려던 남학생은 뿌옇게 김이 서린 안경을 쓰고 여물 먹듯 황망히 되새김질만 하고 있었다.

수습 후 나는 고개를 푹 숙였다. 문득 보니 반짝이며 윤이 나던 내 배식판에만 어두운 그림자가 드리워져 있었다. 가해자, 피해자, 제3자가 일제히 고개를 치켜들었다. 눈이 휘둥그레졌다.

"어!"

사과괴물이 옆에 서서 멀뚱히 나를 내려다보고 있었다.

"오빠, 거기서 뭐하는 거야. 안 오고!"

멀리서 혜린의 귀 따가운 지청구가 들렸다. 그제야 그는 터벅터벅 가던 길을 재촉했다. 혜린은 손수 의자를 빼고 그녀 옆에 그의 자리를 마련해 주었다. 그와 동시에 미연이 일어났다. 한 손으로 앞머리에 붙은 깻잎을 가지런히 모으던 지현은 재빠르게 미연의 팔을 붙잡고는 애걸복걸한 표정을 지어보였다. 그러나 미연은 그 손을 뿌리쳤다. 입이 삐죽 나온 지현이 미적대다 별 수 없는지 무겁게 엉덩이를 떼고 미연의 뒤를 쫓았다. 그러나 가는 내내 뒤돌아서서 사과괴물의 뒤통수를 쳐다보았다.

나는 일말의 양심도 없이 안경잡이를 방패삼아 움츠리고 목구멍으로 밥을 떠넘겼다. 안경잡이가 게 눈 감추듯 배식판을 비우고는 장렬한 기세로 벌떡 일어섰다. 바나나를 한 입 베어 물던 나는 놀라 황급히 다른 손을 펴서 얼굴을 가렸다.

'설마 나를 기억하려나?'

그 중 두 손가락만 살짝 벌리고 그 틈새로 슬쩍 그 쪽을 쳐다 보았다. 그는 유별나게 깔깔대며 이야기하는 혜린의 말을 그저 묵묵히 들어주고 있었다.

'와, 선남선녀가 따로 없네.'

그런데 순간 그가 갑자기 내 쪽으로 눈을 돌렸다. 나는 냅다 손가락을 오므리고 남은 바나나를 베어 물었다. 잠시 뒤 김순자와 함께 배식판을 들고 일어섰다. 의자 끌리는 소리에 혜린과 사과괴물이 동시에 우리 쪽을 보았다.

"어머, 얘들아. 너네 있었니?"

혜린이 고르게 난 하얀 이를 드러내고 환하게 웃으며 곰살갑게 애기했다. 나는 고개를 돌렸다. 그러나 우리 뒤에는 아무도 없었다.

"순자야, 이따 교실에서 아까 배운 수학공식 좀 알려줄래?"

김순자는 피식 웃기만 할뿐 아무런 대꾸도 하지 않았다. 그러자 혜린의 얼굴에 당황한 낯빛이 역력했다.

"흐음. 수지야, 순자보다 네가 이따 알려줄래?"

사과괴물의 눈치를 보던 혜린이 느닷없이 애교스럽게 내게 말을 건넸다. 사과괴물이 덩달아 나를 물끄러미 올려다보았다.

"어, 어."

"꼭이야!"

엉겁결에 고개까지 끄덕였다.

나는 부리나케 교실에 들어와 남은 점심시간 동안 머리를 쥐어짜며 공책 한 바닥에 루트를 그려 넣었다. 그리고 어느 정도 시늉은 낼 수 있겠다 싶어 흡족하게 웃고 있었다.

점심시간 마치는 종이 울리기 직전 혜린은 교실로 들어 왔지만 웬일인지 쌀쌀맞게 고개를 돌리고는 끝날 때까지 내내 뒤도 돌아보지 않았다. 번갈아가며 거울과 잡지만 들출 뿐이었다. 나는 혹시나 언제 닥칠지 모를 위기를 대비하기 위해 내 머릿속에 있던 루트를 거듭 들추었지만 차차 희미해졌다.

지성이란, 과연,

미녀와 추녀에게는 꽤 먼 일일지도.

4

"어머. 수지야, 너 주름 좀 봐."

옆으로 삐딱하게 앉아 있던 혜린이 손에 든 얇은 책을 넘기다 말고 별안간 내게 얼굴을 들이밀었다.

"어? 어디?"

자습서에 코를 박고 있던 김순자까지 덩달아 안경다리를 바로 잡고는 자라처럼 목을 쭉 뺐다. 나는 손을 펴서 금세 달아오른 얼굴 이곳저곳을 매만졌다.

혜린이 교복 주머니 속에 있던 손거울을 꺼내 동정어린 시선으로 적선하듯 내게 건넸다. 나는 그것을 받아 얼굴을 비춰 보았다. 벌게진 얼굴 덕분인지 원래 희미하던 눈주름이나 팔자 주름조차 눈에 잘 띄지 않았다.

실은 처음의 우려보다 그 옅은 주름에 전전긍긍 할 필요가 없었다. 의외로 성인 못지않게 주름이 팬 아이들을 많이 볼 수 있었기 때문이다. 특히 눈웃음이 많은 아이들이 그랬다. 그나저나 이 거울이 사물을 사실대로 투영하고 있기는 한 건가?

"어디?"

나는 갸우뚱하다 거울에서 얼굴을 살짝 떼고 혜린에게 되물었다.

"거기 말이야. 거기."

혜린의 두 눈동자와 손끝이 턱 아래를 겨냥하고 있었다. 거울을 들어 다시 나를 비췄다. 가지런하게 다려진 하얀 남방 깃을 토대 삼아 나무줄기가 굵게 위로 뻗어 있었다. 그 줄기 표면에는 제법 뚜렷한 세 개의 테가 간격을 두고 그어져 있었다. 나이테다.

사람의 나이테다.

세 개. 그러나 세 살이 아니라 곱하기 10. 서른이다.

여자의 목주름은 숨길 수 없는 세월의 흔적이라고 했다. 호적으로도 감춘 내 나이를 이 세 개의 선이 여실히 드러내고 있었다.

역시 시간이란 거스를 수 없는 순리이다.

"봐, 봐. 내 말 맞지? 너 그러다 결혼도 전에 목이 스프링 되겠다."

혜린이 앞에서 이죽거렸다.

문득 집에 있는 정리함 속 빨간 작은 상자가 떠올랐다. 중학교 때 선물 가게에서 친구의 선물을 고르다 이끌리듯 산 것이었다. 그러나 그것은 내 기억 속에 아픈 단상으로 남아 있다. 그것으로 인해 등짝을 셀 수 없이 난타 당해야했기 때문이다. 처음으로 나자빠진 엄마부터 최근 지영, 현우 등등.

그 상자는 뚜껑을 열면 용수철 목에 붙은 피에로 인형 머리가 퉁 튕겨져 나왔다.

"후우."

"뭘 그까짓 거 가지고 한 숨까지 쉬고 그래."

보다 못한 김순자가 내 손에서 거울을 빼 들었다.

"그리고 오혜린, 너 아주 악담을 해라."

"내가 틀린 말 했니? 쳇."

그녀는 콧방귀를 뀌고는 김순자 손에서 거울을 낚아챈 뒤 들여다보며 다른 한 손으로 쪽 빼고 있는 목을 교정하듯 의식적으로 주무르고 있었다. 목을 감싸고 있는 혜린의 엄지손톱이 눈에 띄었다. 그녀의 고운 하얀 손 등과는 대비적으로 손톱 주위는 깨알처럼 작은 핏덩어리가 맺혀 있었다. 그 상처 주변으로 바나나 껍질처럼 벗겨진 얇은 살갗들은 내가 요리에 종종 넣어먹는 황갈색 가다랑어 채 같기도 했다.

"걱정해주니까, 괜히 난리야. 재수없게."

그녀는 입을 삐죽거리더니 뾰로통해 있었다. 그러고는 유유히 그 엄지손톱을 물어뜯기 시작했다.

혜린의 말이 진실이라면 그녀가 나를 걱정해주는 이유는 며칠 전 사건 때문일 것이다. 왜냐하면 정확히 그날부터 마치 여왕에게 작위를 수여 받은 기사처럼 혜린에게 불리는 내 호칭이 최수지에서 그냥 수지로 바뀌었기 때문이다.

그리고 예우가 달라진 이유에 대해서 그녀는 다름이 아니고 내가 미래의 아카데미 영화제 여우주연상 감의 고귀한 옥체를 보호하였기 때문이라며 사뭇 진지하게 속내를 밝혔다.

내가 그녀의 말처럼 (부득이하게) 우리나라 영화 산업 발전에 공헌을 하게 된 것은 며칠 전 체육시간 때문이었다.

– 야, 던져, 던져.

– 아이씨. 야, 패스 제대로 안 해!

3월. 아직 약간 쌀쌀한 운동장은 뛰어다니는 아이들이 발산하는 후끈한 에너지로 뒤덮여 있었다. 운동장 한편에 있는 축구 골대 주변에는 우리 반 남학생들의 알이 굵은 검은 머리가 축구공의 동선을 따라 바쁘게 움직였고 다른 한편에는 여자 아이들의 피구경기가 한창이었다.

네모반듯하게 그은 오른쪽 선 안에는 주로 공격을 담당하는 미연을 중심으로 던진 공을 냅다 양팔로 받아 재끼는 김순자도 껴 있었다. 주몽의 후예인지 미연의 골은 백발백중이었다. 웬걸. 그러고 보니 이름도 고미연이었다.

우리 쪽에도 주로 공격하는 아이를 중심으로 외야에 내가 남아 있었다.

창백하다시피 하얀 얼굴에다, 그 관자놀이에 손가락만 지그시 대고도 1학년 체육시간 내내 빠질 수 있었다는 유일무이한 이력의 빌미인 혜린의 (심증뿐인) 선천적 빈혈이 2학년 들어서는 적수를 제대로 만나 약발도 받지 않았다.

새로 전근오신 체육 선생님은 바로 여자의 유일한 적이라는

여자였다.

그 화려한 전력의 종지부를 찍고 패잔병처럼 분을 삭이며 운동장으로 나온 혜린은 창밖으로 얼굴을 내밀고 있는 다수의 남자 팬들을 의식하며 수비벽 등 뒤에 그림자처럼 붙어서 요리조리 피하고 있었다.

김순자 아웃! 이윤지 아웃! 손희성 아웃! 김지혜 아웃!

얼마 후 상대편에는 벌겋게 달아오른 미연이만 남았고, 우리 쪽은 나와 깻잎머리 지현과 둘뿐인 것 같지만 내 등 뒤에 용케 혜린이 떡 버티고 있었다.

승패가 좌우하는 숨 가쁜 마지막 순간이었다. 미연이 선 밖에 있는 아이들과 높게 공을 패스하며 우리를 철장 안의 쥐들처럼 혼란스럽게 만들었고, 어느 순간 내 옷자락을 놓친 혜린이 가까스로 지현 뒤에 숨

어 목숨을 부지하고 있었다. 그 때 마침 공은 미연 손에 들어갔다. 동시에 미연과 지현이 은근슬쩍 눈 사인을 주고받고 있었다.

그 때 뇌리를 스친 판단은 미연이 친구인 지현보다는 나를 겨냥하겠구나하는 확신이었다. 역시나 미연의 오른팔은 내 쪽을 향해 있었고, 그녀가 손을 뒤로 젖혔다 던짐과 동시에 나는 발레리노처럼 가랑이를 쭉 찢어 재빨리 지현 쪽으로 몸을 날렸다. 그러나

퍽~.

그것은 술수였다.

몸을 웅크리고 있던 지현이 나를 내려다보고 있었고, 혜린은 그 뒤에 서서 손가락 두개를 수평으로 반듯하게 펴고는 허공에서 내젓고 있었다.

"야, 최수지 정신 차려. 이거 보여? 이거 몇 개?"

아이들이 하나 둘 모여들어 공중에 둥글게 머리를 처박고 있었다. 우물 속에 앉아서 하늘을 올려다보는 아득함이 느껴졌다. 우물 밖 둥글고 푸른 하늘엔 때도 없이 별이 총총히 떠 있었다.

찰칵 찰칵.

눈을 뜨고 보니 양호실이었고 기적적일만큼 멀쩡했다. 양호 선생님은 어려서 좋다고 했지만 난 다만 노익장을 과시한 것이 감개무량할 뿐이었다.

"저 계집애가 나 맞히려고 한 거야. 아휴 생각만 해도 끔찍해. 데뷔도 하기 전에 큰 일 날 뻔 했잖아. 나쁜 것들. 어디 두고 보자."

혜린이 교실에서 이를 바득바득 갈며 얘기하자 미연이 뒤돌아 야비

한 표정으로 혀를 날름 내밀었다. 혜린은 미연을 향해 가운데 손가락을 치켜들었다. 그러고는 뒤돌아 내 손을 덥석 쥐고 말했다.

"수지야, 네가 날 도운거야. 넌 정말 대단한 애야."

그리고,

그녀의 예언덕분인지 다음 날부터 나는,

정말 대단한 애가 되어 버렸다.

생판 모르는 아이들이 나를 보고 아는 척을 했고 어깨를 토닥이거나 웃음을 참지 못해 키드득 거렸다. 어리둥절하며 막 교실에 들어섰는데 김순자는 이전과는 또 다른 반응이었다. 그녀는 머리를 절레절레 흔들고 혀를 끌끌 차더니 마지못해 본인 핸드폰을 내게 건넸다.

문자에는 익명의 발신자로부터 수신된 사진 두 장이 첨부되어 있었다.

첫 번째 사진은 운동장에 큰 대자로 뻗어 있는 나의 피사체였다. 꼭 더 넓은 하늘을 보려고 우물에서 폴짝 뛰어 나오다 접질려 죽은 개구리 같았다. 내 머리 뒤로는 웅크린 채로 겁먹은 듯 손을 물고 있는 지현과 그 뒤엔 가장 진화된 생명체처럼 서서 나를 내려다보는 혜린이 있었다.

찍은 위치로 봐서는 혜린을 보려고 교실 창문에 늘어서 있던 멍청한 추종자들 중 한 명의 소행으로 짐작되었다. 그나마 멀리 찍혀서 다행이었다. 얼굴이 빈대만해서 발뺌하면 된다 싶었다. 다음 장으로 넘겼다.

"……"

두 번째 사진이 방종의 종지부를 찍었다. 화면 속에는 내 얼굴이 족히 빈대-떡 만하게 있었다. 어렸을 때 충치를 때웠던 왼쪽 어금니까지 다보이도록 벌린 입이 가장 먼저 눈에 띄었지만 차라리 감긴 눈이라 다행이었다.

애써 추스르며 액정에 묻은 얼룩을 하염없이 손톱으로 긁었다.

"어라?"

그러나 거듭되는 삽질에도 불구하고 손톱에 끼는 것은 아무것도 없었다. 지그시 감은 눈은 쌍까풀 부작용 환자의 한 맺힌 최후처럼 흰자만 그득했다. 점입가경에 설상가상이었다. 앞머리는 뒤로 넘어가 있고 이마는 선크림을 잔뜩 바른 탓에 모래가 끈적끈적하게 잔뜩 묻어 있었다.

고백컨대, 난 처음으로 살의(殺意)라는 것을 느꼈다.

'하나님, 예수님, 부처님, 알라신이시여.'

그러나 곧 마음을 정갈하게 가다듬었다. 찍은 지점은 두 손가락을 펴서 허공에서 흔들어대던 정녕 그 위치였다.

분명히 '찍는다. 브이해봐.'가 아니라 '이거 보여? 이거 몇 개?'였는데…….

그 후 1주일 쯤 뒤부터 차츰 아이들의 웃음 증후군은 사그라졌지만 그렇듯이 어디에나 반응 느린 애는 꼭 있었다.

"수지야, 나 상대역 대사 좀 맞춰주라."

그녀의 표현대로 엄지손톱을 물어 가며 독서 중인 책은 다름아닌

대본이었다. 그녀는 몇 번인가 오디션에 가서는 예쁜 얼굴로 금세 주목을 받다가 미숙한 대사 구사력 때문에 번번이 낙방했다고 했다.

언젠가 그녀는 밤새 외워도 다음 날이면 대사를 까먹는 것으로 봐서는 아마도 단기기억상실증에 걸린 것 같다며 선고 받은 불치병 환자처럼 침울해 했다.

"그래도 그때 머리 큰 네가 공 맞아 줘서 다행이지. 안 그랬음 나 머리가 작아서 남은 뇌세포까지 다 소실 됐을지 몰라."

독일작가인 H. 하니네는 여성에 대해 이런 시각을 가졌다.

– 여성에게 성격이 없다고 말하지는 않는다. 다만 매일 새로운 성격이 그녀들에게 있다고 말하는 것이다.

대본에 열심히 밑줄을 긋고 있던 그녀에게 나직하게 물었다.

"그래 맞춰줄게. 그런데 혹시 배역 중에 너를 목 조르거나 다리를 걸어 넘어뜨리거나 하는 그런 역할은 없니?"

제9장

미운 오리 새끼

1

혜린은 교실에 앉아 있다가 이따금 남자 아이들을 휘둘러보고는 개의치 않고 큰 소리로 한마디 하곤 했다.

"아니, 여기가 무슨 폐차 공장도 아니고 애들 상태가 죄다 왜 이 모양인거야."

그럼 그녀 가까이서 어슬렁대다 직격탄을 맞은 아이들이 차마 부인하지 못하고 폐차 직전의 93년식 르망인양 잔뜩 시무룩해졌다. 그러나 얼마 안가 찌그러진 보닛 같은 입을 활짝 벌리고 들쑥날쑥한 이를 드러내며 웃고 떠들었다.

사실 우리 반 남자 애들은 키 170대 후반인 두세 명을 제외하고 대체적으로 대한민국 평균 키였고 얼굴도 다시없이 평범했다. 아니, 혜린이의 말을 듣고 보니 유독 다른 반에 비해 평균 이하로 처져 보이기까지 했다.

그러나 2학년 전체에서 가장 못난이 반이라는 치욕스런 불명예를 13반에게 떠넘길 수 있었던 것은 그런 야유조차 누가 되는 얼굴마담이 둘이나 선봉에 있었기 때문이다. 바로 담임 선생님과 전교에서 가장 예쁘다는 이 대책 없는 아이, 혜린이었다.

"아휴, 머리 텅텅 빈 외모 지상주의자!"

혜린의 직언이 못마땅했던 김순자가 그렇게 힐난하면 혜린도 지지 않고 대꾸했다.

"왜 네가 꿈틀하고 그러냐? 찔리냐?"

그 중 잊을 수 없는 한 마디도 있었다.

"아니, 솔직한 것도 죄야? 너네도 눈 있으면 봐봐. 애들이 진짜 일주일 예배 다 챙겨서 다니는 성가대 남자애들처럼 생겼잖아."

그러나 나는 혜린의 특이한 비유에 코웃음 치다가도 우리 반 남자 애들을 보면 그저 사촌동생들처럼 귀엽기만 했다. 그래서 그들이 음란물을 보며 마스터베이션을 하고 담배를 피우고 술에 취해 주사를 부릴 것이라는 상상은 내가 이 세상 빛을 볼 수 있었던 진짜 이유를 알게 된 중1 성교육 시간처럼 몸서리쳐지게 했다. 엄마와 아빠가 나눈 진한 입맞춤 때문이 아니었다는 사실처럼 말이다.

아마도 이렇게 그들을 대하는 시각이 다른 이유는 어쩔 수 없는 서른의 최순자와 열여덟의 오혜린이기 때문일 것이다. 그리고 역시나 서른 살 최순자라는 벽은 생각보다 꽤 높았다.

"아, 나 슈주 티켓 생겼는데. 그냥 누구한테 적선할까봐."

혜린이 볼 안에 묵직해 있던 막대 사탕을 꺼내 들고 얘기했다. 슬쩍 눈치를 보니 다행히 김순자는 그녀의 언질에 관심조차 없어 보였다. 나는 이때다 싶어 냉큼 선수 쳤다.

"나줘, 나줘. 어디거야? 혹시 영에이지야? 금강제화야?"

말이 끝남과 동시에 아이들의 입이 떡 벌어졌고 내 책상 위로 빨간 막대 사탕만이 데구루루 궤적을 그으며 굴러 다녔다.

그 날 밤 나는 국내 최다 아이돌 그룹이라는 슈퍼주니어의 '슈주'라는 약칭을 필두로 해서 그간 관심도 없던 여타 그룹들에 대해 배를 벅벅 긁고 하품을 쩍 하며 모니터 하고 신상정보를 검색해야 했다.

문득 90년대 한창 인기를 끌었던 잼이라는 5인조 혼성그룹이 떠올랐다. 신선한 충격이었다. 그럴 것이 그 당시는 많아야 멤버가 두세 명이 전부였던 시절이었다. 이제 대여섯도 약과이니 이렇게 흥부 자식 수만 한 인원을 가진 많은 그룹들이 눈에 적응 된다면 또 10년 후에는 그에 배가 되는 멤버 수의 그룹을 볼 수 있을지도 모를 일이었다.

두꺼운 사전을 들춰서 깨알같이 배열된 글자들을 일일이 손으로 짚을 일 없이 휴대용 전자사전을 두드리고, 인터넷 검색창으로 순식간에 원하는 해답을 얻는 시대이다.

어떤 기독교인조차 12를 먼저 예수의 제자 수보다 좋아하는 그룹 멤버 수로 유추하고 또 어떤 아이들은 8.15를 어느 연예인의 생일이나 혹은 펩시나 코카의 아성에 도전했다 달걀로 바위치기라는 말을 거듭 환기시키고 퇴장한 음료 정도로 인식한다. 그나마 자꾸 도태되어 가는 인내심과 기억력에 긍정적일 수도 있겠다는 생각이 들었다.

이런 걸 세대차이라고 해야 하나? 하지만 그 정도는 공룡 발바닥의 때 만큼이었다.

학창시절, 내가 적은 오답 중에 지금도 잊지 못할 한 단어가 있다.

고1 국어 시험 때 나는 주관식 정답 란에 서슴없이 **'알타리'** 세 글자를 적어내고 주관식 만점에 대한 확신으로 들떠 있었다. 그러나 며칠 후 저급한 오답 유형들과 같은 부류로 묶여 플라스틱 밥주걱을 체벌 도구로 쓰던 짜리몽땅하고 뚱뚱한 여자 국어 선생님께 볼 따귀를 수차례 맞아야 했다. 그나마 그런 저급 부류 중 **'알다리'**는 애교스럽기라도 했지만… **'알다마'**… 과연 그것은 질풍노도의 시기, 반항의 흔적이 역력했다.

놀부 마누라에게 그 아이와 동일하게 주걱으로 두 대씩 맞는 것은 아픔을 떠나 심히 불쾌했다. 그러니 물론 그 놀부 마누라가 총각김치의 주재료는 무엇인가, 다음 중 교복 치마 아래 절대 불가인 종아리 유형은? 혹은 당구 사구의 다른 말은? 이런 얼토당토 않은 문제를 출제했을 리는 없었다.

Q : 우리 국어가 계통상 속할 수 있는 가장 가능성 있는 어족(語族)은 무엇인가?

A : 알타이.

그렇다. 국어책에서 우리는 알타이어족이란다. 단일문화권이랬고, 1443년 세종대왕이 집현전 학자들과 함께 창제해서 3년 뒤 반포한 한글을 쓰고 있다고 익히 들어 왔다.

분명 나는 생후 백일 때 (우연찮게) 아빠를 외쳤다고 했고, (이렇다 할 증거는 없지만) 4살 때 한글을 다 때서 (한나절) 신동 소리를 들었다고 했으며, 초등학교 3학년 때 만점이라는 쾌거로 (무려 35명이나 공동 수상했던) 받아쓰기 대회의 수상자였다.

그러나 이런 화려한 전력들은 새로 발 디딘 이 암흑의 세계에 일절 쓸모가 없었다.

김순자와 혜린이 옥신각신하며 투덕거리고는 몇 시간째 냉전 중이었다. 결국 참지 못하고 혜린이 뒤돌아 김순자의 연습장 위에 무언가를 끼적였다. 나도 슬쩍 보았다.

김순자 볍신!

그러고는 혼자서 키드득 거리고 있는 것이 아닌가. 나는 그녀를 황망히 바라보았다. 머릿속으로는 그녀로부터의 문자나 교과서 곳곳에 낙서 돼있던 조악한 문장들이 주마등처럼 스쳐 지나갔다.

무릎 아파. 점심 참치찌개래. 저런 못쓸 녀석. 연애인 꼭 되리라!

며칠 전 의도치 않게 그녀 대신 내가 머리에 직구를 맞은 건 어쩌면 숙명인가 싶었다. 아카데미 시상식에서 한국 최초로 오스카상을 거머쥔 그녀의 자서전에서 퇴고가 덜 된 즐비한 저런 단어들을 동창으로서 도저히 그냥 묵과할 수는 없을 것이다.

턱을 괸 채 묵묵히 혜린의 행동거지를 살피던 김순자가 바로 옆에 무언가를 적었다.

너도 볍신!凸

어느 날 체육 시간에 멀리 뛰기 순서를 기다리다 보니 벤치에 남은 사람은 나와 미연과 지현이 뿐이었다. 그녀들은 연신 쑥덕거리며 웃고 떠들어 대고 있었다. 무료하던 차에 그 화제가 궁금해서 딴청하며 은근슬쩍 귀를 기울였다.

멍하니 하늘을 올려다보며 풀피리를 불어대던 미연이 난데없이 야비한 미소를 지으며 손가락 관절을 우두둑 꺾어대더니 이윽고 지연에게 운을 뗐다.

"아, 야리 한 번 까야 데는데. 너도 동참?"

(야리? 처음 들어본 앤데. 왜 그 애를 때리려고 하지?)

"응. 나도 간절히. 근데 따가리가 얼마 안 남았어."

(따가리? 뭐지? 그녀들의 응징 도구인가?)

그러고는 지현이 두리번거리며 인적이 없음을 확인하고는 주머니에서 라이터를 꺼내 불을 키려고 재차 시도하는 것이 아닌가.

(설마, 야리라는 애를 저 라이터로 지지려고!)

그 말에 한 숨을 푹 쉬던 미연이 문득 나를 한 번 곁눈질하고는 지현의 팔을 툭툭 쳐댔다.

"야! 최수지 너 혹시 따가리 있냐?"

지현이 고개를 쭉 빼고 내게 물었다.

순간,

그래, 그때,

신은 나를 놓은 것이다.

"아니, 이것들 봐라. 머리에 피도 안 마른 것들이. 야, 너네 아무렴 그렇게 파렴치한 애들 이었어? 당장 그만 안 두면 내가 가만 안 있을 거야. 명심해!"

벌떡 일어서서 목에 핏대를 세우고 있는 나를, 둘은 어안이 벙벙해져서 올려다보고 있었다. 말을 마치고 씩씩거리며 홱 돌아 내려 왔다.

"옴마, 쟤 왜 저래? 뭐 잘 못 먹었나!"

"아니, 저 계집애가 없으면 없지. 담배 피는 것까지 파렴치로 몰아. 저게 완전히 죽으려고 땅 파고 있네!"

김순자는 땅은 고사하고 귀 좀 잘 파고 다니라며 면봉 하나를 넌지시 건네고는 딱하다는 표정을 지으며 내 어깨를 토닥였다. 토닥이는 이가 하나 더 있었으니 바로,

고미연이었다.

"너 미친개한테 담배 꼰지르면 죽는다!"

그렇게 으름장을 놓던 그녀는 손가락으로 자기 목을 지그시 그어

보이기까지 했다.

그녀의 퍼포먼스는 많은 뜻을 내포했다. 그렇게 된다면 드라큘라로 부터 그녀의 목도 온전치 않고 연쇄작용으로 내 목도 온전치 않을 것이다. 사회생활 10년. 그 정도는 알만한 나이였다. 그러나 얼마 못가 미연은 뒷걸음질 치는 강아지처럼 수그러들었다.

"고미연, 너 고구마가 한 번 보자더라."

네일 받은 손톱을 훅훅 불어대던 혜린이 한참 신나 있던 미연의 뒤통수에 대고 나직하게 얘기했다. 미연이 순간 멈칫했다.

혜린의 거드름처럼 어쩌다 저를 대신해 뇌세포를 헌납한 나에 대한 보은인지 아니면 일전의 피구시합과 같은 사태를 대비한 방어 전략인지 그 의도는 불분명하나 암튼 그녀가 구덩이에 내던져져 있던 내게 광명을 비춘 것은 부인할 수 없었다.

아니, 정확히는 팔짱을 낀 채 턱짓으로 지시하는 혜린에게 등 떠밀려 밧줄 매듭부터 육중한 내 몸을 거중기처럼 끌어올리는 수고까지 견뎌낸 순정파 세종고 3학년 전설의 일진, 일명 고구마가 실질적인 구원자일 것이다.

한동안 투견처럼 부라리던 두 눈을 내리깔고 다니는 미연을 보며 나는 앞으로 기도 끝에 하나님, 예수님, 부처님, 알라신 다음으로 고구마도 붙여봄직 하다고 절실히 느꼈다.

2

어느새 한 달이라는 시간이 훌쩍 지났다. 4월 하늘은 꼭 떼쟁이 어린 아이 같다. 맑은 눈처럼 투명하다가도 하품나게 나른하기도 했고 코끝을 찡긋하다 어둑어둑해지며 금방 울음보를 터트리기도 했다.

오전 내내 운동장을 적시던 축축한 빗방울은 창문 밖에 놓아 둔 이름 모를 화초의 쭉 벌린 양 손바닥에도 주기적으로 내려앉으며 파르르 떨리게 했다. 무거운 아령이라도 든 것처럼 다소 힘에 겨워 보였지만 어느새 먹구름이 걷히니 잎맥은 사내의 굵은 힘줄처럼 새파랗게 되살아났다.

우리 셋은 점심식사 후 매점 앞에 있는 파라솔 의자에 모여 앉았다.

'우리 셋. 우리 셋?'

서슴없이 내뱉기에 아직은 서먹한 단어임은 분명했다.

셋이 나란히 급식실로 내려가기 시작한 것은 불과 지난 주부터다.

그간 점심시간이면 혜린은 책상에 누워 잠을 자던지 행방조차 묘연하기가 일쑤였다. 익숙하게 김순자와 둘이 함께 내려갔는데 어느 날 배식을 받고 식당 안을 둘러보니 다른 좌석은 다 만원인데 유독 한 테이블만 휑한 것이었다. 이어폰을 귀에 꽂고 리듬을 타는 한 명의 뒤통수가 보였다. 한 손은 치마주머니에 끼운 채 다른 손으로 껄렁하게 젓가락질을 해대는 폼이 영락없이 혜린이었다.

"네가 여기 웬일이냐?"

김순자가 그녀 건너편에 배식판을 내려놓으며 별일 다보겠다는 듯 시큰둥하게 물었다.

"뭐 좀 사람 먹을 것 있나 해서."

혜린이 심드렁하게 응수했다.

"혜린아, 너도 이제 같이 내려오자. 급식비 아깝잖아."

내가 입 속에 밥 한 술을 떠 넣으며 흘리는 말로 얘기하자 옆에 앉은 김순자가 갑자기 내 팔을 툭 쳤다.

"하긴. 그럼 그래 볼까?"

혜린이 냉큼 대답했다. 먼저 먹은 그녀가 숟가락을 내려놓고 본격적으로 우리에게 조잘대는 통에 나는 고사리나물을 숟가락으로 뜨고 된장국을 젓가락으로 집는 등 정신이 없었다.

그 다음 날 내 배에서 먼저 신호음이 울리고 뒤따라 점심 종소리가 울리자 기다렸다는 듯이 혜린이 뒤 돌아보았다.

"수지야, 사람 몰리기 전에 얼른 내려가자."

"어? 어……."

내가 머뭇하며 대답하고는 슬쩍 옆을 보자 김순자는 지그시 눈을 내리깔고 애꿎은 볼펜 꽁지를 물어뜯고 있었다.

"야, 왜 안내려가."

혜린이 일어나 내 팔을 잡아 당겼다. 그러자,

"수지야, 가자."

김순자도 벌떡 일어나 내 팔을 재우쳤다. 한 참을 양 쪽의 실랑이에 시달렸다.

두 여인이 서로 한 아이의 어미라고 주장하자 왕은 아이를 반으로 나누어 가지라고 판결했다. 그러자 한 명은 자기 자식이 아니라고 했고 다른 한 명은 나누어 달라고 했다. 솔로몬 왕은 자기 자식이 아니라고 했던 여인에게 아이를 주었다.

"누가 이따가 나랑 같이 선도부 가서 명찰 좀 찾아오면 좋겠는데……."

그 날 아침 나는 허연 무릎을 내놓았다는 이유로 드라큘라에게 목덜미를 붙잡히고 말았다. 억울했다. 혜린처럼 잘빠진 각선미를 드러내기 위해 치맛단을 줄였더라면 그나마 덜 억울할 것이다. 단식원에서 마치 스펀지처럼 지그시 눌러 놓았던 내 몸뚱이가 탄성으로 다시 부풀어 오르기 시작하면서 핍박받던 복부와 엉덩이에 안식을 주기 위해 치마를 올려 입어야 했던 것이다.

그는 내 명찰을 하얀 손에 쥔 채 을씨년스러운 눈빛으로 기괴한 웃음까지 지어 보이더니 점심시간에 내려오라고 당부했다. 목덜미가 서늘했다.

혜린과 김순자는 서로 약속이라도 한 듯 내 말이 끝남과 동시에 양팔을 내려놓았다.

그날 이후 우리는 셋이 되어 나란히 식당을 왕래했다. 딱딱하게 굳은 빵 덩이 사이에서 찌부러져가는 고기 페티는 물론 나였다.

포만감에 찬 배를 두드리며 커피 우유에 꽂힌 빨대를 빨아대고 있었다. 혜린은 오디션이 얼마 안 남은 관계로 다이어트 중이라며 급식으로 나온 비빔밥도 먹는 둥 마는 둥 젓가락만 깨작거리다가 뒤늦게 강냉이로 비워진 속을 달래고 있었다. 강냉이 한 알을 입에 넣는 혜린의 가느다란 손목이 언뜻 반짝거렸다. 내가 호기심이 가득한 눈으로 내려 보자 그녀가 재빠르게 남방 소매를 걷어 올렸다.

"어, 이거 우리 엄마가 스위스로 여행 다녀오시다가 사온 시계야. 엄청 비싼 거라던데. 경차 한 대 값이라나."

혜린이 흡족한 눈빛으로 그 시계를 내려다보다 고고하게 쭉 뻗어 보였다.

"안 물어봤거든."

'짝~.'

별안간 박 깨지는 소리가 들렸다.

"아, 아파. 뭐야."

김순자가 그녀의 손등을 때리고는 대수롭지 않게 우유를 쭉쭉 빨았다. 혜린이 일그러진 얼굴로 벌게진 손등을 호호 불어 대며 어루만졌다. 쏘아보는 두 눈에 서릿발이 치고 있었다.

"너 때문에 내 연기 인생에 지장 생기면 알아서 해."

그녀가 그렇게 으름장을 놓자 문득 부은 손등이 그녀의 연기 인생에 어떤 치명적 지장을 줄까라는 궁금증이 밀려왔다. 그러나 그럴싸한 답이 딱 떠오르지는 않았다.

딴청 하던 김순자의 눈이 내게 닿았다. [그러 길래 쟤랑 같이 다니면 피곤하다니까.]

나는 그녀의 무언에라도 대꾸하듯 어깨를 으쓱해 보였다.

러시아의 시인이자 소설가로 자연에의 사랑과 고대 러시아에의 연모가 담긴 작품을 저술했던 대문호 톨스토이는 말했다.

– 말수가 적고 친절한 것은 여성의 가장 좋은 장식이다.

"오빠, 오빠."

혜린이 엉덩이를 떼고 흡사 목장갑처럼 벌게진 손을 번쩍 치켜들고는 흔들어 댔다. 나와 김순자도 웃고 있는 혜린의 시선을 좇아 돌아보았다. 저쪽에서 사과괴물이 손을 흔들며 걸어오고 있었다. 그녀는 벌떡 일어나 그에게로 달려갔다. 그러고는 그 옆에 찰싹 붙어서 한참을 쫑알거렸다. 그가 우리 쪽을 의식하듯 자꾸 쳐다보았다. 나는 딴청을 했다. 그러나 혜린이 그의 팔을 당기며 우리 쪽으로 다가왔다.

'설마, 안 돼!'

나는 잽싸게 일어나 김순자의 옷자락을 잡아당기며 가자고 재촉했다.

"왜 비도 개서 날씨 좋은데. 더 있다 가자."

결국 어쩌지 못하고 자리에 털썩 주저앉았다. 그리고 과연 축지법이라도 썼는지 사과괴물이 어느새 눈앞에 떡하니 버티고 서있었다.

"오빠, 우리 반 애들이야."

혜린이 매미처럼 달라붙어 우리를 소개하자 고목처럼 듬직하게 서있던 사과괴물이 쌩긋 미소를 지었다.

"얘들아, 이쪽은 3학년 농구부 주장이자 우리 사촌인 태석오빠야.

멋지지?"

그녀는 마치 명품을 선보이는 쇼핑 호스트처럼 소개 상품에 대한 자신감이 넘쳐 보였다.

김순자가 일어나 고개를 꾸벅하기에 나도 따라서 꾸벅했다.

"오빠 쟤는 전교 5등 김순자고, 얘는……."

그녀가 잠시 눈을 위로 뜨고 어물대는 게 오빠에게 내세울 친구의 그럴듯한 수식어를 찾고 있는 듯 했다. 나는 사과괴물에게 보였던 굴욕들을 무마시킬 멋들어진 수식어를 조마조마하게 기다리고 있었다.

"음, 얘는……. 수지. 최수지야."

그러나 별다른 수식어는 없었다. 그래, 그나마 최순자가 아닌 게 어딘가.

"아! 맞다. 오빠도 수지 낯익지?"

그녀의 호들갑에 나는 별안간 무슨 소린가 해서 눈이 휘둥그레졌다.

"오빠 내가 말했지? 저번에 나대신 체육시간에……."

'맙소사. 안 돼!'

나는 절규하는 눈빛으로 그녀를 바라보며 속으로 하나님, 예수님, 알라신에다 덩달아 고구마까지 외쳤지만 그녀의 입은 삐끔거리며 이미 준비운동을 하고 있었다.

순간, 나는 배수진을 치고 있던 미연이 어디선가 냅다 공을 던져 이번에야 말로 목표물을 제대로 명중시켰으면 했다. 그러나 그녀가 마저 입을 뗄 때까지도 그 자그마한 얼굴에 드리워지는 검은 그림자는 없었다.

“기억 안나? 오빠도 사진보고 웃었잖아. 전교생을 떠들썩하게 했던
애.”

그러고는 머릿속으로 되새김질을 하는지 저 혼자 키드득 거렸다.

“품-.”

그가 저도 모르게 터진 웃음 때문에 당황한 듯 고개를 딴 데로 돌
렸다.

결국 내게 돌아온 수식어는 ‘전교 5등’보다 어찌 보면 월등해 보이
는 ‘전교생을 떠들썩하게 했던’ 이라는 말이었다.

비온 뒤라 감기기가 있는지 어질어질한 게 온 몸이 후끈해졌고 비
에 젖은 가랑잎처럼 다리가 후들후들 떨렸다. 그러나 난 아무 말도 할
수 없어 ‘끙’ 하고 작은 신음소리만 내뱉고는 고개를 푹 숙였다.

“야, 우리 오빠 잘 생겼지? 공부도 얼마나 잘 하는데.”

계단을 오르면서도 혜린은 끝도 없이 나불대었다. 걷어 올린 그녀의
손목에는 경차 한 대 값이 그녀의 하얀 이처럼 반짝이고 있었다. 김순
자는 머리를 긁적이더니 웬일로 동의하듯 끄덕였다. 나는 아무런 대꾸
도 할 수 없었다.

아까부터 내 머릿속은 어렸을 때 보았던 만화 ‘피구 왕 통키’ 비디오
테이프를 대관절 어디서 공수해야 할지로 복잡했다. 일단 그 비디오테
이프를 수중에 넣고 나면 그 이후는 둘 중 하나다.

복면해서 이른 아침 고미연의 집 앞에 테이프를 던져두고 오던지
이도저도 여의치 않으면 단식원에서 찢어대던 스트레칭 실력을 십분

발휘하여 불꽃 숏을 연마할 것이다.

3

"아, 추워."

볼에 스미는 찬 기운에 눈을 지그시 떴다. 금방이라도 안구를 공격할 것 같은 검정 글씨 부대가 눈초리 끝에 길게 대열하고 있었다. 축축한 느낌에 고개를 슬쩍 뗐다. 펼쳐져 있는 책장에는 입가에서 내리는 가느다란 물줄기에 의해 둥글게 물웅덩이가 고여 있었다. 물속은 유영하는 물고기들처럼 잉크가 날리고 있었다.

"아, 뻐근해. 침대 가서 자야지."

탁상등 스위치를 끄고 책상 의자에서 무거운 몸을 겨우 일으켜 데친 시금치처럼 힘없이 침대 위에 쓰러졌다. 그러고는 이불을 머리끝까지 잡아 당겼다.

'근데 불을 껐는데도 안이 왜 이렇게 환하지? 조금 전에 시계봤을 때가 1시였는데.'

하얀 이불 전체에 노르스름한 빛이 번져 있었다. 이불 밖으로 손만 슬쩍 빼서는 협탁 위를 더듬었다. 이불 속에서 알람시계 램프를 켰다.

'30분… 8시 30분?'

"으악!"

이불이 낙하산처럼 공중에서 펴지다 이내 바닥에 떨어지며 쪼그라졌다. 나는 발버둥 치며 벌떡 일어나 커튼을 냅다 젖혔다. 삽시간에 환한 빛이 방안으로 쏟아져 들어 왔다. 창틀에서 지저귀던 참새 한 마리가 투명 유리로 마주한 웬 맹수 한 마리의 포효에 놀라 꽁무니 빠지게 달아났다. 허둥지둥 교복만 챙겨 입고 가방 안에 책과 소지품을 쑤셔 넣은 후 버스 정류장으로 쏜살같이 뛰었다. 헐레벌떡 언덕을 뛰어 내려오자 가속도가 붙어 발바닥이 화끈 거렸다.

"어어."

갑자기 두 발을 멈추자 몸이 앞으로 쏠리며 춤추는 인형처럼 양 팔이 제멋대로 휘둘렸다. 버스 정류장에는 세종고 아이들이 한 무더기로 서 있었다. 나는 갸우뚱하며 설마 하는 기분으로 가방 속을 뒤적거린 후 핸드폰을 꺼내들었다.

(애들이 왜 이렇게 많지? 단체로 늦게 가나? 50분… 7시 50분?)

"이런, 젠장."

발끝에 걸리는 돌부리를 세게 걷어찼다. 애꿎은 살찐 비둘기 한 마리가 빵 부스러기를 쪼아 먹다 놀라 퍼덕거리는 날갯짓을 하며 낮게 날았다.

어렸을 때 엄마는 때때로 말씀하셨다. 어른들 말은 하나 틀린 것 없다고. 이래서 제 버릇 개 못준다고 했고, 사람이 갑자기 안 하던 짓을 하면 안 된다고 했다. 괜히 안하던 시험공부를 한답시고 책상에서 볼펜만 끼적거리다 공복감을 느끼고 우두커니 공허한 하늘을 바라보아야 했다.

버스에 올랐다. 그러나 예외 없이 버스만은 속이 실하게 찬 순대처럼 미어터지고 있었다. 창밖으로 웬 손 하나가 삐져나간 당면 줄기처럼 허우적대다 윽박지르는 운전기사 아저씨 지청구에 휘리릭 빨려 들어왔다. 흔들리는 버스 손잡이를 따라 내 몸도 휘청거렸다. 그러다,

'끼~익.'

기사 아저씨가 급브레이크를 잡는 바람에 몸이 앞으로 쏠렸다. 순간, 갑자기 팔 하나가 놀이기구 안전바처럼 내 몸을 여유 있게 감쌌다.

"어, 고맙습니… 어!"

헝클어진 머리를 매만지고 뒤를 돌아보니 다름아닌 사과괴물이었다.

"어, 안녕하세요. 감사합니다."

내가 머리를 조아리자 그가 쑥스러운 듯 웃었다. 사람들의 멍한 눈빛이 여전히 우리를 향하고 있다는 것을 의식한 후 둘 다 아래를 내려 보았다. 그의 팔이 여전이 내 허리를 감싸고 있었다. 그가 놀라 얼른 그 손을 빼서 등 뒤로 숨겼다. 멋적은 듯 딴 데로 얼굴을 돌린 그의 볼이 분홍 장미처럼 발그레해졌다. 나도 잽싸게 고개를 돌렸지만 이상하게 자꾸 배시시 터져 나오려는 웃음 때문에 연신 아랫입술을 깨물어야 했다.

내가 자꾸 웃음이 터져 나오려는 건 아마 뒤에서 풍기는 사과냄새가 내 코를 간질이고 있기 때문이리라.

'아참, 머리 안 감았는데!'

얼굴이 일그러졌다. 재빨리 두리번거렸지만 다른 데 비집고 들어갈 틈은 없었다. 등껍질로 숨어 들어가는 자라처럼 내 목이 자꾸 재킷 안으로 말려들어갔다.

- 이번 정류장은 무한고등학교 앞입니다.

나는 잔뜩 움츠리다 잽싸게 버스에서 내려 학교를 향해 뛰다시피 걷고 있었다. 그러나 얼마 안가 누군가가 어깨를 톡톡 쳤다.

"저기요."

걸음을 멈추고 뒤 돌아보니 사과괴물이 가슴에 손을 얹고 가쁜 숨을 몰아쉬고 있었다. 그의 밤색 머리칼이 음표꼬리처럼 바람에 흩날리고 있었다.

"네?"

"무슨 걸음이 그렇게 빨라요? 괜찮으면 같이 가요."

"네? 아, 네."

그러고는 한 발짝 떨어져 같이 걸어가기 시작했다. 가슴이 콩 튀기듯 들썩거렸다.

"버스에서 일전에도 한 번 본 거 같은데……."

"네?"

나는 깜짝 놀라 휘둥그레진 눈으로 그를 쳐다보았다. 그가 나를 호기심 어린 눈으로 내려다 보고 있었다.

"아, 그래요? 이상하다. 생각이 잘……. 제가 정말 좀 굉장히 너무하다 싶게 흔한 얼굴이라 그런 소리 많이 들어요. 하하…하."

차라리 잘됐다 싶었다. 재빨리 오리발을 내밀었다.

"아닌데. 명찰이 분명 최수지였는데."

쿵! 아까 놀래 날아간 비둘기의 찍 갈긴 똥이 흔들바위 만하게 부풀어져 내 위로 떨어졌는지 순간 머리가 푹 꺼지는 느낌이었다.

“아…하하하. 그랬나?”

목젖이 다 보이도록 쿨하게 웃어재낀 후 머리를 긁적거렸다. 그가 의미심장하게 씩 웃어 보였다. 여우같은 사과괴물!

“근데…….”

“네?”

“이런 거 물어봐도 될는지.”

사과괴물이 멋쩍은 표정을 지어 보였다.

“뭐요?”

“혹시 언니 없어요?”

“네? 아니요. 왜요?”

“예전에 닮은 사람 본적이 있는데. 너무 닮아서요. 그쪽이랑.”

몸이 순간 빳빳하게 경직됐다.

(설마 나를 기억하고 있었던 거야?)

“아, 아니요. 저 언니 없어요. 착각하셨나봐요.”

등줄기에 서슬 퍼런 비수가 꽂힌 듯 아찔했다. 어쩌면 좋아? 금방이라도 울음을 터트릴 것처럼 떨리는 음성으로 대꾸했다.

“아, 잘못 봤나 봐요. 혜린이 잘 지내죠?”

그가 당황했는지 재빨리 화제를 돌렸다.

“어, 네에.”

큰 따옴표보다 말줄임표가 대부분이었던 등교 시간이었는데, 문득 고개를 들고 보니 어느새 교문 안이었다. 뒤돌아보니 교문 앞에는 여전히 학생 주임이 서 있었고 옆으로는 하얗게 질린 도미노 조각들이 일렬로 쭉 세워져 있었다.

"다음에 또 보면 같이 와요."

3학년 건물로 들어가던 그가 갑자기 뒤돌아서 소리쳤다. 내가 희미하게 웃어 보이자 그가 손을 반쯤 쳐들고 멋쩍게 흔들어보였다. 굳어 있던 몸이 눈 녹듯 노곤하게 풀어졌다.

"야, 네가 뭔데 나한테 이래라저래라 난리야."

교실 문 앞에 다다르기도 전에 벌써부터 앙칼진 목소리가 문틈으로 새어나오고 있었다. 보나마나 혜린이였다.

'미연이랑 또 싸우나?'

교실 문을 슬쩍 열어보였다. 혜린이 발톱을 세운 암고양이처럼 서 있었다. 그러나 정작 미연은 제 자리에 앉은 채 몸을 뒤로 젖히고 괴수영화에 빠진 사내아이처럼 들뜬 표정으로 빵만 뜯어 먹고 있을 뿐이었다. 아이들은 나직이 술렁대고 있었다. 혜린이 노려보고 있는 상대는 다름 아닌 김순자였다.

"시끄러워. 이거 민폐거든. 소리 낮춰라."

김순자가 볼펜을 쥐고 있던 손을 책상에 세게 내리치고는 혜린을 쏘아 보았다.

"이게 어따 대고."

혜린의 눈자위가 갑자기 하얘졌다. 말릴 새도 없이 김순자 책상에 있던 문제집을 거칠게 낚아채서는 내던졌다.

'어머! 어떡해.'

나는 그 쪽으로 걸음을 떼다 놀라 멈칫했다. 휙 날리던 책을 좇아 눈동자를 굴리던 김순자가 바닥에 대걸레 머리채처럼 나뒹굴어진 책을 보더니 벌떡 일어섰다.

"아앗."

마치 영화 '매트릭스'에서나 보았던 장면처럼 혜린이 팔을 허우적대며 넉장거리로 넘어가고 있었다. 그러나 다행히 책상에 걸터앉았다. 외마디 소리를 내지르던 그 작은 입이 다물어지지 못한 채 놀란 눈으로 김순자를 응시하고 있었다.

김순자가 혜린을 외면하고 걸어 나오자 주위에 몰려있던 아이들이 일사분란하게 흩어졌다. 미연은 무언가 좀 아쉬운지 손에 쥐고 있던 빵쪼가리를 야유하듯 휙 던지고 쌜쭉한 표정을 지으며 고개를 돌렸다.

"순자야."

내 쪽으로 오던 그녀의 왼팔을 잡았다. 그녀는 명멸하는 눈빛으로 지그시 나를 바라보다 이윽고 내 손을 떼어 내고 뒷문으로 걸어 나갔다. 김순자의 뒷모습을 멍하니 좇던 혜린이 무연히 나를 올려다보았다.

"저게 미쳤나봐."

그녀는 나직이 혼잣말을 했다.

"괜찮아?"

내가 손을 건넸지만 그녀는 닭 모가지처럼 힘없이 꺾인 채로 뒷문을 바라보았다.

절대왕정의 대표적인 전제군주이며 베르사유 궁전을 지어 유럽 문화의 중심이 되게 하였던 태양왕 루이 14세는 왕비 외에도 후궁 격인 수많은 애첩들을 거느리던 바람둥이 왕으로 유명하다.

'백문이불여일견'이라고 그는 경험에서 우러나오는 심오한 말을 남겼다.

- 두 여인을 화합시키기보다는 유럽 전체를 화합시키는 편이 쉽다.

"너, 내 편이야, 쟤 편이야?"

앞에서 씩씩거리고 있던 혜린이 5분도 채 안되어 불쑥 돌아보고는 비어져 있는 내 옆자리를 향해 턱짓하며 물었다.

"뭐? 그런 게 어디 있어. 친구끼리……."

"야, 아무 잘못 없는 친구를 바닥으로 내동댕이치는 게 친구냐? 너 빨리 말해. 누구 편이야!"

"너는 그럼 정말 아무 잘못 안 했는데 순자가 혼자 저런다는 거야?"

"그렇다니까. 내가 다 말했잖아. 학교 모처럼 일찍 왔다 매점 안 열려서 스타킹 사려고 밖으로 나가려고 하는데 하필 그 수위 아저씨가 있는 거야. 왜 인상은 되게 좋아 보이는데 엄청 깐깐한 그 아저씨. 내가 막 빌듯이 얘기했는데 교칙에 어긋난다고 자꾸 외출증만 끊어 오라고 하잖아. 내가 그걸 몰라? 짜증나서 됐어요. 이러고 교실 와서 저 계집애한테 그 아저씨 성격 열라 구리다고 좀 씹었거든. 그랬더니 갑자기 눈동자가 획 돌아가더니 저러는 거야. 어른한테 그게 할 소리냐고. 나보고 한심하대나? 나 참, 기가 막혀서."

그러나 그녀의 끝없는 투덜거림에 서서히 기가 막혀 가는 건 바로 나였다.

　"넌 나중에 뭐가 되고 싶어?"

　어느 날 뜬금없이 김순자가 초등학생처럼 내개 꿈에 대해 물어왔다.

　"응. 아직 구체적이진 않지만 시나리오 작가. 넌?"

　"응. 난 첫 번째로 외교관이 될 거야. 그래서 나도 반기문 유엔 사무총장처럼 세계의 평화와 빈민 구제를 위해 힘쓸 거야."

　김순자는 두 눈이 별처럼 반짝였다.

　미리 예행연습이라도 하려고 했던 건지, 그녀는 지나다니다가도 곤경에 처한 사람들을 보면 그냥 지나치는 법이 없었다. 물론 예외적으로 혜린에게 만큼은 유독 쌀쌀맞았지만.

　머릿속에 문득 영화 '포레스트 검프'에서 주인공이 백악관에 초대되어 케네디 전 대통령과 악수하는 합성 장면이 떠올랐다. 그리고 연설하는 반기문 사무총장 뒤에서 그를 보좌하는 그녀가 연상됐다. 청중의 한 명처럼 괜스레 내 가슴이 울렁거렸다.

　"와, 멋지다. 근데 첫 번째라고? 그럼 두 번째도 있어?"

　"응. 근데 두 번째는 첫 번째 꿈을 이루면 저절로 성취되는 것이라고 봐."

　"뭔데?"

　"음~, 난 꼭 내 성공으로 우리 집 식구들이 모두 입이 떡 벌어지는 모습을 보고 말거야."

　그녀의 눈은 1캐럿의 다이아몬드라도 박힌 듯 이전보다 더욱 번쩍였다.

　김순자는 넉넉지 않은 가정의 3남매 중 둘째였다. 언니와 남동생이 있다고 했다. 그녀의 말을 따르자면, 그녀의 부모님은 항상 김순자의 희생을 암묵적으로 강요하고, 형제들은 그것을 당연시 했다고 한다. 왜냐하면 재수생인 언니는 집안의 장녀라는, 그리고 중1인 늦둥이 남동생은 유일한 아들이라는 타이틀을 지니고 있기 때문이라고 했다.

　"난 비운의 식모에 불과해."

　그 말을 하고서 그녀의 눈시울이 붉어졌다. 그녀는 딱히 내세울만한 타이틀이 없었기에 맞벌이 하시는 부모님을 대신해 식모살이를 감내해야 했다라는 말을 마치고는 입술을 질끈 깨물었다.

　"아빠는 내가 실업계 고등학교에 갔으면 했어. 빨리 취업해서 남동생 대학 등록금 좀 벌어 놓으라는 거겠지. 내가 무슨 남동생 뒷바라지를 목표로 서울로 상경한 60년대 여공도 아니고. 꼭 그래야겠니?"

　그녀는 동의를 구하 듯 내게 물었지만 섣부르게 대답할 수 없었다. 그녀는 소신을 굽히지 않고 인문계로 진학하였고 그 뒤로 거의 일 년 넘게 아빠와 대화조차 거부하고 있다고 했다.

　"원래도 아빠는 무뚝뚝한 사람이었어. 날 한 번 안아주기나 했는지 기억도 안나. 그나마도 아빠의 무릎 위는 항상 동생이 차지하고 있었으니까. 만약 누군가 아빠를 그림에 담아내라고 한다면 자신 있는 부분은 아빠의 뒷모습이야. 가장 익숙한 게 아빠의 곧은 등이니까. 그래서 그런지 크게 불편한 점은 없어."

　그녀는 애써 대수롭지 않다는 듯이 말했다. 그녀에게 집은 거의 잠

만 자는 공간이라고 했다. 가뭇가뭇한 반딧불 같은 새벽 별빛 아래 등
교해서 지친 듯 누렇게 뜬 저녁달을 등지고 하교하는 그녀의 단조로
운 일상이 이제야 어렴풋이 이해가 갔다.

"나는 지금 오리에 불과하지만 꼭 한 마리 백조가 되고 말 거야."

**크고 못생긴 외모로 여기저기서 따돌림을 당한 탓에 방황하던 오리
새끼 한 마리가 추운 겨울이 지나고 새봄이 되자 저도 모르게 공중을
날 수 있게 되었다. 실은 백조새끼였던 것이다.**

그런 점에서 마치 3단 찬합처럼 아귀가 딱 들어맞을 그 집 삼남매의
아네모네 얼굴형을 유력한 근거로 비춰볼 때, 결코 그녀가 업둥이 자
식은 아닌 것 같아 애석했지만 나는 그동안 다진 의리로서 우아하게
날갯짓을 할 백조 한 마리를 떠올려주었다.

제10장

TO. 고구마, 알라신, 부처님, 예수님, 하느님이시여

1

"야, 특종이야, 특종. 너희 그거 들었어?"

항상 고고한 학처럼 소곳이 걸음을 떼던 혜린이 어쩐 일인지 헐레벌떡 교실로 뛰어 들어오더니 책상에 가방을 내던지다시피 하고 돌아보았다.

"뭐?"

나와 김순자가 동시에 입을 뗐다.

"야, 우리 담임이랑 체육 선생이랑 사귀나 봐."

그러나 또 우리는 그녀가 말을 마치기도 전에 동시에 그녀에게서 고개를 뗐다.

"뭐야, 둘 다 반응이 왜이래. 진짜라니까. 내가 아는 애가 영화관에서 봤댔어."

대수롭지 않은 반응에 멋쩍었던지 그녀는 책상을 양 손바닥으로 두드리는 심보를 부렸다.

"야, 내가 아는 애는 빈 라덴이랑 조지 부시랑 스파게티 면 한 가닥 양쪽에서 물고 있는 거 봤단다."

나는 김순자의 심드렁한 응수에 키드득 거리다 혜린이 입을 뾰족 내밀고 지그시 노려보자 지퍼처럼 입을 채웠다.

"내 말이 진짜면 어쩔래? 너희 둘 다 손에 장 지질 거야?"

혜린이 얼굴을 들이 밀고 재차 채근하자 문제집을 풀던 김순자가 성가신 듯 고개를 끄덕였다. 나도 마지못해 웃어 보였다. 석연치 않았는지 그녀는 'ㅂ'자음만 유독 굵은 매직 질로 수북한 북어책 귀퉁이에 웅크리고 무언가를 끼적이더니 곧 그 옆에 사인을 요구해왔다.

찌릿 노려보던 것도 잠깐. 제 말이 틀렸다면 패밀리 레스토랑에서 거하게 쏘겠다며 내민 혜린의 새끼손가락에 김순자는 걸쇠처럼 순순히 제 것을 엮었다. 머릿속으로는 벌써 한 상 가득 차려진 음식들을 떠올리고 있는지 황홀경에 빠져 있었다.

투박하게 쓰인 김순자라는 이름 아래로 최수지란 이름 석 자가 비웃는 입 꼬리처럼 찍하고 흘날려 있었다.

어떤 가수의 곡명이 '내가 웃는 게 웃는 게 아니야' 라고 했던가. 내가 웃는 게 웃는 게 아닌 이유는 다분히 기가 찼기 때문이었다.

앞에서도 이미 언급했듯 외모 평점이 평균 이하인 우리 반이 2학년에서 가장 못난이 반이라는 오명을 13반에게 덮어씌울 수 있었던 것은 평균을 바짝 끌어 올리는 혜린과 담임 때문이었다. 그런 담임이 무한고 여선생님들의 외모 평점에 흘러나간 썰물처럼 바닥을 드러내게 하는 체육 선생님과 연애를 한다니 당치도 않은 낭설이었다.

그 체육 선생님은 딱 봐도 담임보다 서너 살은 많아 보이는 30대 후반쯤으로 보였고 땅딸만한 키에 얼굴도 다시없이 평범했다. 그나마 장점을 찾자면 남자 못지않게 호방해 보이는 성격 하나였다. 차라리 혜린이 그 상대가 미술 선생님이라고 했다면 북어라고 쓰인 혜린의 국어책 귀퉁이를 확 찢어 삼켜 그대로 증거를 인멸했을지도 모른다.

그도 그럴 것이 미술 선생님의 동태는 내가 보기에 잇속같이 훤했다. 명문여대에서 미술을 전공했다는 그녀는 세련되고 도도해 보이는 첫 인상과는 달리 담임 선생님과 맞닥칠라치면 금세 얼굴이 물렁한 홍시처럼 변했다. 게다가 수업 중에 은근슬쩍 담임 선생님에 대해 떠보기도 했다. 그녀가 우리를 코만 들이 마시는 철모르는 유치원생쯤으로 착각하는가 싶었다. 그럴 때면 평소에 담임 선생님을 연호하던 여자 아이들이 주축이 되어서 호위견이라도 되는 듯 날카로운 앞니를 드러내고 살벌하게 그녀를 경계했다.

그러나 내 생각은 달랐다. 이 나이쯤 되니 혜안이 넓어졌다고 해야 할까. 아니면 같은 또래로 사랑을 해본 사람으로서의 동병상련이라고 할까. 의외로 순수한 모습을 지닌 그녀는 나이도 20대 후반이었고 담임과 제법 어울리는 짝이라는 생각이 들었다.

혜린은 북어책 겉표지를 손바닥으로 빳빳하게 펴서는 가방 깊숙이에 쟁여 두었다. 김순자는 저 혼자 의미심장한 미소를 짓더니 곧 문제집에 얼굴을 들이밀었다.

"야, 최수지! 빨랑 보고 4권 넘겨라."

미연이 몸을 뒤로 젖히고 껄렁하게 얘기했다. 나는 고개를 재차 끄덕거리고는 손가락에 침을 묻히고 서둘러 쥐고 있던 책장을 한 장 한 장 넘겼다.

'향기로운 꽃, 당신.'

기실, 70년대 영화처럼 촌스럽기 그지없는 제목의 만화책이었다. 이 책의 줄거리에 대해 거창하게 논하자면 주인공의 자아찾기 과정이 주요 플롯이었지만 내용 중간 중간에 최루성 소재들을 장착하고 있었다. 그리고 예상 외로 입소문이 나서 마니아층까지 확보하고 있다고 했다. 그 마니아들 중 한 명이 고미연과 나였다.

어느 날 내 건너 옆에 앉은 등치가 산만한 진호라는 녀석이 눈물을 떨구며 이 책을 읽고 있었다.

도대체 그 무엇이.

평생 세 번 울어야 한다는 남자를 오직 단 한 권으로 세 번 넘게 울려서 사내 구실도 못하게끔 하는지 강한 호기심에 이끌렸다.

대뜸 그 원조 마니아에게 백 원을 지불하고 빌렸고 굶주린 하이에나처럼 어슬렁거리며 무료한 한문 시간을 때울 방편을 찾아 헤매던 고미연의 손에 까지 들어갔다. 3권을 읽다 흘러내리는 눈물 때문에 고개를 쳐들다가 보니 저만치서 2권을 읽어 내리던 고미연의 드넓은 등짝이 미진 있는 대륙처럼 파르르 떨리고 있었다. 그녀는 주변 눈치를 살피다 재빠르게 팔소매로 코를 훔쳤다.

책 표지의 프로필 사진에는 사람의 용안 대신 얼룩말 사진이 채워져 있었다. 나는 곧장 만화가를 찾아보기 위해 인터넷 검색창에 이새벽이라는 이름을 두드렸다. 하지만 만화가에 대한 이력은 고사하고 '향기로운 꽃, 당신.'이라는 책 제목도 그 흔적이 묘연했다. 생각보다 마니아층이 그닥 두껍지 않다는 것만 알아냈다.

그러나 나는 이미 그녀의 작품세계에 매료되어 버렸고 장차 시나리오 작가를 꿈꾸는 사람으로서 만화가 이새벽씨를 귀감으로 삼고자 결심했다.

"진호야, 5권은 도대체 언제 나오는 거야?"

내려 뜬 눈에 분명 진호의 곰 발바닥 같은 두툼한 발이 달달달 떨리고 있었지만 진호는 아무런 대꾸가 없었다. 나는 책을 읽다 말고 옆을 돌아보았다.

"진호… 앗!"

누군가 내 볼을 사정없이 꼬집었다. 가래떡처럼 하얀 손끝이었다. 그 손을 따라 고개를 쳐들었다. 학생 주임이 뻐드렁니 하나를 아랫입술 위로 넌지시 드러내고 괴괴하게 웃으며 내려다 보고 있었다.

'오, 고구마, 알라신, 부처님, 예수님, 하나님이시여.'

혹시나 순번을 바꾸면 기도발이 잘 받을라나 싶었지만 별 소득은 없었다. 오히려 그렇게 한 눈 팔던 사이 그는 물총새처럼 재빠르게 내 손에 있던 만화책을 낚아챘다.

"앗, 안 되는데."

딸려나간 내 양 팔이 허공에서 헛젓가락질 하다 맥없이 떨어졌다.

그는 책 표지를 살폈다. 순간, 그의 얼굴에 엷은 조소가 스쳤다. 비웃음이 가득한 만면에서 뭐 대강 이런 유치한 제목의 책을 누가 쓰고 누가 읽는지 이새벽씨의 작품세계를 우롱하는 뉘앙스를 충분히 읽어낼 수 있었다. 그는 다시 나를 내려다보았다. 그와 눈이 마주치자 나는 괜스레 몸을 움츠리고 노출된 허연 목을 최대한으로 감췄다.

"이 만화책 재밌니?"

그가 회초리로 책을 두드리며 뜬금없이 물어왔다.

"네?"

학생부로 불러내기 위한 연막작전일 수 있기에 순간적으로 답변을 고민했지만 열혈 팬으로서 스타를 부정하는 치졸함 따위는 내 사전에 있을 수 없었다.

"네에……."

"무슨 내용이니?"

과연 무슨 꿍꿍이인지 석연치 않았지만 딱히 떠오르는 탈출구는 없었다.

"주인공의 자아찾기 과정이요."

그 최루성 만화에 어줍게 주워들은 형이상학을 가미시켰다. 그래야 타작 수가 줄 성 싶었다. 그 사이 책 날이 그에 손에 의해 번쩍 들렸다.

나는 진시황의 피비린내 나는 분서갱유로 인해 구덩이에 내던져진 어
느 강직한 유생처럼 결연하게 두 눈을 감았다.

"만화책은 공부 다 하고 쉴 때 집에서 읽어라. 암튼 또 눈에 띄면 다
압수해서 불살라버리고 가만두지 않겠다."

눈을 슬쩍 떠 보니 책은 내 책상 위에 반듯하게 놓아져있었다.

"네, 네. 감사합니다."

그는 교실 뒷문에서 다시 한 번 아이들에게 정숙을 당부하고는 마
치 떠오르는 태양 빛을 피하 듯 유유히 퇴장했다. 창문으로 언뜻 언뜻
그의 정수리가 보였다.

나는 다시 한 번 기도의 힘을 실감했다. 어디 신앙 간증이라도 나가
야 할 판이었다.

2

버스 정류장은 의외로 한산했다. 교실 청소 후 좀 느긋하게 나온 보
람이 있었던 것 같다. 이어폰을 귀에 꽂고 집으로 향하는 622번 버스
를 여유 있게 기다렸다.

학교 앞 2차선 도로가에는 양 쪽으로 가로수가 즐비하게 서 있었다.
서로를 향해 긴 가지를 뻗고 있는 수목들이 축복된 야외 결혼식장의
예도대들처럼 근엄해 보였다. 겨누고 있는 그 칼끝에는 하얀 눈송이들
이 보송보송 피어 있었다. 설원처럼 눈부시게 빛나는 하얀 벚꽃 나무

들이었다. 떨어져나간 눈꽃들은 하얀 꽃종이처럼 봄바람에 분분하게 흩날렸다.

어깨 위로 눈꽃 하나가 살포시 내려앉았다. 꽃잎을 살짝 떼어 손바닥에 얹었다. 크리스털처럼 투명한 결정체가 빛나고 있었다.

긴 기다림에 비해 아쉽기 만한 짧은 결혼식처럼, 태양빛에 금세 녹아내리는 함박눈처럼, 그리고 싱그러웠던 한 때의 청춘처럼 잔인하리만큼 너무도 화려하고 아름다웠던 벚꽃은 일순간에 그 흔적을 감추고 말았다.

눈을 지그시 감고 한참동안 이 격정적인 찰나(刹那)를 아로새기고 있었다.

만개한 벚꽃향기와 사뭇 다른 은은한 향내에 슬쩍 눈을 뜨니 누군가 내 옆에 나란히 서 있었다. 옆을 돌아보았다. 사과괴물이 정면을 응시하며 멀뚱히 서 있었다.

"어머, 여기서 뭐 하세요?"

내가 슬며시 웃어보이자 그가 그제야 돌아보며 씩 웃었다.

"그쪽이야 말로 여기서 뭐하고 있어요? 눈 감고 도라도 닦고 있었던 거예요?"

"음⋯⋯."

내가 까치발을 들고 바짝 붙어 서서 귀엣말을 하려는 시늉을 하자 그가 내 키에 맞춰 몸을 낮추고 귀를 쫑긋 세웠다.

"도에 관심 있으십니까? 그럼 잠깐 어디 가서 말씀 좀⋯⋯."

눈을 동그랗게 뜨고 골몰히 내 말을 주워 삼키던 그가 일순간에 웃음을 터트렸다. 나도 따라 웃었다. 축 늘어뜨린 벚꽃 나무 가지 하나가 키가 훌쩍 큰 그의 정수리에 닿을락말락하고 있었다. 얼핏 꼭 그의 머리끝에서 하얀 꽃송이가 소담스레 피어 난 것 같았다. 그가 별안간 나를 돌아보았다. 웃느라 작아진 그의 반달눈이 내 동공에 떠올랐다. 입가에 만개했던 웃음기가 달빛에 지는 나팔꽃처럼 오므라지고 있었다. 약속이라도 한 것처럼 서로 얼굴을 붉히며 딴 곳을 보았다.

"오늘따라 버스가 빨리 안 오는 거 같네요."

그가 한산한 도로를 멀찍이 내려다보며 이야기했다.

"네, 오늘따라 그래요."

나는 고개를 숙이고 오른쪽 발등에 달라붙은 꽃송이 하나를 내려보다 털어냈다. 텅 빈 거리처럼 버스 정류장은 잠시 적연했다.

"어, 어!"

그가 짧게 내뱉은 외마디 소리에 놀라 고개를 쳐들었다. 그의 눈이 건너편을 응시하고 있었다. 그의 시선을 좇아 반대쪽을 보았다. 저 멀리 상가 건물 사이 후미진 곳에 아이들이 몰려 있었다.

"쟤네 뭐하는 거예요?"

내가 묻자 그가 심각한 얼굴로 나를 돌아보았다.

"한 번 가봐야겠는데……. 먼저 가요."

"저도 같이 가요."

"아니에요. 그 쪽은 먼저 가는 게 좋겠어요."

그가 씩 웃으며 내 어깨를 토닥였다. 하지만 내 고집을 이기진 못했다. 상가 건물 사이의 좁은 길로 들어서자 건들건들해 보이는 아이들 몇 명의 뒷모습이 보였다. 탈색한 머리에 불량스러워 보이는 옷차림을 한 서너 명이 골목 귀퉁이를 성벽처럼 에두르고 있었다. 무리에서 빗겨 나온 아이 하나는 껄렁하게 담배를 물고 두리번거리고 있었다. 아이들 사이로 얼핏 체구 작은 아이 하나가 보였다.

"너희들 여기서 뭐하냐?"

사과괴물, 아니 태석이 그 쪽을 향해 소리쳤다. 아이들이 동시에 이쪽을 돌아보았다. 그러나 사태 파악 후 이내 시큰둥해졌다.

"깨지고 싶지 않으면 다른 데 가서 연애나 하쇼."

담배를 피우던, 기껏해야 고등학생으로 보이는 어린놈이 담배를 바닥에 휙 던지고는 시건방지게 대꾸했다. 옆에서 아이들이 키드득거렸다. 내 발걸음은 멈칫했지만 태석은 이미 적진을 향해 저만치 전진하고 있었다. 그가 멈추어 불쑥 돌아보고는 손을 내저었다. 그러나 개의치 않고 나는 다시 잰걸음으로 그를 따랐다.

"한 명 붙들고 비겁하게 뭐하는 거야."

아이들이 불량스러운 태도로 서서히 흩어졌다. 무너진 성벽 뒤로 밤톨 같은 사내아이가 벽에 바싹 붙어 이쪽을 응시하고 있었다. 덩치로 보니 중학생쯤 되어 보였다. 흩어진 아이들이 조소기 가득한 얼굴로 서로를 돌아보았다.

"아, 연애질이나 잘 하라고 봐주려고 했더니 꼴에 여자 앞이라고 후까시 좀 잡고 싶다 이거지? 이거 오늘 왕창 깨지고 싶나?"

아이들이 태석을 둥그렇게 둘러쌌다. 순간, 나는 담배 피우던 머리 노란 놈의 바지 주머니에서 서서히 불거지는 맥가이버 칼끝을 보았다.

(아악! 안 돼. 어떡해.)

머리가 창졸간 멍했다. 등줄기에 식은땀이 흘러내렸다.

(고구마, 알라신, 부처님, 예수님, 하나님이시여. 어떻게 해야 하나…
어라?)

입버릇처럼 기도를 읊던 중 순간, 고구마가 뇌리에 스쳤다.

(고구마? 에라 모르겠다. 밑져야 본전이지.)

"야!

외마디 소리에 동시에 아이들이 나를 돌아봤다. 태석이도 황당해하
며 목을 쭉 빼고 이쪽을 쳐다보았다.

"경고하는데 죽고 싶지 않으면 빨리 여기 뜨는 게 좋을 거야."

"저건 뭐야 또 뭐야. 저 년이 봄바람에 돌았나."

머리가 노란 놈이 도로 칼을 주머니에 쑥 넣으며 한 쪽 입 꼬리를 올
리고 비아냥거렸다.

"야, 최수지! 집에 안 갈래?"

태석이 놀라 이쪽에 대고 대뜸 반말로 소리쳤다. 겁먹지 말자. 그의
시선을 피한 채 애써 태연하게 반응했다. 하지만 다리는 이내 후들거
렸다.

"너… 너희 세종고 전설 고구마라고 못 들어 봤냐?"

그 말에 아이들의 강한 공격 태세가 약간 흔들리며 술렁거리기 시
작했다. 서로 갸우뚱하다가 마주보며 턱짓을 하기도 했다. 그 중 한 명
이 갑자기 새파랗게 질린 얼굴로 머리 노란 놈에게 귀엣말을 했다.

"그… 그 세종고 일진 말하는 거냐?"

머리 노란 놈이 머뭇거리더니 나직하게 물어왔다.

"어… 그래."

나는 약발이 좀 받는가 싶어 냉큼 대답했다.

"근데? 너랑 무슨 관계지?"

"걔가 지금 우리 만나러 여기 오고 있거든. 너희 여기서 이러다 혼쭐 난다."

"씨발, 장난하나. 그 형 몇 년째 잠수 타고 있어서 나도 생전 본적도 없거든. 그리고 여기가 세종고 앞도 아닌데, 그걸 지금 나보고 믿으라는 거야?"

그가 자기 무리의 아이들을 의식하며 거들먹거렸다. 경직되었던 아이들의 경계심이 다시 흔들리기 시작했다.

(아, 뭐야. 안 통하네. 어떻게 둘러대지?)

그 순간,

(어라, 저게 누구야?)

골목 끝에서 걸어오는 그가 보였다.

덩치가 산만한 그 애였다. 학원이라도 가는지 사복차림으로 가방을 양 어깨에 들춰 메고 막대 사탕을 입에 문 채 한 손에 든 만화책을 정신없이 넘기며 걸어오고 있었다. 막대를 쥔 손등은 예사롭지 않은 자문이 검게 새겨져 있었고 눈 밑은 또 어디서 나자빠졌는지 밴드가 예사롭지 않은 방향으로 삐뚜름하게 척 달라붙어 있었다.

(진호? 에라, 모르겠다.)

"어. 야, 고구마!"

진호를 향해 소리치자 그가 만화책에서 눈을 떼고 끔뻑끔뻑 나를 올려다보았다. '향기로운 꽃, 당신' 제5권이라도 읽고 있었는지 때마침 발갛게 상기된 그의 얼굴이 영락없이 둥글넓적한 찐 고구마 같았다.

나는 눈치를 살피다 냅다 손을 흔들었다. 진호가 영문도 모른 채 웃으며 이쪽을 향해 손을 흔들었다. 그것을 본 양아치 아이들이 술렁이더니 얼굴에 핏기가 가셨다. 서로 마주보고 눈짓을 하고는 슬슬 뒷걸음질 치기 시작했다. 그리고 진호 손등의 다섯 글자가 '차카게 살자'가 아닌 '명탐정 코난'이, 눈 밑에 붙어 있던 밴드 안의 어스름하던 문양의 정체가 도끼나 '몽키 스패너'가 아닌 앙증맞은 '미니 마우스'였음이 완연해졌을 무렵, 조무래기들은 이미 멀찍이 달아나 버리고 없었다.

"야, 최수지! 너 뭐야. 놀랐잖아."

태석이 헐레벌떡 달려왔다. 나는 씽긋 웃으며 어깨를 으쓱해 보였다.

"야, 최수지! 여기서 뭐해? 쟤들은 누구야?"

진호가 얼굴을 돌린 채 달아나는 아이들의 뒷모습을 눈으로 좇으며 다가오자 태석은 경계하는 눈빛으로 그를 쳐다보았다.

"오빠, 얘 그 고구마 아니에요."

내가 배를 잡고 웃어대자 태석과 진호는 영문도 모른 채 마주보았다. 순간, 벽 쪽에 시선이 닿았다. 밤톨 같은 아이가 여전히 벽에 붙어 우리를 응시하고 있었다. 나는 개선장군처럼 기세등등하게 그에게 다가갔다. 가까이서 보니 나와 키가 비슷해 보였지만 몸은 단단해 보였고 이목구비가 야무지게 생긴 아이였다.

"얼른 집에 가."

내가 말을 건네자 그 아이가 슬쩍 고갯짓을 했다. 나는 돌아서서 태석과 진호와 골목을 빠져 나갔다. 문득 뒤 돌아보니 그 아이는 여직 그 자리에 서 있었다. 나는 다시 한 번 얼른 가라는 시늉으로 손을 내저었다. 그러자 답례하듯 그 아이가 슬쩍 웃어보였다.

"선배, 아주 자연스럽던데요?"

버스 안에 나란히 앉아 있던 태석에게 내가 입술을 오므리고 의뭉스레 물었다. 그가 갸우뚱하며 호기심어린 눈으로 나를 돌아보았다.

"반말이요. 야, 최수지! 집에 안 갈래!"

내가 목울대를 잡고 굵은 음성으로 나직하게 이전의 그의 말투를 흉내 내자 그가 쑥스러운 듯 머리를 긁적이며 웃었다.

"으음. 괜찮지?"

그가 조심스레 물었다. 내가 방긋 웃으며 고개를 끄덕였다.

차창 밖으로 보이는 양 보도블록에 벚꽃이 흐드러지게 피어 있었다. 나는 마치 마주 선 예도 대를 통과하는 신부라도 된 듯이 약간 묘한 기분에 사로잡혔다. 여기저기서 하얀 꽃종이들이 핑그르르 떨어지고 있었다.

3

낡아 빠진 빛바랜 장롱 문이 뻑뻑하게 열렸다. 옷걸이에 촘촘히 걸린 무채색 계열의 옷들이 축 늘어져 있었다. 옷을 한 장 한 장 천천히 넘겼다. 대부분 회사 다닐 때 장만한 것들이었다. 한 귀퉁이에 작년에 샀던 바바리코트도 우두커니 있었다.

"아, 이런 옷 입었다간 완전 노친네 될 텐데."

서랍 속에서 잘 개어져 있던 하얀 원피스를 꺼냈다. 현우와 동물원에서 데이트를 했던 작년 이맘 때 큰 맘 먹고 장만했던 옷이었다.

"빌어먹을 놈."

창문을 활짝 젖히고 양 손으로 힘껏 쥔 원피스를 세차게 털어냈다. 떨어져 나온 미세한 먼지들이 살랑대는 바람을 타고 날아가고 있었다. 옷을 몸에 바짝 대고 예뻐 보이는 전신 거울에 이리저리 비춰보았다. 오랜만에 교복대신 사복을 입으려니 성숙함이 여실히 배어나왔다.

"아, 처진 볼 좀 봐."

입안에 바람을 잔뜩 넣었다 빼길 수차례 한 후 손으로 볼을 밀어 올리며 마사지했다. 거울로 침대 위에 던져져있는 원피스가 비췄다. 들러리 서기에는 제격인 옷이었다.

"야, 들러리야, 들러리."

어젯밤 수화기 너머, 이미 전의를 상실한 것으로 보이는 김순자가 저와 나를 한데 묶어 마치 마트의 1+1처럼 그렇게 표현했다.

들러리 노릇의 서막은 지난 주부터였다. 우리는 마당발 영주의 주선으로 미팅에 참가하게 되어 있었다. 처음에 재차 거절하던 우리에게 그녀는 저쪽의 부탁을 사양하기 어렵다며 사정을 토로했고, 결국 한낱

맥도널드 빅맥 세트에 무너지는 나약한 인간이 되고 말았다.

아니, 솔직히 말하자면 김순자가 격하게 손사래를 칠 때도 나는 한 발작 떨어져 꾸부정한 자세를 고수하고 있었다.

'애들이랑 뭘 한다고……. 어떻게 노는지 구경이나 해야지.'

햄버거를 한 입 베어 물고는 다가올 기막힌 상황들을 짐짓 기대하고 있었다.

"야, 대신 혜린이한테는 비밀로 해라."

아쉬운지 입맛을 다시며 다 해치운 햄버거 포장지를 탈탈 털어내던 김순자가 대뜸 타협안을 제시했다. 영주는 마치 어린아이라도 어르듯 연신 벙글대며 고갯짓을 했다.

그런데 어제 저녁이었다.

(김순자나 영주보단 내가 낫지 않나?)

"노병은 결코 죽지 않는다."는 맥아더 장군님의 말씀이 근래 즐겨 듣던 샤이니의 1집 타이틀곡 '누난 너무 예뻐' 보다 마음에 와 닿고, 수학시간에 달달 외웠던 근의 공식보다 더 입에 잘 붙기에, 괜스레 얼굴에 얇디얇게 저민 오이로 팩을 하고 있는데 문자가 틱하고 왔다.

[영주한테 들었어. 내일 보자.]

다름 아닌 혜린이었다. 놀라 영주에게 바로 전화를 거니 그녀는 죽어 들어가는 목소리로 얘기했다.

"미안해. 나 장염이라. 그래도 셋이 친하니까 딴 애 보다 낫잖아."

아니, 전교 어떤 애라도 그 애보다 나았을 것이다.

"야, 영주가 지가 걔들한테 입장도 있고 하니까 미리 머리 쓴 거 같

아. 우리가 가야 혜린이도 따라올 테고. 와, 그러고보니 괜히 마당발이
아니라니까.”

김순자는 사태 파악 못하고 영주의 치고 빠지는 실력에 대해서 찬
사를 아끼지 않았다.

“야, 우리는 들러리야, 들러리. 뻔하지 뭐.”

아니, 사태 파악은 이미 다 끝난 지도.

하긴, 맥아더 장군의 말은 한 구절 더 있었더랬다.

“다만, 사라질 뿐이다.”라고.

다만, 그 뿐이었다.

나는 학교 근처 도넛가게에 앉아 밖을 바라보고 있었다. 멀리서 피
트 되는 청바지에 흰 티셔츠를 걸친 김순자가 유유히 걸어오고 있었
다. 오랜만에 풀러 내린 그녀의 가지런한 머리카락이 실크치마처럼 바
람에 살랑거렸다.

“와, 안경 벗으니까 예쁘다.”

문을 열고 안으로 들어온 김순자에게 엄지를 바짝 쳐들고 얘기했다.
쑥스러운지 어색하게 웃는 그녀의 얼굴에 살짝 볼우물이 패었다.

우리는 나란히 앉아 쇼윈도 밖으로 지나가는 사람들을 구경했다.

“저기 온다.”

김순자가 내 팔을 툭툭 치며 턱짓을 했다. 횡단보도를 왕래하는, 봄
날 아지랑이처럼 채도가 낮은 사람들 사이에서 유난히 한사람의 실루
엣만 도드라졌다. 분홍색 원피스를 걸친 그녀가 우리 쪽으로 손을 흔

들었다.

"다들 벌써 왔네. 날씨가 벌써 더워지는 것 같아."

그녀가 들어와 젖은 머리를 뒤로 넘기며 테이블에 있던 오렌지주스를 벌컥벌컥 마셨다.

"야, 이거 언제 정해졌던 거야? 나한테는 언제 말할 셈이었어?"

혜린이 선두로 계단을 오르며 뒤에다 대고 볼멘소리를 했다.

"어어. 우리도 어제 들었어. 영주가 갑자기 부탁하는 바람에……."

내가 뜸들이다 조심스레 대답했다.

"그래? 영주, 이 계집애, 내가 헛수고 시킬만한 애들이면 알아서 하라고 당부했는데 모르지 뭐."

그녀가 손바닥에 불량스레 주먹을 쳐대며 눈에 살기를 띠고 말했다.

"그냥 잠깐 머리 식히고 오는 거지 뭐."

팔짱을 끼고 뒤따라가던 김순자가 무심히 대답했다.

"어서 오세요."

커피숍 유리문을 열고 들어가자 여자 직원이 행주로 테이블을 문질러대며 고개를 돌렸다. 작은 공간에 여러 개의 낡은 천 소파가 마치 테트리스 조각처럼 밀도 높게 다물려 있었다. 사람들은 갖가지 자세로 앉아 떠들어대고 있었고 천정은 담배 연기로 자욱했다.

"아, 담배 냄새……."

김순자가 얼굴을 찡그리며 손을 휘저었다.

"야, 야, 쟤네들인가 봐."

혜린이 가리키고 있는 손가락 끝을 좇으니 창가에 붙어 있는 마치 완두콩집 같은 낡은 녹색 소파에 콩알처럼 나란히 붙어 있는 녀석들이 목을 길게 쭉 빼고 있었다. 그 중 한 명이 손을 번쩍 쳐들고 히죽히죽 웃고 있었다. 우리가 그 쪽을 향해 걸어가자 완두콩 알들이 톡하고 불거져 나오 듯 세 명이 잇따라 소파에서 엉덩이를 떼며 몸을 일으켰다.

"아, 짜증나. 영주, 이 계집애 가만 안 둬."

앞장 서 있던 혜린이 언제 복화술까지 연마한 건지 뻐끔거리지도 않고 잘도 얘기했다.

"아, 공부나 할 걸. 괜히 나왔다."

김순자가 청바지 주머니에 손을 넣고는 어기적거리며 뒤따랐다. 나는 옆으로 몸을 빼고 그 쪽을 바라보았다.

"안녕하세요."

너털웃음을 짓던 한 녀석이 쳐들고 있던 손으로 머리를 쓸어내리며 인사하자 옆에 있던 녀석들도 뒤따라 꾸벅 고개를 숙였다.

"아, 네."

혜린이 퉁명스레 대꾸하고는 소파 가장자리로 들어가 다리를 꼬고 앉았다. 그리고 잠시 꾸물거리다가 김순자와 내가 차례로 들어갔다. 앉자마자 내 귀에 소곤거림과 키드득거리는 웃음소리가 모기 소리처럼 윙윙거리며 들려왔다. 슬며시 주위를 둘러봤다. 마치 첫날밤을 치르는 초례방 문에 숭숭 뚫린 침구멍처럼 소파 너머로 흘깃흘깃 쳐다보던 눈들과 시선이 닿았다. 그러나 그 시선에 잔뿌리부터 이파리까지 홍당무가 되는 사람은 테이블에 앉아 있는 여섯 중 나밖에 없는 듯 했다.

내 앞에 앉은 리더 격으로 보이는 녀석은 얼굴에 기름기가 도는 게 영락없이 풍채 좋은 삼십대로 보였다. 그를 정면으로 마주한 순간, 찰나였지만 과거 내가 거쳤던 맞선남 중 한 명인가 하는 착각을 했다. 그 녀석은 자기를 김영식이라고 소개했다. 과연 걸맞은 이름이었다. 두 번째 녀석은 영식이 옆이어서 그런지 상대적으로 체구가 왜소해보였지만 야무진 얼굴에 은테 안경이 썩 잘 어울렸다. 이름도 정수재였다.

네이티브 영어 발음 구사를 위해 자의식도 확립되지 않은 아이의 혀까지 수술 시킨다는, 못하는 거 없이 다 잘하는 요즘 부모들이 더구나 선견지명까지 있는 것인지, 아님 자식을 이름 따라 키우는 재능이 있는 것인지, 아무튼 우연의 일치라기에는 그 작명 솜씨가 기가 막혔다. 문득 혜린이 학기 초 가끔씩 우리 반 사내 녀석들을 비유하던 표현이 떠올랐다.

역시나.

"혹시 교회 다니니?"

혜린이가 꼰 발을 까딱이며 수재에게 성의 없이 물었지만 혜린의 관심이 싫지 않았는지 금방 반색하더니 뜬금없이 자신은 무교(동 낙지)라고 해서 한참동안 우리를 아연실색하게 만들었다. 마지막 녀석은 마른 체격에 그나마 셋 중에 제일 나은 얼굴이었다. 하지만 얼굴값을 하는지 턱을 괴고 창밖을 보기도 하면서 심드렁하게 반응했다. 눈 인사를 하고 멀뚱히 있자 영식이가 눈치 있게 이태수라며 소개시켰다. 셋은 다 외고 2학년이라고 했다.

"아, 그래? 다들 공부 잘 하나 봐?"

내가 관심을 보이자 영식이가 아니라며 손사래를 쳤다.

그 사실을 듣고 찬찬이 훑어보니 영식은 나름 미더운 사람 같았고, 수재는 목 아래로 의사 가운이 겹쳐져 보였으며, 태수는 왠지 센티멘털한 게 분위기 있어 보였다. 그러나 혜린이나 김순자는 그것에도 통 관심이 없어 보였다.

하긴 그러고 보면 내가 남들이 가진 배경으로 그들의 첫인상을 별점 매기기 시작한 때가 언제부터였던가 싶다. 잘생긴 외모, 뛰어난 능력, 타고난 배경, 이 삼위일체를 두루 갖춘 1%는 가장 밝은 1등성 별이 되고, 됨됨이만으로는 6등성 별조차 될 수 없는 이 야박한 등급표를 나 역시도 거스르지 못하고 순순히 용인하게 된 시점이 그네들처럼 적어도 십대 때는 아니었으리라. 그 때는 매년 오락부장을 놓치지 않는 추레한 단벌신사도, 성적은 바닥이지만 또 다른 초라한 바닥에서는 관중을 압도할 만큼 춤사위를 펼치는 아이도, 꼴지라도 포기하지 않는 근성의 달리기 주자도 누군가에게는 가장 밝은 시리우스 별이 되지 않았던가.

18세기 프랑스의 작가이며 대표적인 계몽사상가였던 볼테르는 바보에 대해 새롭게 정의했다.

– 처음으로 미인을 꽃에 비유한 사람은 천재이지만, 두 번째 다시 같은 말을 한 인간은 바보이다.

그리고 그의 정의는 애늙은이마냥 화초 가꾸기가 취미라는 정수재의 이름에 대한 의혹을 불러 일으켰다.

"꼭 해당화 같아."

듣는 둥 마는 둥 네일 받은 손톱을 혹 불어대거나 엄지손가락으로 연신 핸드폰 문자판만 만지작거리던 혜린에게 뜬금없이 수재가 그윽한 미소를 지으며 말을 건넸다.

"?"

혜린은 두리번거리다 우리가 모두 그녀를 응시하자 머리를 쓸어 넘기더니 어색한 입모양으로 미소를 지었다. 순간, 그녀는 눈을 홉뜨고는 해당화가 당최 어떻게 생겨 먹은 꽃인지 생각하는지 눈동자를 이리저리 굴렸다. 그러고는 자세를 고쳐잡고, 잠시였지만 해당화 같이 영롱한 자태로 앉아 있었다. 그러나 제 깐에도 낯간지러운지 얼마가지는 못했다.

나는 내 자랑처럼 나서서 전교 5등이라며 김순자를 치켜세워 주었지만 수재와 더불어 영식은 한 떨기 해당화에만 매료된 듯 보였다. 허리를 꼿꼿이 세우고 헛기침을 해대던 김순자도 반응이 없자 쌜쭉한 표정으로 소파에 파묻혔다.

각자 학교생활이나 대학생활에 대한 기대, 연예인 이야기 등을 꺼내며 분위기가 제법 화기애애해졌을 무렵,

"다들 식사하러 가야지?"

영식이가 손목시계를 보더니 동의를 구하는 표정을 지으며 돌아봤다. 우리는 너나 할 것 없이 모두 고개를 끄덕였다. 우리는 먼저 나가라고 통로를 비켜주어 카페 현관 밖으로 빠져 나왔다. 슬쩍 유리문 안

을 들여다보니 셋이 머리를 맞대고 구겨진 지폐와 동전을 주고받고 있었다. 나는 얼굴이 화끈거려 얼른 고개를 돌렸다.

2차는 길 건너 2층 피자집이었다. 아까처럼 마주 앉고 나서 영식이가 우리 쪽으로 메뉴판을 펼쳐 보였다. 그러나 김순자가 아무거나 시키라고 물리자 냉큼 돌려서는 셋이 메뉴판을 보며 속닥거렸다. 잠시 후 영식이가 직원을 불러 큰 패밀리 사이즈 피자 한 판과 스파게티 2인분과 콜라 두 잔을 주문했다.

"왜 두 잔이야?"

혜린이가 못마땅한 얼굴로 물었다.

"리필이 있잖아."

영식이가 겸연쩍은지 너털거리며 웃었다.

피자 8조각 중 6조각이 개인 접시에 올라갔다. 그들이 삼키듯이 게걸스럽게 접시를 비워내고 서로 눈치를 보자 우리는 마지못해 그들에게 남은 두 조각을 양보했다. 가위 바위 보에서 이긴 영식과 태수가 쾌재를 부르며 나머지 두 조각을 차지하자 수재는 패의 요인인 자기 주먹을 털어내며 떨떠름한 표정을 지었다.

3차는 노래방이었다. 대여료는 인심 쓰듯 우리가 내겠다고 했다.

좁은 통로로 끝 방을 향해 걸어가니 양쪽 방 안에서 고래고래 악에 받힌 노랫소리가 흘러나오거나 코팅된 유리창 틈새로 브루스를 쳐대는 둥실둥실한 엉덩짝들이 심심치 않게 보였다. 쾌쾌한 방에 빙 둘러 앉았는데 영식이가 보이지 않았다.

잠시 후 그는 헐레벌떡 들어와 국가 기밀이라도 지니고 있는지 의

미심장하게 손가락으로 쉬를 해 보이고는 묵직한 가방 안에서 무언가를 꺼내기 시작했다. 다름 아닌 캔 맥주였다. 김순자와 혜린이 놀라 눈이 휘둥그레지자 지들끼리는 이미 작당했는지 셋이 동시에 조용히 하라며 주의시켰다. 나는 잠자코 김이 서린 맥주 캔을 보며 침을 꿀꺽 삼켰다.

김순자는 술이 약한지 금세 달아오른 얼굴로 옆에 바짝 붙어 있는 태수와 말을 주거니 받거니 하고 있었다. 혜린은 차라리 코스모스처럼 이리저리 나부끼며 흥에 겨워 엄정화의 페스티벌을 부르고 있었고, 그녀의 추종자들은 양 옆에 벌처럼 붙어서 안무에 탬버린을 쳐대며 지들끼리 한창 신경전을 벌였다. 나도 앉아 박수를 쳐대며 웃고 있었다. 그런데 순간,

'끼익~'

문소리가 들리더니 방 안이 삽시간에 환해지며 아이들의 달아오른 얼굴이 하나둘씩 드러나기 시작했다. 동작을 멈추고 일제히 문 쪽을 돌아 봤다. 팡파르 소리와 누군가의 딸꾹질 소리가 방 안에 울렸다.

우리는 또 나란히 앉아 있었다. 그러나 이번은 일렬종대였다.

공중에는 팔 12개가 들쭉날쭉 솟아 있었다. 사내 녀석들은 모두 머리를 조아리고 있었고, 김순자는 연신 딸꾹질을 하였으며, 구석에 뿌리 내린 한 떨기 해당화는 내내 잔뜩 가시를 세웠다가 제 풀에 지쳐 이슬이 맺히더니 앙 다물었던 작은 봉오리가 서서히 벌어지고 있었다. 나는 12년이나 더 익은 벼로서 응당 닿을 듯이 땅바닥에 고개를 처박

고 있었다.

우리 건너편에는 김순자처럼 빨간 코를 하고 있는 아저씨가 속옷 차림으로 의자에 드러누워 코를 골아대고 있었다. 빨간 코끝에서 꼭 비눗방울이 보롤보롤 피어오를 것 같았다.

"아니, 머리에 피도 안 마른 녀석들이 노래방에서 술을 마셔!"

호통이 끝남과 동시에 통이 넓은 감색 바지를 나풀거리던 누군가가 마치 비틀즈의 드러머 링고스타처럼 경쾌한 박자에 맞춰 스틱으로 머리를 쳐댔다. 그 사운드에 누워 있던 노숙자 아저씨가 별안간 몸을 들썩였고, 김순자의 딸꾹질 소리는 잠시 멎었으며, 해당화는 파르르 떨렸고, 송골송골 맺혀 있던 벼이삭들은 바닥으로 후드득 떨어졌다.

이윽고 출입문이 활짝 열렸다.

"수재야!"

살집이 있는 중년의 여자가 비통한 표정으로 문을 개키고 들어오더니 양쪽에 낀 아이들을 거칠게 밀쳐내고는 가운데 껴있던 수재만 숨아 세웠다. 다행히 훈방조치로 끝나 서면에 사인을 하면서도 애는 그럴 애가 절대 아니라며 원망하듯 우리를 향해 눈살을 찌푸렸다. 그녀의 두툼한 목을 감싼 진주 목걸이가 유난히 번쩍번쩍했다.

유리문 밖에 서 있는 검은 세단으로 향하며 수재가 이쪽을 황망히 돌아보았다. 목을 빼고 빠끔히 차를 보던 혜린이 고개를 쌩하고 돌렸다. 수재는 줄에 묶인 개처럼 차에 태워졌다. 차는 그 아주머니의 엉덩이에서 날벌한 붕 소리를 내며 떠났다.

이어, 태수와 영식이가 목덜미를 잡힌 채 떠났고, 잠시 후 김순자의 언니가 허둥지둥 안으로 들어왔다. 나는 김순자의 언니를 보고서는 바닥 냄새라도 맡듯이 코를 땅에 최대한으로 묻었다. 김순자는 마치 방과 후 인사라도 하듯이 익숙하게 먼저 간다는 말을 남기고 떠났다.

"야, 최순… 아니, 최수지!"

고개를 돌렸다. 변호사님이 문 앞에 서 있었다. 나는 금세 눈시울이 붉어졌다.

그는 경찰과 잠시 얘기를 하며 머리를 끄떡끄떡하더니 내 앞에 서서는 한숨을 쉬고 머리를 콩 쥐어박았다.

"너 이러려고……. 나 참. 빨리 가자."

고개를 돌리니 나를 올려다보던 혜린이 고개를 휙 돌리고 볼이 퉁퉁 부어서 앉아 있었다.

"혜린아, 부모님 언제 오셔?"

"상관말고 너나 얼른 가!"

그녀가 일그러진 표정으로 퉁명스럽게 내뱉었다. 변호사님과 돌아서 나오는데 투명한 유리문으로 넌지시 목을 빼고 우리를 바라보는 그녀의 얼굴이 비쳤다. 탈리반의 인질처럼 잔뜩 두려움이 서린 얼굴이었다. 나는 힘주었던 손잡이에서 손을 뗐다. 변호사님의 설득 끝에 우리는 셋이 함께 나올 수 있었다.

"엄마는 사업상 무척 바쁘셔서 오실 수가 없어."

묻지도 않았는데 그녀가 먼저 큰 소리로 얘기했다.

"그럼, 아빠는?"

변호사님의 질문에 그녀는 금세 시무룩해졌다.

“아, 두부라도 먹어야 되는 거 아니야. 하하하.”

나는 얼른 화제를 돌렸다.

혜린이 돌아가고 나서 나는 면목이 없어 발치만 내려다보았다.

“후회보다 실패가 낫다지.”

그는 내 어깨를 가볍게 토닥였지만 그 두드림은 마치 주술처럼 내 몸을 무겁고 뻣뻣하게 만들었다. 마치 철제갑옷이라도 입은 듯.

이윽고 그는 돌아서 손을 흔들고는 택시에 올라탔다. 그리고 차츰 멀어졌다. 고개를 들고 보니 낯선 도회지였다. 멍하니 두리번거렸다.

보병부대처럼 장사진을 친 차마(車馬)들, 그리고 이질적인 것을 경계하듯 두 눈을 번뜩이는 전조등과 어둠에 군데군데 찢겨져나간 형형색색의 네온사인은 예리한 활촉처럼 쉼 없이 전신에 날아들었다. 갑옷의 비호에 무참히 무너져 내린 활들의 탄식 같은 텅 텅 쇳소리가 내 속의 어디에선가 공허하고 웅숭깊게 들려왔다.

‘여기가 어디지. 어디로 가야 되지……’

방에 포위된 듯 쉽사리 발을 뗄 수가 없었다.

4

아직은 아침저녁으로 약간 쌀쌀한 바람이 불었기에 미리 챙겨 입은 하복 반팔 소매 아래가 서늘했다. 몸을 웅숭크리고 빠른 걸음으로 걸어가고 있을 때였다. 갑자기 누군가 내 옆에 바짝 붙어 섰다. 깜짝 놀라 한 발짝 떼고 경계하듯 옆을 올려다보았다. 태석이 양 손으로 가방 끈을 부여잡고 내 보폭에 맞춰 걷고 있었다.

"어, 오랜만이에요."

"응. 오랜만이지. 그동안 무척 바빴다며?"

그가 나를 쓱 한번 쳐다보고는 의뭉스런 표정으로 물었다.

"네? 무슨?"

나는 눈을 껌벅이며 대꾸했다.

"미팅했다며?"

"네? 네. 아니, 그게 그러니까 친구가 빅맥세트를… 아니 저 그게……."

걸음을 멈추고 몸을 배배 꼬며 더듬거리고 있는 사이 그는 벌써 멀찍이 나아가 있었다.

'아니, 근데 내가 쟤한테 뭐 하러 변명을 해?'

나는 괜스레 약이 올라 뚱한 표정으로 터벅터벅 가던 걸음을 재촉했다. 그가 다시 뒷걸음질 치며 내 옆에 붙었다.

"파출소까지 갔다며. 미팅은 대학 가면 해라. 나 먼저 갈게."

그가 내 가방을 가볍게 두드리고는 뛰기 시작했다. 나는 우두망찰한 표정으로 그의 뒷모습을 바라보았다. 어디서 때 아닌 시베리아 바람이 불어 닥쳤는지 팔뚝에 우둘투둘 닭살이 돋아났다.

(아니, 지가 뭔데. 나보고 대학 가면 하라 말라야.)

"어린 것이 아주!"

"나는 다행히 너보다 생일이 빠르다만 왜 아침부터 겁나게 주먹질이야."

옆에 앉아 있던 김순자가 눈을 번뜩이며 쳐다보고 있었다. 책상에 내리친 내 오른 주먹이 부들부들 떨리고 있었다.

"아, 아무것도 아냐."

쥐고 있던 손을 흔들며 가방에서 책을 꺼냈다. 첫 시간은 문학이었다.

"문학 오늘은 수업하는 거야?"

혜린이 몸을 젖히고 물었다.

만삭의 배를 부여잡고 몸소 프로페셔널을 보여 주던 문학 선생님은 결국 퇴근길에 양수가 터져 팔삭둥이를 낳았다고 한다. 다행히도 산모와 아이는 건강하다고 했다.

"오늘부터 선생님 새로 오신다던데."

김순자가 무심히 대답하자 혜린이 짧게 외마디 소리를 내질렀다.

"아, 오늘도 자습하나 했더니. 젠장."

"젊은 남자 선생님이라던데."

"진짜?"

혜린의 얼굴이 순식간에 보름달처럼 환해졌다. 그녀는 고쳐 앉아 거울을 들여다보기 시작했다. 내 귀도 덩달아 솔깃해졌다.

'딩동 댕 동~'

유난히 크게 울려 퍼지는 종소리가 산골 동네를 흙빛으로 지워버린 땅거미처럼 교실을 적막하게 했다.

드르륵. 앞문이 열리기 시작했다.

신대륙을 발견한 콜럼버스와 그 일행처럼 아이들은 일제히 숨죽이고 벌어지는 틈새를 주시했다. 누군가 그 새로 반질반질한 검은 구두 앞코를 쑥 내밀었다.

그런데,

'맙소사!'

콜럼버스는 그랬는지 모른다. 환희와 호기심에 들떠있는 표정의 그 녀석, 대관절 바로 그 녀석이 교실로 들어서고 있었다. 나는 눈을 거듭 비벼 댔다.

'설… 마 잘 못 봤나?'

"어머, 선생님!"

혜린이 갑자기 엉덩이를 떼고 그를 향해 손을 쳐들었다. 나는 냅다 몸을 움츠린 채 책으로 얼굴을 가리고는 엉덩이를 떼고 있는 혜린이 뒤로 숨었다. 혜린이 너머로 언뜻언뜻 교탁에 서 있는 그가 보였다.

"야, 야, 나 옛날에 가르쳤던 과외 선생님이야. 웬일이니."

혜린이 책상을 쳐대며 호들갑스럽게 떠들어대자 그가 잠시 난처한 표정을 지었다.

"거기 뒤쪽 좀 조용히 해라. 음, 나는 김영희 선생님을 대신해서 오늘부터 너희에게 문학을 가르칠 것이다. 앞으로 잘 해보자."

그의 음성이 또렷하게 들렸다. 그리고 뒤돌아 칠판에 또박또박 이름을 적어갔다.

서.현.우.

하필 여기에. 세상은 왜 이다지도 잔인하단 말인가. 순간 머리가 핑그르르 돌았다. 눈에 초점이 흐려졌다.

'쿵―'

나는 의자와 함께 뒤로 거꾸러졌다.

"야, 괜찮아?"

혜린이 나를 내려다보며 애써 웃음을 참고 있었고, 김순자가 심각한 얼굴로 나를 일으켜 세우려 팔을 뻗었다.

"거기 뒤에 괜찮니?"

쿵쿵쿵 그가 뛰어오는 발소리가 들렸다. 나는 일어날 겨를도 없이 깜짝 놀라 뒤로 함께 거꾸러져 있던 책을 펴서 냉큼 얼굴을 가렸다.

"어머. 얘 또 기절한 거 아니야?"

혜린이 목소리였다. 아이들이 위에서 웅성거렸다. 누군가 내 팔을 잡고 흔들어댔다. 그러고는 내 얼굴을 덮고 있던 책을 집어 들려 했다. 나는 손아귀에 힘을 바짝 주고 양쪽 책 모서리를 냅다 잡아당겼다.

"야, 너 왜 그래?"

김순자의 다급한 목소리였다.

"나 괜찮아."

나는 기어가는 목소리로 말했다. 그 순간 책이 확 젖혀졌다. 현우가 심각한 표정으로 허공에서 몸을 굽히고 나를 내려다보고 있었다. 아이들도 빙 둘러싸고 있었다.

"아하… 하하. 현……."

순간, 검은 그림자가 내 시야를 덮었다. 온기가 느껴졌다.

“열은 없는데…….”

그가 내 이마에 짚었던 손을 떼고 번쩍 나를 일으켜 세웠다. 그러고는 아이들을 조용히 시키며 앞으로 나갔다. 김순자가 옆에서 내 팔을 툭툭 치며 의아한 표정을 지어 보였다. 나는 넋 나간 표정으로 아니라고 대꾸하고 얼굴을 가렸다.

‘혹시 못 알아보는 걸까? 아, 돌겠다. 진짜.’

그는 출석부를 펴들고 한 명씩 부르기 시작했다.

“김민석!”

“예.”

“김순… 김순자!”

“…네에”

그가 잠시 더듬거려서 김순자도 따라 머뭇거렸다.

“최수지!”

“네에”

나는 얼굴을 가린 채 손을 반쯤 쳐들었다. 그가 소리 나는 쪽으로 고개를 돌리다 손을 보고 내 쪽을 주시했다. 나는 더 높이 책을 들었다.

“그래. 최수지 좀 괜찮니?”

“네에.”

나는 배에 잔뜩 힘을 주고 굵직한 음성으로 대꾸했다.

쇼펜하우어는 말했다.

- 하루는 작은 일생이다. 아침에 잠이 깨어 일어나는 것이 탄생이

요, 상쾌한 아침은 짧은 청년기를 맞는 것과 같다. 그러다가 저녁, 잠자리에 누울 때는 인생의 황혼기를 맞는 것이라는 것을 알아야 한다.

우리는 하루를 살면서 또 인생을 미리 살고 있는 것이다. 그는 또 말했다.

- 여자들은 꾀가 많지만 항상 주관적이기 때문에 진정한 천재는 나올 수 없다.

이런 우라질. 2008년 9월 조지아 브라운이라는 두 살짜리 영국 여자아이가 세계적 석학 스티븐 호킹과 맞먹는 IQ 152로 멘사 시험에 통과해 최연소 회원이 됐다니 길게 더 말 않겠다.

'아니, 저 자식은 왜 하필 여기로 배정된 거야. 그냥 이실직고 불어버릴까?'

'아, 최순자도 아닌데, 지가 알게 뭐야. 의심한다고 해도 아니라고 잡아떼면 그만이지 뭐. 까짓것.'

'그런데 안 믿으면 어쩌지. 쟤가 알았다가 소문나면 끝장인데. 아 어쩌지?'

'일주일에 한 시간이니까 매주 양호실에서 때울까?'

그가 앞에서 문학책을 가슴에 품고 시조 한 수를 읊어대기 시작하는 사이 내 머릿속에서 뭉게뭉게 피어나기 시작한 말풍선 괴물들이 50여 분 동안 기하급수적으로 만개하고 있었다.

'고구마, 알라신, 부처님, 예수님, 하나님, 그리고 이 땅의 모든 신들

이시여. 부디…….'

'탁-'

"얘가 오늘 왜이래. 더위 먹었나."

김순자가 막 내 손을 내리 쳤던 볼펜 꽁지를 다시 입에 가져다 물고는 고개를 까닥이며 바라보고 있었다. 나는 엉거주춤 앉은 채 곧 승천할 것처럼 하늘을 향해 구부정하게 오므렸던 두 손을 비슬비슬 거두었다.

앞문 닫히는 소리가 들렸다. 주번이 발 빠르게 나가 칠판을 지우고 있었다.

서현우 석자가 흔적 없이 지워져 갔다.

깻잎머리 지현이 자리에 엎어져 있는 미연의 눈치를 보더니 길게 늘어트린 풍선껌을 손가락으로 빙빙 돌려대며 다가와 혜린이 귓가에 소곤거렸다.

"야, 교문 앞에 너 서방님 와 있더라."

그녀가 키드득 거리고는 자리를 뜨려 하자 혜린이 지현의 팔을 거칠게 잡아 당겼다.

"뭐라고? 이 계집애가 뭐라고 나불대는 거야?"

"진짜야. 고구마 와 있다니까."

지현이 주눅 든 목소리로 대꾸하며 혜린의 손을 조심스럽게 뺐다.

"치~. 왜 여기까지 온 거야? 암튼 남자들이란. 어디 얼마나 기다리나 보자."

혜린은 자리에 앉자마자 가방 속에서 파우더를 꺼내 하얀 얼굴에 톡톡 두드렸다.

"암튼 여자들이란……."

김순자가 나직하게 얘기하며 고개를 가로 저었다.

'고구마라…….'

나는 몇 번의 기도를 통해 (자의와 상관없이) 나를 구원했던 고구마를 떠올렸다.

'어쩌면 이 위기의 국면을 타개할 어떤 실마리를 찾을 수 있지 않을까.'

나는 지푸라기라도 잡는 심정으로 얼른 짐을 챙겨 부리나케 교실을 빠져 나갔다. 헐레벌떡 뛰어 교문에서 사방을 두리번거렸다.

"최수지?"

뒤에서 누군가 이름을 부르며 내 등을 톡톡 쳤다. 몸을 뒤로 젖혔다.

"어, 너는. 그때……."

"용케도 너를 다시 보게 되네."

쑥색 교복을 걸친 사내 녀석이 멋쩍게 웃으며 머리를 긁적이고 있었다. 지난 번에 학교 앞 후미진 곳에서 양아치들에게 둘러싸여 있던 그 아이였다.

"어머, 너 세종고 다니니?"

"응."

"어, 근데 여긴 웬일… 아니, 그나저나 내 이름은 어떻게 알았어?"

"저번에 너 명찰 봤어."

“아아, 누구 찾으러왔니? 근데 여기 또 너희 학교 다니는 3학년 형 못 봤니?”

내가 눈을 떼고 주변을 두리번거리자 그 역시 나를 좇아 이쪽저쪽을 살폈다.

“글쎄. 아까부터 쭉 나만 있었는데. 찾는 사람이 누군데?”

“응. 고구마라고.”

그가 별안간 파안대소를 했다. 이상했다. 설마…….

“혹시 그럼 네가…….”

내가 의혹에 찬 표정으로 그에게 손가락질을 하자 그가 고개를 끄떡였다.

“어, 여기.”

고구마가 차가운 캔커피 두 개를 들고 뛰어와서는 뚜껑을 젖히고 나에게 하나를 건넸다.

“아, 아, 잘 먹을게… 요.”

“네가 혜린이랑 미연이랑 같은 반이였구나. 세상 참 좁다.”

그는 무연히 하늘을 올려다보고 있었다. 나른한 햇볕이 우거진 나뭇가지 사이를 비집고 들어오고 있었다. 공원 벤치는 적막했다. 가끔가다 산책하는 노인들뿐이었다. 나는 앞에서 푸드득 거리며 빵가루를 쪼고 있는 비둘기 부리만 내려다 보고 있었다.

“와, 진짜 놀랐어요. 근데 왜 그 때는…….”

어색한 분위기에 못 이겨 커피를 한 모금 마시고는 먼저 입을 뗐다.

"그때 그 자식들을 보고 그냥 있었던 게 궁금한 거야, 아님 네가 내
이름을 함부로 도용하는데도 잠자코 있었는지가 궁금한 거야?"

"으음, 솔직히 둘 다."

내가 뜸들이다 대답하자 그가 코를 찡긋하며 웃었다.

"애들이 어떻게 하려는지 궁금해서 보고 있던 참이었어. 네가 배짱
부린 게 개들을 살린 거야. 아님 다들 반 쯤 죽어서 돌아갔을 거야."

그가 장난스럽게 얼굴을 일그러트리며 주먹을 쥐어 보이고 있었다.
주먹은 단단히 여물어 있는 햇과실 같았다.

"......"

장난이야."

그가 너스레를 떨었다.

"그냥 옛날의 나처럼 개들도 뭔가 답답해서 그런 게 아닌가 해서 애
기 좀 들어보려고 했는데 마침 네가 온 거야."

"아……"

"나도 옛날에 괜히 센 척 해보이려고 나쁜 애들하고 몰려다니고 했
거든. 보다시피 난 키가 작아서 콤플렉스였어. 그런데 빌어먹을 자존
심은 키보다 훨씬 커서 누구한테 지고 못 살겠더라고. 그래서 대책 없
이 막 덤비기 시작했지."

"......"

"그 때부터 애들이 하나둘씩 날 피하더라고. 그게 처음에는 굉장한
우월감처럼 다가와 설레게 했는데 차츰 외로워지더라고. 약이 된 줄
알았는데 독이었어. 나중에는 본연의 나를 알아주는 이가 주변에 하나

도 없었어."

'그대로의 나……'

"돌이켜보면… 그 당시 난 진실을 드러내면 상처가 될까봐 항상 꽁꽁 숨기고 있었던 것 같아. 겁쟁이지 뭐."

'겁쟁이라……'

나는 잠시 고개를 숙이고 그의 말에 귀담았다.

"아, 내가 따분한 소리만 했지? 이만 돌아가자."

그가 내 눈치를 살피다 기지개를 켜며 일어나려는 시늉을 했다.

"아, 아녜요. 근데 혜린이 안 만나고 가요?"

"혜린이? 나 혜린이 하고 연락 안 하지 오래 됐는데. 솔직히 어렸을 때 굉장히 예뻐서 호감 있었는데 한 번 차이고 나서는 마음 다 정리했지."

"차였다고요? 정말요? 중학교 때요?"

그가 주먹으로 가슴을 치고 장난스럽게 괴로운 표정을 지으며 고개를 슬며시 끄덕였다.

"응. 근데 왜?"

나는 그간 미연과 혜린 사이에 불거져 있던 오해에 대해 차근차근 설명했다. 다 듣고는 그가 빙그레 웃어 보였다.

"그래, 생각해볼게."

공원 입구에서 우리는 짤막하게 인사를 나누고 서로 다른 방향으로 돌아섰다.

"최수지!"

그가 뒤에서 이름을 불렀다. 가던 걸음을 멈추고 돌아보았다. 그가 곧은 자세로 서 있었다. 망설이는 표정 끝에 그가 입을 뗐다.

"근데, 그때 옆에 있던 애 혹시 남자친구니?"

나는 뜬금없는 그의 질문에 당혹스러운 표정을 지어 보였다.

"네? 아니, 네⋯⋯."

그러나 그의 진지한 표정을 보고 있자니 아니라는 말이 차마 입 밖으로 떨어지지 않았다.

"역시, 그랬군."

그가 씁쓸한 표정을 지으며 발끝에 걸린 애꿎은 흙을 걷어차고 있었다.

"⋯⋯."

"쑥스럽지만 솔직히 말하면 사실 그 날 너한테 첫눈에 반했거든. 아쉽지만 그 애 좋은 녀석 같아서 쉽게 포기할 수 있겠다."

삶은 문어처럼 얼굴이 달아오른 그가 겸연쩍은 듯 머리를 긁적이고 있었다. 그의 얼굴은 영락없는 고구마였다. 그가 어색하게 손을 흔들고는 돌아서서 꼬마 병정처럼 씩씩하게 걸어가기 시작했다. 나도 잠깐 머뭇하다 가던 걸음을 재촉했다.

한산한 622번 버스에 올라 앞자리에 앉은 채 창문을 활짝 열어 젖혔다. 문이 닫히고 차가 출발하기 시작하자 어디서인지 무임승차한 민들레 씨앗 하나가 폴폴폴 날리고 있었다.

마치 부유하는 하얀 낙하산 같았다. 바늘로 쿡 찌르기만 해도 바람이 숭숭 빠지며 쪼그라들 것처럼 자그마하고 잔약한 생명체로 보이지만, 어느 척박한 환경에서도 뿌리내리고 자라는 강인한 생존력을 지녔다는 말이 생각났다.

손바닥에 조심스레 얹었다가 다시 밖으로 훅 불어 주었다. 마침 학교 앞을 지날 때였다. 교문 앞에 서서 발을 동동 구르고 있는 혜린이 보였다.

민들레 씨앗이 바람을 타고 혜린이가 서 있는 곁으로 떠내려가고 있었다.

제11장

향기로운 꽃, 당신

1

    소다수 같은 코발트빛 파란 하늘에서 이미 청량한 여름을 체감하고
있었다.

    가을 다음으로 좋아하는 봄은 진달래와 개나리를 피움으로서 그래
도 왔다는 갔더라는 미약한 생색이라도 내고 싶은지 이내 흐릿한 자
취를 남기고 여인네의 치마 끝자락처럼 나풀거리며 떠나갔다. 일반적
으로 3월부터 5월까지를 봄이라 아우르지만 부쩍 4월 한 달만을 봄으
로 실감한다. 10월뿐인 가을도 마찬가지이다. 짧아서 애틋하고 애틋하

니 더욱 그립다.

창문 너머 연립 입구에는 군데군데 자리 잡은 고동색 나무줄기들이 해변의 구릿빛 젊은이들처럼 헛헛한 공기에도 쉬이 지치지 않은 채, 저마다 하늘로 알록달록한 스트로를 꽂을 듯 가지를 드높게 뻗어 올리고 있었다.

"아직, 안 왔니?"

창문 밖으로 머리를 내밀고 작은 놀이터와 주차장 이곳저곳을 둘러보았다. 어디선가 그가 나무처럼 우뚝 서서 가지런한 하얀 이를 드러내며 손을 흔들고 있을 것 같았다.

그러나 놀이터에는 요란스레 뛰어다니며 먼지바람을 일으키는 꼬마 녀석들 서너 명과 벤치에 앉아 그 아이들을 보며 희뿌연 담배 연기를 게워내는 할아버지 외엔 아무도 보이지 않았다. 하긴, 약속시간은 아직 이르다.

"무슨 책이야?"

무릎에 올려놓은 가방 안에서 버스카드를 꺼내려던 찰나, 그 벌어진 틈새로 울뚝 솟아있던 책이 불시에 태석의 손에 들어갔다.

"아무것도 아니에요."

나는 바둥거리며 책을 다시 빼앗으려고 했지만 그가 단숨에 책장을 훑어 넘기고 있었다.

"아니, 친구 거예요. 제 것이 아니라."

시집 따위면 좋았으련만 만화책이라 괜스레 뒷말에 악센트를 두었다.

"이 만화 은근히 애들 많이 읽더라."

"그렇죠? 보면 정말 괜찮아요. 한 번 보세요."

나는 금세 반색을 하고 맞장구를 쳤다.

"근데 이거 보면서 여자애들 눈물 꽤나 훔치던데. 그냥 신파극 아냐?"

"아니에요. 그렇게 감상적인 부분도 있지만 전체적인 플롯은 꽤나 진지한 줄거리라고요."

나는 뾰로통하게 대답하고 그의 손에서 잽싸게 책을 빼서 가방 속에 쟁여 넣었다.

"네가 추천한 거니까 한 번 볼까? 총 몇 권인데?"

그가 넉살좋게 물었다. 귀가 솔깃했다.

"저도 결말이 궁금한데 5권이 몇 달째 안 나오고 있어요. 검색해봐도 이렇다 할 정보도 없고……."

"그래? 그럼 그 출판사에 전화해서 한 번 물어봐."

그렇게 해서 나는 당장 그날 오후 만화책 뒤페이지를 뒤적거려 출판사로 전화를 돌렸다.

"'향기로운 꽃, 당신' 5권은 도대체 언제 출간되나요?"

"네? '향기로운 꽃, 당신'이요?"

전화선 너머 직원은 내 용건이 뜻밖인지 약간 어리둥절해 했다.

"음… 저희 쪽도 마냥 기다리는 형편이라. 만화가 선생님이 아직 구상 중이시라고만 얼핏 들었어요. 그나저나 그 책 그림도 참 예쁘죠?

남자분이 어떻게 그림을 그리 세밀하게 그리시는지……."

"네? 남자분이었어요?"

제대로 뒤통수를 얻어맞은 기분이었다.

"혹시 연락처 좀 알 수 없을까요? 정말 팬인데요."

이왕지사 간곡한 말투로 사정했다. 직원은 당혹스러운 듯 잠깐 망설였다.

"메일 주소는 따로 없으신 걸로 알고 있고, 핸드폰 번호도 아무래도 허락 없이 말씀드리기 그렇고… 정 그러시면 팬레터라도 보내 보실래요?"

그래서 주소를 받아 적었다. 각설하고, 이새벽씨에게 대체 제5권이 왜 안 나오는지 서신이라도 보내보려 했건만. 웬걸.

"동작구 대방동이라고요?"

절필 선언하고 어느 산사에 들어 앉아 풍경 소리를 들으며 유유자적하고 있거나 남해 섬 어느 허름한 민가에 틀어박혀서 잉크 촉을 굴리고 있을 줄로 상상했던 나의 문학적 스승이 우리 동네서 멀지 않은 대방동 주공아파트에 기거하고 있었던 것이다.

어쩌면 대방 재래시장에서 한번쯤 마주쳤을 법하다. 그러나 동태 눈깔을 보면서 저 푸른 해원으로의 노스텔지어를 떠올리고, 바바리코트 깃을 바짝 세워 여미고 우수에 젖은 채 소금에 순대 간을 찍어 먹었을 음유시인다운 사람에 대한 기억은 애석하게도 아직 없었다.

어쨌거나 이것은 분명 필연이다.

내가 한참 들떠서 수선스럽게 태석에게 얘기하자 그도 처음에는 같은 동네 안에 살고 있다는 것에 대해서 예상 밖이라며 놀라워했지만 내가 직접 이새벽씨의 집을 방문하겠다는 의중을 내비치자 한사코 만류했다. 그렇게 은둔하는 남자는 순간적으로 예기치 않은 행동을 할 수 있다나 뭐래나. 굳이 내가 그의 허락까지 받아낼 이유는 없었지만 듣고 보니 약간 떨떠름했다. 그러던 차에 태석이 선뜻 같이 가주겠다고 하여 그와 함께 가보기로 했다.

그리고 그 역사적인 날이 바로 오늘이다. 딩동.

[집 앞이야^^ . 선배.]

갑자기 볼이 파르르 떨리고 가슴이 두근두근 했다. 이 불안정한 심장 박동은 과연 누구로부터 연유하는 것일까. 아마 이새벽씨를 직접 본다는 설렘 때문이겠지?

나는 마지막으로 거울에 내 모습을 비춰 보았다. 입술에 분홍 립글로스를 거의 문데 듯 발랐다. 한참 거울을 들여다보다 허둥지둥 건물 입구에 내려가 주변을 두리번거렸다. 그런데 이상하게 어디에도 그의 모습은 없었다.

"최순자."

"선배!"

나는 활짝 웃으며 몸을 뒤로 젖혔다.

"어!"

가슴이 철렁 내려앉았다. 눈 앞에 서 있는 사람은 태석이 아니었다.

(이영민! 이 인간이 왜⋯⋯.)

"너, 최순자 맞지?"

그가 미심쩍은 눈초리로 따지듯 물었다. 나는 아무 대답도 하지 못하고 그냥 우두커니 서 있었다.

"순자야, 번호는 왜 바꾼 거니?"

(얘가 대체 왜?)

그가 내 양팔을 잡고 흔들어댔다.

"순자야, 내가 어리석었어. 나랑 다시 만나자. 응?"

"아니… 에요. 잘 못 보셨……."

영민이 덥석 나를 안았다. 그를 밀쳐 내려 바동거렸지만 역부족이었다.

순간, '퍽' 하는 둔중한 소리와 함께 영민이 저만치 나가 떨어졌다. 누군가 나를 힘껏 잡아당기어 제 몸 뒤로 세워 두고 내 앞에 우뚝 섰다.

'태석이…….'

나는 머리를 그의 등 뒤로 묻었다. 얼었던 몸이 녹아내리는 느낌이었다.

"이봐요! 누굴 함부로 안아요! 당신이 아는 여자 아니라잖아요."

태석이 격앙된 채 나뒹굴어진 영민을 향해 언성을 높였다. 영민이 한 손으로 금세 붉어진 얼굴을 감싸고는 고개를 들어 피식 웃었다.

"순자야, 저 애송이 누구니?"

그가 비아냥거리며 물었다.

"잘 못……."

내가 몸을 빼고 나서려는 순간, 태석이 팔로 나를 제지했다.

"이 여자는 그 순자라는 사람이 아니고, 제 약혼자입니다. 사람 잘 못 봤으니까 찾는 사람은 딴 데 가서 알아봐요!"

"에?"

나는 휘둥그레진 눈으로 태석을 올려다보았다. 그는 개의치 않고 내 손목을 잡아당기며 터벅터벅 걷기 시작했다. 그에게 이끌려가다 뒤를 돌아보았다. 영민이 몸을 일으켜 옷을 털며 우리 쪽을 황망히 바라보고 있었다. 다시 태석을 돌아보았다.

'이 여자는 순자라는 사람이 아니고, 제 약혼자입니다.'

방금 전, 그의 말이 귓전에 맴돌았다. 귓불이 뜨거워졌다. 한 발짝 앞으로 걸어가는 그의 뒷머리가 단정했다. 듬직한 체격에 잘 맞는 하얀 반팔 티 아래로 단단한 팔뚝이 뻗어 나왔다. 그 위에는 굵은 힘줄이 불거져 있었다. 그 손이 내 손목을 꼭 쥐고 있었다.

'한참 어린 이 녀석을 어떻게 해야 좋을까. 아니… 나를 어떻게 해야 좋을까……'

나는 가던 걸음을 멈추고 손목을 흔들어 댔다.

"아, 아파요."

앞서가던 그가 걸음을 멈추고 나를 내려다보았다. 굳은 표정이었다. 내가 아래로 눈짓을 하자 그도 따라서 내려다보았다.

"아, 미안해."

그가 수갑처럼 내 손목을 옥죄고 있던 제 손을 풀었다. 손목은 붉어져 있었다.

"괜찮아?"

그가 내 손을 내려다보며 걱정스러운 듯이 물었다.

"아까 한 말은 미안. 아는 사람이라는 확신이 너무 단호해서 제대로 못 박아 줘야지 안 그러면 큰 일 나겠더라. 가뜩이나 혼자 사는데."

나는 한 쪽 눈썹에 잔뜩 힘을 주고 불량스러운 표정을 짓다가 어깨를 으쓱해 보였다. 그의 얼굴도 그제야 좀 누그러졌다.

"사람을 잘 못봤나 봐요."

나는 까치발을 들고 짐짓 어른스럽게 그의 어깨를 토닥였다.

"그래도 조심해."

그가 다소 엄한 표정을 지으며 꾸짖듯 주의를 주었다. 나는 고분고분한 아이처럼 고개를 끄덕였다.

"어, 저기."

나는 손을 뻗어 도로를 가리켰다. 멀리서 대방동행 버스가 바통을 넘기려는 계주선수처럼 숨 가쁘게 달려오고 있었다.

"선배! 떨려요."

나는 가슴에 넌지시 손을 얹었다. 가슴이 콩닥거리고 있었다. 주차장 한복판에서 서 있던 내가 한 숨을 토해내고 낡은 상자 같은 주공아파트 102동 건물을 올려다보자 그도 따라서 그 곳을 올려다보았다. 어느새 검은 먹구름이 하늘을 향해 우뚝 솟은 아파트를 휘감고 있었다.

"소나기 오겠다. 얼른 들어가자."

태석이 내 등을 치며 재우쳤다. 그의 오른손엔 파란 포장 끈에 쌓인 잘 여물은 수박 한 덩어리가 쥐여져 있었다.

이윽고 우리는 708호 문 앞에 섰다. 문에는 작게 대방1동 성당이라고 쓰인 십자가 모양의 스티커가 붙어 있었다. 마주 서 있는 태석의 얼굴에도 얼핏 긴장감이 감돌아 보였다. 태석이 이티처럼 바짝 세운 손가락을 톡 나온 둥근 버튼에 서서히 갖다댔다.

딩동. 귀를 쫑긋 세웠다. 그러나 안은 인기척이 없었다. 우리는 누구라 할 것 없이 손나팔을 만들어 귀에 대었다. 마침내.

"누구세요?"

안에서는 어린 아이의 목소리가 들려왔다. 둘은 눈이 휘둥그레진 채 서로 마주보았다.

"실례지만, 여기가 혹시 만화가 이새벽씨 댁 아닌가요?"

태석이 입을 문에다 바짝 붙이고 물었다. 이윽고. 철커덕 하고 현관문이 조금씩 열렸다.

빠끔히 젖혀진 문 안에는 웬 꼬마 하나가 손가락을 빨아대며 서 있었다. 유난히 흰 얼굴과 이목구비가 왠지 낯설지 않았다.

'어디서 봤지? 낯이 많이 익는데……'

"아빠!"

그 아이가 머리를 젖히고 안에다 소리치고는 다시 고개를 돌려 우리를 물끄러미 올려다보았다.

'아빠?'

내가 어색하게 씩 웃어보이자 무표정하던 꼬마가 입에서 손을 떼고 환하게 웃어 보였다. 그 속에서 하얀 뻐드렁니 하나가 숨은 작은 진주 알처럼 반짝였다. 안에서 슬리퍼 소리가 들려왔다. 두구두구두구! 나는 가슴을 졸이며 그 쪽을 바라보았다.

"누구요?"

"어~!"

태석과 나는 동시에 손가락질을 하며 외마디 소리를 질렀다.

"아니, 니들은……."

바지매무새를 추스르며 슬리퍼를 질질 끌고 나오던 그가 그대로 멈춘 채 기함을 토하며 우리를 번갈아 보았다. 후줄근한 러닝셔츠 바람으로 나온 그는 다름 아닌 미친개였다.

"아니, 학생 주임 선생님. 여기서 뭐하세요?"

제일 먼저 입을 뗀 건 태석이었다.

"아니, 넌 3학년 오태석 아니냐? 너네야 말로 여기 웬일이니?"

그는 얼굴이 하얗다 못해 질려있었다. 꼬마가 뒷걸음질 치며 선생님에게 다가가 그의 다리를 잡고 늘어져서는 아빠와 우리 쪽을 번갈아 보며 갸우뚱거렸다. 열매 맺힌 원 줄기와 거기서 갈라져 벋은 가지에 달린 새끼 열매처럼 둘은 빼닮아 있었다.

4평 남짓한 작은 거실에는 큰 서가가 유난히 도드라지게 세워져 있었다. 그 안에는 여러 장르의 책과 만화책들이 빼곡하게 꽂혀 있었다. 그 옆으로 작은 앉은뱅이 책상이 놓여 있었다. 그 위에는 만화용지가 몇 장 펼쳐져 있었고 펜대가 선풍기 바람을 맞으며 하염없이 굴러다니고 있었다. 그 구식 선풍기가 회전할 때마다 잉크병에 눌린 용지도 들썩거렸다.

잠시 후 그가 멋쩍은 미소로 부엌에서 나왔다. 두 손에는 썰린 수박이 소담스럽게 놓인 네모난 쟁반이 들려있었다. 아파트 앞 상가에서 샀던 수박은 빨갛게 잘 익어 보였다.

쟁반을 내려놓자마자 아이가 달려들다가 잠시 번뜩이더니 아빠의 눈치를 살폈다. 아빠가 눈짓을 하자 고개를 끄떡이며 우리에게 한 조각씩 권했다. 그리고 우리가 받아들고 나서야 게걸스럽게 먹어대기 시작했다.

"너희가 내 만화책 열성팬인지 몰랐는데."

항상 기름 두른 김처럼 바짝 뒤로 넘겨져 있던 그의 머리칼이 앞으로 쏠린 채 제멋대로 뒤엉켜 있었지만 그는 습관인 듯 머리를 뒤로 쓸어내리며 웃고 있었다.

"선생님이 필명까지 쓰시면서 만화를 그리실 줄은 정말 꿈에도 상상 못했어요."

태석이 웃으며 얘기했다. 나도 뜻밖이라는 표정으로 선생님을 올려다보았다.

"원래 중학교 때부터 만화가가 내 유일한 꿈이었어. 만화 그리는 게 좋았거든."

초점 없이 흔들리던 그의 두 눈이 반짝였다. 우리는 고개를 끄덕였다.

"대학 진학 문제로 갈등할 때 아버지께서 본인 눈에 흙이 들어가기 전까지 사내놈이 환쟁이 되는 꼴을 못 본다며 못 박으셨지. 장남으로서 기대를 저버릴 수 없었어. 그리고 현실적인 제약 때문에 꿈을 접어야만 했지. 근데 나이가 먹을수록 삶이 너무 무미건조하더라. 그러다

284

이대로는 안 되겠다 싶고, 꿈을 버리고 살 수가 없어서 다시 도전한 거야. '향기로운 꽃, 당신'이 첫 번째 만화지. 불혹을 훨씬 넘긴 이 시점에 내가 이래도 되나 싶었는데, 그 치졸한 열등감을 극복하고 나니까 아무 문제도 없더군. 아마 돌아가신 아버님은 산소에 놓인 내 책을 보고 땅 속에서 노발대발하셨을 지도 몰라. 집사람도 아이가 자꾸 만화책에 흥미를 가지는 게 못마땅한지 만화의 '만'자만 들어도 손사래치지만 말이야."

그가 너털웃음을 웃었다. 기괴한 미소를 지으며 교문 앞에 서 있던 드라큘라백작과 동일인이라 매치하기에는 상당히 무리가 컸다.

"다행히 안사람이 성당 봉사활동에 가서 이렇게 습작하고 있었지."

그가 고개를 젖히고 앉은뱅이 책상을 보다가 눈에 닿은 아이의 머리를 쓰다듬었다. 아이는 작은 앞니로 수박 하얀 속살까지 갉아 먹으며 쭉 펴고 있는 통통한 다리 위에 올려놓은 무협 만화책에 흠뻑 취해 있었다.

"신호야, 이제 10분 후에 공부하는 거야."

그가 벽시계를 보며 시각을 확인하고는 꼬마에게 당부했다. 꼬마가 고개를 들고는 파란 수박껍질을 세워 거수경례를 했다.

"안녕히 계세요."

태석이 신발을 신고는 마중 나온 선생님에게 꾸벅 인사를 했다.

"응. 잘 돌아가고, 꼭 비밀 지켜라."

그가 웃으며 손가락을 쳐들었다.

"아참, 선생님 5권은 도대체 언제 나오나요?"

나는 그제야 까맣게 잊고 있던 방문의 원 목적을 찾았다.

"아마, 곧."

그는 딴청하며 애매하게 대꾸했다. 그러고는 옆에 달라붙어 있는 아이를 두 팔로 감싸 안았다. 나도 꼬마의 통통한 볼을 살짝 쥐었다 떼고는 손을 흔들었다.

아파트 입구를 빠져 나왔다. 어느새 하늘은 영악한 아이 같은 먹장구름을 밀어내고 환한 볕으로 대지(大地)를 달래고 있었다.

건물 사이사이, 우거진 나무 숲 어딘 가에서 매미들이 쉼 없이 울어 대고 있었다. 매미는 유충으로서 길게는 약 7년 동안 땅속에 머물며 성충이 될 그 날을 손꼽아 기다린다. 그리고 마침내 탈피(脫皮)하지만 목청을 돋우는 시간은 단지 여름 한 계절에 불과하다.

맴맴. 하지만 그 소리는 짧은 여생에 대한 한탄이 아니요, 긴 기다림 끝에 성장한 하나의 완전체로서, 그에게 주어진 모든 것을 표출하려는 경쾌한 울림이다.

그러므로 한낱 작은 미물일지라도 인고의 시간을 극복한 예우로 그에 합당한 웃음소리라는 표현이 더 적절하지 않을까 싶다.

"나도 돌아가면 '향기로운 꽃, 당신' 한 권 빌려봐야겠다."

태석이 양 손을 뒷머리에 깍지 끼고 터벅터벅 언덕을 내려가고 있었다. 단단하게 근육 잡힌 그의 팔뚝이 철봉대처럼 반질반질하게 태양

빛을 머금고 있었다.

"앗싸, 크크크."

나는 잽싸게 그의 팔에 매달리고는 깔깔거렸다. 그가 당황하여 순간 중심을 잃고 비틀거렸지만 다시 힘껏 힘을 주었다.

"와, 수박 열 덩이보다 훨씬 무겁다."

대롱대롱 매달려 있던 나는 그의 엄살에 슬쩍 눈 흘김으로 응수했다. 그러고는 보란 듯이 발까지 이리저리 굴렀다.

울창한 우림처럼 빽빽이 솟은 아파트 건물 사이사이로 매미 웃음소리가 공명하고 있었다.

2

"무슨 이 더위에 피구를 한다고 난리야?"

툴툴거리는 입으로는 혜린이 더위를 언급했지만 그 작은 얼굴은 얼음 큐빅처럼 바싹 얼어붙어 있었다. 건너편 선 안에는 미연이 체육복 바지를 무릎까지 개키고 찌그리듯 공을 투웅 투웅 튕겨대고 있었다.

혜린이 점심까지 굶고는 해쓱해진 얼굴로 작년 내내 써먹었다던 선천성 빈혈이라는 티백을 배짱 있게 한 번 더 우려먹으려 했지만 여자 체육 선생님은 보다 알싸한 것을 원했는지 어쨌는지 손을 내저었다고 했다.

"어휴, 저 심술보 봐! 노처녀 히스테리. 완전 밥맛이야."

혜린이 벤치에 앉아있는 체육 선생을 향해 눈을 흘겼다. 그러나 내가 보기에 선생님의 얼굴은 심술보는커녕 요즘 들어 부쩍 유해 보였다.

'휙~.'

시작을 알리는 호루라기 소리가 들려왔다.

혜린은 내 뒤에 바짝 붙어 숨으려 했지만 저번 시합과 같은 굴욕의 불씨를 지피어내기 전에 서둘러 부지깽이로 그녀를 헤쳐 내는 편이 나았다. 그러나 예상 외로 미연의 공격 참여율이 저조했다. 아마도 거사를 치룰 요량으로 힘을 비축하는지 싶었다. 그 덕에 용케도 혜린이 막판까지 버티며 의외의 선전을 하고 있었다.

나는 김순자의 슛을 받아내려고 욕심내다 어이없게 나가 떨어졌고, 우리 편은 깻잎머리 지현과 혜린이 남아 있었다. 상대편은 미연이 공격에 적극 가담하지 않았기 때문인지 이전의 판도와는 다르게 그녀 외 한 명만 수비를 하고 있었다.

이 때다 싶어 현란하게 공을 패스하던 찰나, 안에 있던 지현이 땅볼을 던지는 어처구니없는 실투를 만들고야 말았다. 이에 우리 편 아이들이 일제히 야유를 퍼부었고 그 공은 고스란히 미연의 손으로 들어갔다. 혜린이 잡아먹을 듯이 지현을 지청구했지만 그녀는 개의치 않고 콧방귀만 뀔 뿐이었다. 미연이 바닥에 사정없이 공을 퉁기기 시작했다.

교복치마에 핸드폰을 두고 온 것이 못내 아섭기도 했지만 사면초가 상태로 잔뜩 일그러진 혜린의 표정을 보자니 한편으로 측은했다. 그녀는 창밖에 즐비한 파파라치들의 카메라에 굴욕적인 컷으로 저장되고

마느니 차라리 비구니가 되는 편을 택할 것이다.

미연이 활시위를 당기 듯 팔을 뒤로 젖혔다. 그 순간 일제히 모두 숨을 죽였다. 공이 미연의 손을 떠났고 그와 동시에 차라리 뒤를 맞을 심산인건지 혜린이 몸을 홱 젖혔다.

"아~"

외마디 소리가 터져 나왔다. 그러나 혜린이 아니었다.

핑그르르 돌던 축은 궤도를 바꿔 멀찍이 서 있던 지현의 복부에 꽂혔다. 배를 감싸 쥔 지현은 얼떨떨한 표정을 짓고 서 있었다.

그 순간, 혜린이 부리나케 뛰더니 그 자리에 떨어진 공을 주워 들고는 손을 힘껏 젖혔다.

'아, 이겼다.'

난 쾌재를 부르며 무방비 상태로 있던 미연이 나가떨어지는 흔치 않은 광경을 담아두려고 두 눈을 부릅뜨고 있었다.

'퍽~'

"악~"

단말마의 비명과 동시에 시상식을 방불케 하는 후레시 세례가 일제히 터졌다.

나는 튕겨져 나간 공을 뒤따라 내 왼쪽 눈알이 데굴데굴 굴러가는가 싶어 두 손을 오므렸다. 그리고 그대로 운동장에 주저앉았다. 웅크린 채 찡그린 눈으로 나를 돌아보던 미연과 눈이 닿았다. 그 뒤로 손을 입에 물고 괴상한 표정을 짓고 있는 혜린이 보였고, 저 멀리 예전에 근무했던 변호사 사무실 창문이 뒤로 넘어가고 있었다.

"야, 내가 특별히 맥반석으로 골랐어."

거울을 들여다보는 내 앞으로 주춤주춤 내민 혜린의 하얀 손바닥 위에는 거무튀튀한 달걀 하나가 놓여 있었다.

"병주고 약주냐?"

김순자가 옆에서 비아냥거렸다.

"내가 일부로 그랬냐?"

혜린이 달아오른 얼굴로 입을 삐죽 내밀었다.

난 일단 고맙다고 인사치레를 하고 그것으로 열심히 왼쪽 눈자위에 굴렸다.

"그런데 아까 웬일로 미연이가 혜린이를 봐준 거지?"

셋 다 고개를 끄덕이며 미연이 쪽을 보았다. 미연은 책상에 엎어져 있었고 지현은 다른 무리에 껴서 깔깔대고 있었다.

"둘이 싸웠나봐. 혜린이가 어부지리였지."

"어부 뭐, 뭐라고?"

김순자의 말에 혜린이 귀를 기울였다. 김순자는 대꾸 없이 문제집을 넘겼다.

"아닌데. 체육 시간 전까지만 해도 사이 좋아보였는데."

나는 아리송한 표정으로 달걀을 다시 굴리기 시작했다. 코에 시큼한 냄새가 스며들었다.

그 날 교실에는 이상기류가 감지됐다. 교실이 때 아닌 평정을 되찾은 것이다. 가장 큰 이유는 서로 보기만 해도 잡아먹을 듯이 발톱을 세우던 미연과 혜린이 서로 소 닭 보듯 그냥 지나쳤기 때문이다. 왜 그런지 연유는 몰라도 먼저 꼬리를 내린 건 미연이었다. 그리고 얼마 안가 그 둘을 고깝게 지켜보던 지현으로부터 그 까닭을 어림잡아 낼 수 있었다.

"야, 너 때문에 미연이가 이상해졌잖아. 네가 우리 이간질 시킨 거지?"

미연이 없는 틈에 지현이 팔을 걷어붙이며 다짜고짜 혜린에게 삿대질을 해댔다.

"이 계집애가 뭐라는 거야?"

혜린이 보고 있던 거울을 책상에 던져놓고 지현을 노려보았다.

"내가 모를까봐? 네가 고구마한테 시킨 거잖아. 며칠 전에 교문 앞에 있던 고구마랑 둘이 얘기하고부터 미연이가 저렇게 개념이 없어졌잖아. 네가 고구마 꼬드겨서 미연이 협박한 거지? 너 암튼 두고 봐."

지현이 눈을 흘기고는 씨근거리며 돌아섰다. 멍하니 듣고 있던 혜린의 얼굴은 엷게 홍조를 띠며 잠시 미소가 번졌다.

"나 참, 그 오빠는 아직도 나한테 그렇게 미련이 남아서는……."

때마침 뒷문으로 고미연이 어기적거리며 들어서다가 몸을 젖히고 있던 혜린과 눈이 마주쳤다. 급하게 미연이 눈을 떴다.

"야, 고미연."

혜린이 딴청하며 미연을 부르자 그녀가 짐짓 놀라 엉성한 자세로 그 자리에 섰다.

"왜?"

"아, 아니, 다름 아니라 네가 괜히 쫄아서 나를 치사한 애로 볼까봐 그러는데, 나 고구마한테 아무 얘기 안했어.”

혜린이 새치름한 표정으로 무겁게 입을 뗐다.

“알아.”

미연이 딴 데를 보며 건성으로 대답했다.

“그… 근데 지현이 저 계집애는 나한테 뭐라는 거냐?”

미연이 지현을 지그시 노려보다가 다시 혜린에게 눈을 돌렸다.

“고구마는 별말 안했어. 그냥 내가 예전에 몰랐던 사실 알려 준거
야.”

그녀가 계면쩍은 표정을 지어보이며 걸음을 뗐다.

“어, 어, 그래?”

혜린이도 얼버무리고는 고개를 수그리고 손가락으로 책상을 더듬
었다.

“아, 맞다. 그리고!”

미연이 불쑥 고개를 돌렸다. 혜린이 움찔 놀라 올려봤다.

“고구마가 자기는 예전에 너 다 잊었다고 괜히 부담 갖거나 불편해
하지 말라던데.”

미연이 무덤덤한 얼굴로 말을 마치고 자기 자리로 돌아갔다.

“……”

혜린이 잠시 초점 잃은 눈으로 멍하니 앉아 있었다. 그러다,

“귀찮던 차에 잘됐네. 속 시원~하다. 흥!”

혜린이 부채살표 까스 박명수 네댓 병을 단숨에 들이킨 사람처럼
난데없이 쾌청한 소화상태를 호방하게 어필하고는 콧방귀까지 장쾌

하다싶게 겨댔다.

그러나 부대끼는 것은 따로 있었다. 내가 책상에 잠시 올려놓았던 맥반석 달걀이 어느새 그녀의 손아귀에서 처참하게 으스러지고 있었다.

영국의 소설가 겸 시인으로 주지주의 작가라고 불렸으며, 작품 속에서 여성 문제를 취급했던 진보파이기도 했던 메러디스는 말했다.

– 어쩌면 여자란 남자가 끝내 문명화(文明化) 시킬 수 없는 존재일지도 모른다.

그러나 고구마는 전지전능했다. 왜냐, 그는 이미 남자라는 미미한 존재를 넘어 내 기도에서 여타의 신들과 어깨를 나란히 하는 성인(聖人)의 반열에 오르지 않았던가.

"그럼 설마 이게 또 너야?"

천구를 수놓은 성단(星團)처럼, 하얀 안대를 삐져나온 푸르스름한 점들을 보며 놀란 태석이 안쓰럽다는 표정으로 물었다.

그는 핸드폰에 수신된 문자를 보여주었다. 나는 욱신거리는 애꾸눈으로 어렴풋하게 첨부파일 사진을 들여다보았다.

멀리 운동장 한 가운데서 옆모습의 한 소녀가 무릎을 꿇고 눈으로 수박만한 풍선을 불고 있었다.

난 실성한 듯 고개를 내저으며 속으로 고구마를 필두로 해서 하나님까지 논스톱으로 외치고 또 외쳤다. 그러나 제아무리 고구마라도

'착시의 세계(부제 : 굴욕 컷2)'란 EBS 다큐멘터리에서나 어울릴법한 제목으로 교내에 약 일주일동안, 흡사 마마처럼 급속도로 번져 나가던 사진까지는 막을 재간이 없었는지 싶다.

3

"아. 책상 짜증나. 또 이래."

김순자가 신경질적으로 책상을 흔들며 툴툴거렸다. 책상은 네 개 중 다리 하나가 밑이 닳아서 삐거덕 거리고 있었다.

"가져가서 바꿔달라고 해."

"이것도 얼마 전에 바꿔 온 거야. 상태가 죄다 거기서 거기더라. 이 꼬진 학교!"

그녀는 머리를 숙여 틈을 어림잡아 보더니 다 쓴 연습장 하드커버 를 뜯어 익숙하게 접었다. 그러고는 책상을 살짝 들어 짧은 다리 아래 로 끼워 맞췄다.

"짜잔~. 됐지?"

그녀가 양 손을 털어내며 애써 만족스런 웃음을 지어보였다.

"또 얼마나 갈라고."

나는 둘째 손가락을 세워 메트로놈 흔들이처럼 까닥까닥했다.

앞에 앉아 있는 혜린이 아까부터 몸을 이리저리 뒤척이고 있었다. 가방을 뒤지는가 싶더니 뒤로 가서 사물함 속을 샅샅이 헤치고는 다시 돌아와 서랍 안에 있던 책들과 잡동사니를 모조리 꺼냈다.

"아이, 정신 산만해."

김순자의 타박에도 아랑곳하지 않고 정신이 팔려 있던 혜린이 대뜸 고개를 돌렸다.

"야, 나 당했나 봐."

"뭐가?"

우리는 이구동성으로 입을 열었다.

"내 체육복 바지가 없어."

혜린이 울상을 짓고 있었다.

요즘 학교에서는 소지품 분실이 무슨 유행처럼 잦았다. 피해 대상은 여학생이었다. 아니, '거의' 여학생이었다. 이렇듯 피해자 범위를 확대하는 까닭은 여러 정황으로 비춰볼 때 내가 아는 바 유일한 남자인 녀석도 이 사건에서 결코 제외시킬 수 없었기 때문이다. 여학생들 서랍 속에 있던 손거울, 칫솔, 의자에 달아 놓은 방석, 그리고 차가운 에어컨 바람 때문에 가져다 놓은 무릎 담요, 심지어 가져다 어디다 쓸까가 더 의문인 개인 수저 등이 등치가 산만한 진호 녀석의 '은비가 내리는 나라' 애장판 2권과 함께 하루아침에 종적을 감추었다.

처음에는 그렇듯 잃어버린 사람의 부주의를 탓했다. 그러나 날이 갈수록 분실 도난품 범위가 상식의 경계를 빗겨났다. 한 번 신고 사물함에 던져두었던 스타킹에다 책 사이에 껴 놓은 생리대까지 없어지기 시작하자 아이들은 일제히 혀를 내둘렀다.

"너도 드디어 변태한테 당했구나."

김순자가 오싹 하다며 팔을 감싸고 문질러대더니 이어서 말했다.

"8반 얼짱 있잖아. 아, 맞아. 김우리 걔가 학교 일찍 와서 교실에 들어갔는데 누군가 자기 보고 부리나케 뛰어 나가는 거 보고 기절할 뻔했대."

"아이, 짜증나. 걔 변태새끼, 걸리기만 해봐."

혜린이 얼굴을 찡그리며 자기 손바닥에 주먹을 세게 쳐서 문댔다. 나는 불쑥 고개를 거꾸러뜨리고 서랍 속을 확인했다. 다행히 손을 탄 흔적 같은 거 없이 무탈했다.

'그나저나 이것도 얼굴 가려서 훔치나……'

난 나도 모르게 입맛을 다셨다.

며칠 후 난 기말고사를 앞두고 심기일전하며 모처럼 일찍 등교했다. 한 여름이라 새벽부터 해가 일찍 떠오를 기미도 있거니와 이제는 어스름한 시간, 교문 앞에서 보는 학교의 정경이 외딴 산기슭의 성처럼 을씨년스럽지 않았다. 학생 주임 선생님은 늘 그래왔듯 입을 쩌~억 벌리고 기괴한 웃음을 짓고 있었고, 그 옆으로 애들 몇 명이 나가 떨어져 있었다. 그는 그 웃음 끝에 어설픈 윙크를 한 번씩 날리곤 했다.

'네, 스승님. 끝까지 비밀 지켜 드릴게요.'

나도 살짝 끄덕이며 무언의 대답을 했다.

본관으로 들어섰다. 건물 안은 아직도 어둑했다. 왠지 모르게 그 고요한 정적을 깨기 싫어 사뿐사뿐 3층까지 올라갔다. 그런데 교실에 가까이 다가가자 창문으로 희뿌연 빛이 새어 나오고 있었다.

'누가 벌써 왔나? 혹시 또 김순자? 놀래어 줄까?'

놀라서 나가떨어질 김순자를 떠올리니 배가 아프도록 웃겼다. 나는 조심조심 다가가 뒷문에 귀를 기울이고는 문을 조금씩 열어 젖혔다. 역시나 어스름한 뒷모습의 김순자가 책상 옆에서 웅크리고 있었다. 나는 깨금발로 살금살금 다가갔다.

"야~!"

김순자가 몸을 젖힐 새라 냉큼 큰 소리를 질렀다. 어두운데서 김순자가 놀라 주저앉더니 뒤를 돌아보았다.

"엄마!"

나는 깜짝 놀라 외마디 소리를 질렀다. 거기 있는 사람은 김순자가 아니었다.

"누구…세요?"

다리가 후들거리고 목에서는 염소소리가 새어 나왔다. 흐릿한 누군가가 몸을 일으켰다.

(서…설마, 그 변태?)

나는 아무 말도 못하고 뒷걸음질 치기 시작했다. 그 순간 손전등이 밝게 켜졌다. 눈이 부셔서 눈을 가리자 이내 둥근 불빛이 바닥으로 떨어졌다.

"학생, 미안. 놀랐지?"

고개를 쳐들고 한참을 보니 육안으로 희미하던 사람의 얼굴이 뚜렷해지기 시작했다.

"어, 아저씨?"

그곳엔 학교 수위 아저씨가 난감한 표정을 짓고 서 있었다. 일전에 혜린이와 김순자의 싸움의 원인이기도 했던 깐깐하기로 명성이 자자한 그 수위 아저씨였다. 아는 얼굴이라 우선은 놀란 가슴이 진정이 됐다.

(근데, 저 아저씨가 왜 여기에?)

그러나 미심쩍은 건 사실이었다. 나는 마지못해 고개를 끄덕였다.

"저기, 최수지 학생 맞지?"

(어떻게 내 이름을 알았지? 아, 명찰)

나는 손에 들고 있던 가방을 얼른 가슴팍에 묻었다.

"저기… 이상하게 들리겠지만 나 본 거 비밀로 해주겠나?"

그가 손으로 턱을 쓸어내리며 겸연쩍게 웃고 있었다.

"네?"

왜냐는 질문이 입가에 맴돌았다. 그러나 그가 내 이름을 알고 있었다.

"…네에."

그가 성큼성큼 다가왔다. 가슴이 쿵쾅쿵쾅 뛰었다. 나는 얼른 벽 쪽으로 몸을 바짝 붙이고 고개를 돌렸다. 그러나 기어코 눈이 마주쳤다. 파리한 얼굴에 짙은 주름이 완연한 그가 나를 보며 희미하게 웃어 보이고는 교실을 나갔다. 경직된 다리가 해빙된 듯이 녹아내렸다.

잠시 뒤 뒷문으로 슬금슬금 가서 귀를 기울인 뒤 문을 열고 좌우를 살폈다. 복도는 적막했다. 문을 꼭 닫고 벽에 달린 스위치를 올렸다. 형광등이 잠시 명멸하더니 이윽고 환하게 켜졌다. 책상에 눈이 닿았다. 얼른 책상 쪽으로 가서 이리저리 훑었다. 다행히 내 책상은 별다르게 손이 탄 흔적이 없었다. 그런데,

“맙소사!”

항상 가지런하게 정돈 돼 있던 김순자의 책상 속이 엉기정기 늘어져 있었다.

‘어떡해. 그 아저씨가… 설마.’

나는 그동안 그의 특유의 무뚝뚝함과 깐깐함이 맡은 일에 대한 사명감에서 비롯된 것이란 점을 믿어 의심치 않았다.

‘저기… 이상하게 들리겠지만 나 본 거 비밀로 해주겠나?’

그의 말과 얼굴이 떠오르며 몸서리쳐졌다. 한기가 느껴지고 몸이 달달 떨려왔다. 치마 주머니에 손을 넣었다. 속에서 납작한 무언가가 느껴졌다.

‘어, 이건?’

꺼내들고 보니 그건 분명 내 명찰이었다. 고개를 숙여 가슴께를 훑었다. 그러나 거기에는 명찰이 없었다.

‘어떻게 내 이름을……’

순간, 역기가 올라왔다. 나는 놀란 개처럼 한참을 와들와들 떨다가 쓰러지듯 책상 위로 고개를 묻었다.

“야, 여기가 너희 집 안방이냐? 뭔 놈의 잠을 그렇게 자?”

김순자의 목소리가 아련하게 들렸다. 부스스 고개를 들었다.

“푸하하, 얼굴이 왜 그렇게 난잡해.”

김순자가 나를 보더니 손가락질을 하며 깔깔거렸다. 그녀가 건넨 손거울을 들여다보았다. 내 얼굴은 빨갛게 달아오른 채 콧물과 눈물로

뒤범벅 돼 있었다. 그러거나 말거나 이 따위 사소한 일에 신경 쓸 때가
아니었다.

"야, 너 빨리 뭐 없어진 거 있나 봐봐."

"어, 왜?"

그녀가 관심 없다는 듯 가방에서 문제집을 꺼내기 시작했다.

"야, 빨리."

채근하자 그녀가 마지못해 건성으로 책상을 훑어보기 시작했다.

"왜? 없는데."

"야, 쫌 신중하게 보란 말이야."

내가 언성을 높이자 그녀가 머쓱해하더니 고개를 숙여 찬찬히 둘러
보기 시작했다.

"어, 누가 이랬어!"

그녀가 의자에 엉덩이를 붙인 채 바닥에 고개를 처박고는 대경하며
물었다.

(말도 안 돼. 결국…….)

가슴이 철렁 내려앉았다. 눈앞에 다가온 현실로 인해 눈을 지그시
감았다.

"누가 이랬어? 너야?"

김순자가 물어왔다. 입가에서 맴도는 말이 입 밖으로 떨어지지 않았
다. 수위 아저씨라고, 범인은 수위 아저씨라고 밝힐 수 없었다. 그가 내
이름을 알고 있었다. 나는 고개를 폭 수그렸다.

"아휴, 이 깜찍한 것."

근데 김순자가 갑자기 어깨동무를 하고는 볼을 쥐고 흔드는 게 아
닌가. 나는 황망히 김순자를 쳐다보았다.

"아닌 척 하기는. 그러느라 일찍 왔구나?"

나를 애기 다루듯 어르더니 이윽고 책상을 손으로 흔들려고 시도
했다. 내가 연신 눈을 껌벅이며 얼떨떨한 표정을 지어 보이자 그녀가
새치름하게 웃더니 의자를 뒤로 빼고는 책상 아래로 손가락질을 했다.
내 눈도 그 손가락 끝을 좇았다.

"너 저런 재주도 있었어?"

"뭐?"

"다리."

그러고 보니 종이를 끼워 놓았던 짧은 책상 다리 하나에 어느새 색
이 다른 나무판자가 단단하게 못 박혀 있었다.

"어, 너 책상 언제 고쳤어?"

내가 눈이 휘둥그레져서 물었다.

"뭔 소리야? 네가 그런 거 아냐?"

"아냐."

"그럼 누가 그런 거야? 내 우렁이각시가 있나? 어제까지도 안 이랬
는데. 너 와서 누구 본 사람 없어? 없냐고?"

그녀가 눈을 번뜩이며 속사포처럼 쉴 새 없이 물어보는 통에 얼떨
했다.

"어, 아침에 수위 아저씨가 여기 있는 거 보기는 했……."

(아차! 말하지 말라고 했는데…….)

나는 급하게 두 손으로 내 입을 막았다.

"누구…라고?"

김순자가 내 어깨를 잡고 젖히며 일그러진 표정으로 물었다. 나는 김순자의 손을 냅다 잡고 애걸복걸하며 간곡하게 부탁했다.

"아니, 너 비밀 지켜. 말하지 말라고… 나 죽는단……."

그런데,

"야, 너 왜 그래?"

나는 흠칫 놀랐다. 김순자의 어깨가 미세하게 떨리는가 싶더니 이윽고 눈시울이 붉어지기 시작했다. 나는 깜짝 놀라 그녀의 어깨를 잡아 흔들었다.

"…삐… 아빠가 왜……."

"……."

그녀를 감싸던 손 줄기를 타고 흐르는 뜨듯한 무언가가 마치 반마지기 메마른 토양처럼 척박해 보이는 그녀의 갈색 책상 위를 기다리던 단비처럼 적셔 주고 있었다.

며칠 후 혜린이 개 변태라며 이를 갈던 범인이 경찰에 붙잡혔다.

들자하니 그는 학교 옆 주택가에 혼자 살고 있던 30대 독신남이었다. 그가 어떤 루트를 타고 신출귀몰하게 학교를 들쑤시고 다녔는지 경위를 자세히 들을 수는 없었지만 아무튼 그의 지하 쪽방에서 우리 학교 여학생들의 분실물을 비롯한 여러 잡동사니들이 쌓여 있었다고 했다. 다른 반 어떤 수다스러운 여자애는 직접 목격하기라도 한 것처럼 발디딜 틈없이 산처럼 쌓여 있었노라고 호들갑스럽게 떠들어댔다.

이로써,

복판이 (미스터리 서클마냥) 둥글 납작 눌어붙은… 그러나 환상이 고갈된 우리에겐 그 단면 위로 (미확인 비행물체가 아닌) 찌그러진 양은 냄비 하나만이 시뮬레이션처럼 떠오르던… 아니나 다를까 16페이지에 직경 4센티 가량의 (괴생물체는커녕) 영락없는 라면 가닥이 짜부라져 있었더라는… 그래서 이 전대미문 사건의 피해자 중 유일한 남성이었던 그 녀석을 절규하도록 만든 '은비가 내리는 나라' 애장판 2권과 함께 혜린의 것으로 추정되는 체육복 바지 하나도 이불 속에서 발견됐다고 했다.

혜린은 핀셋 같은 두 손가락을 까닥이며 담임에게서 그것을 받아들고는 멀찍이 코를 대고 사냥개처럼 킁킁거리더니 휴지통으로 냅다 던져버렸다.

그리고,

이제 김순자의 책상은 들썩거리지 않았다.

"푸하하! 야, 변태도 잡힌 마당에 그게 뭐야. 아무리 변태 조상이 와도 그건 안 가져간다."

혜린이 김순자의 책상을 가리키며 배를 잡고 자지러지게 웃었다.

책상 한 귀퉁이에는 네모진 견출지가 붙어 있었다. 그 위에는 몇 겹의 투명 테이프가 정성스럽게 붙여져 있었다.

그리고 큼직한 세 글자가 또박또박 쓰여 있었다.

김.순.자.

4

"야, 니들 빨리 장지져. 장지지라구!"

아침나절부터 혜린은 맞붙은 책상 사이에 너덜너덜한 북어 책을 떡하니 펼쳐 놓고는 그 귀퉁이에 채워져 있던 흘날린 두 개의 사인 위를 삼지창 같은 서슬 퍼런 손톱 끝을 세워 가리키며 김순자와 나를 달달 볶아댔다.

영국의 소설가이자 시인인 R. 스티븐슨은 '보물섬', '지킬 박사와 하이드씨' 등 교훈이 담긴 공상적인 모험담과 환상적인 세계를 그렸다. 그리고 다시금 결혼에 대한 환상을 고취시키는 이런 말을 남겼다.

– 최상의 남자는 독신자 속에 있지만, 최상의 여자는 늘 기혼자 속에 있다.

체육 선생님은 최상의 독신자를 손에 거머쥐며 저절로 최상의 기혼자가 되었다. 그리고 교실에는 때 아닌 곡소리가 흘러나왔다.

– 아휴, 억울해서 못 살아. 뺏겨도 어떻게 하필.

– 아니, 이렇게 황당하게 뒤통수 칠거면 나 졸업할 때까지 좀 기다려주지 않고서…….

여기저기서 여자아이들이 책상을 쳐대며 탄식하거나 두루마리 휴지 몇 장을 포개어 연신 코를 풀어대고 있었다. 땀과 눈물과 콧물과 타액으로 뒤범벅된, 한때는 분명 네모졌었을 얼룩진 종이 쪼가리가 정처

없이 떠돌다 종착역에 이른 꾸깃꾸깃한 차표처럼 마지막으로 우리 손에 들어왔다. 혜린이 잽싸게 낚아채서 그 겉장을 넘겼다.

"와, 우리 담임 역시 멋지다."

혜린이 웨딩사진 속 신랑의 얼굴을 손으로 어루만지며 감탄했다. 얼굴을 들이밀고 있던 나와 김순자도 아무 말 없이 고개를 끄덕였다.

"근데 둘이 의외로 잘 어울린다."

김순자의 말에 사진을 눈여겨보았다.

"그래, 체육 선생님도 예쁜데."

하얀 웨딩드레스 차림의 신부를 보며 나도 수긍했다.

"야, 말이 되는 소리를 해라. 다 화장발, 조명발, 포토샵발이야."

혜린이 한심하다는 듯 우리를 보며 고개를 가로젓고는 쥐고 있던 청첩장을 내 책상에 휙 던졌다. 김순자가 옥수수같이 맞물린 하얀 이를 드러내며 혜린의 뒤통수에 야물 찬 주먹을 한 번 쥐어 보이다가 내가 다시 청첩장을 펼치자 얼른 고개를 들이밀었다.

함박웃음을 짓고 서로를 바라보는 남녀의 사진 아래로 짧은 문구가 보였다.

[청명한 가을 하늘 아래 서약하는 저희의 결혼을 축하해 주세요.]

그리고 중간고사 기간 내내 내린 가을비로 축축하던 하늘이 약속이라도 한 것처럼 10월 둘째 주 토요일 아침이 되자 맑고 선명하게 개었다. 굳게 닫혀있는 창문 너머에는 투명하다시피 파란 하늘 아래 서 있는 은행나무 한 그루가 얇은 전선줄 같은 고동 빛 가지가지에 수천여 개의 백열전구를 달고 노란 불빛을 반짝이고 있었다.

창문을 조금씩 열어젖히자 은행 특유의 약간 고약 맞은 냄새가 쌀쌀해진 바람을 타고 어퍼컷을 날리며 훅 불어 들어왔다. 잠시 그로기 상태에 빠졌지만 그래도 나쁘지 않았다.

늘어지게 기지개를 켜고는 콧노래를 흥얼거리며 샤워를 하고, 방에 들어와 머리를 말린 뒤 장롱 문을 열었다. 얼마 전 고심 끝에 새로 장만한 민트색 원피스가 비닐에 쌓여진 채 가지런히 걸려 있었다. 얼굴에 하얀 파우더를 두드려 바르고 볼터치로 볼에 옅게 음영을 주고 입술에 립글로스를 발랐다.

딩동. 침대 위에 던져져있던 핸드폰을 잽싸게 주워들었다.

[집 앞이야^^ 선배.]

입가에 옅은 미소가 번져났다. 서둘러 손가방을 챙겨서는 신발장에서 윤이 나는 검은 구두를 꺼내 신고 거울을 들여다보았다.

"뭐야, 이건."

머리에 새치(라고 믿고 싶은) 하나가 삐죽 솟아 있었다. 우악스럽게 뽑았다.

"아, 괜히 나이 들어 보이나? 그냥 교복이나 입을 걸 그랬나?"

나는 신발장 옆에 부착된 벽거울을 코가 닿도록 들여다보았다. 거울 속에는 어디 선이나 보러 가면 제격인 한 여자가 시무룩한 얼굴로 마주하고 서 있었다.

'결혼식 늦겠다. 그냥 가야지 뭐.'

계단을 터벅터벅 내려갔다. 연립 입구에 우뚝 서 있는 은행나무 아래로 태석이 보였다. 멋스러운 갈색 재킷아래 청바지를 입고 있는 그는 바지 앞주머니에 손을 살짝 끼운 채 흙더미를 만들고 놀던 꼬마 녀석들을 흐뭇하게 바라보고 있었다. 언젠가 엽서로 보았던 아일랜드의 에메랄드빛 겨울 호수처럼 눈이 부셨다. 아마 은행나무의 노란 불빛 때문이겠지……. 난 한참이나 넋 나간 채 그 곳을 바라보았다.

저 아이는 몇 달 후면 어엿한 대학생이 될 것이다. 캠퍼스의 낭만을 누리며 동아리에도 들어가고, 엠티도 가고, 예쁘고 싱그러운 여대생들과 미팅도 하겠지?

"아, 아니지. 나도 1년 후면 대학생이 될 텐데 뭐."

문득 옆으로 시선이 닿았다. 젖혀져 있는 연립 유리문에 흐느적거리는 옆모습이 비쳤다. 마치 흘러내리기 시작하는 민트색 양초 같았다. 입 안이 양초 칠을 한 것처럼 텁텁했다.

그가 문득 내 쪽을 돌아보았다. 마주친 그의 눈이 내 가슴을 훅하고 쳤다. 나는 잽싸게 자세를 고쳐 잡고 섰다. 그러나 그는 나를 보고서도 무심한 표정으로 일관할 따름이었다.

'역시, 나보고 웬 이모님인가 하는 거야. 에라이~.'

양초는 녹아내려 결국 허물어졌다. 나는 어디 쥐구멍이라도 있다면 숨고 싶었지만 그가 어느새 얼굴에 미소를 가장하고 다가오고 있었다. 나도 쭈뼛하며 꾸부정하게 있다 마지못해 무거운 걸음을 뗐다.

"뭘 그렇게 보고 있어요?"

내가 괜스레 아이들 쪽으로 시선을 돌리며 물었다.

"애들이 너무 귀여워서."

그가 아이들을 보다가 시선을 거두고 다시 나를 돌아보았다. 얼굴에 미소가 가득했다.

(그래, 나 오늘 웃기다. 됐냐?)

뒤척뒤척하며 그보다 반 발짝 뒤에 서서 내려갔다.

"우리 언제 영화 볼래? 요즘 개봉한 짐캐리 나오는 코믹영화 재밌다던데."

"아, 네. 그래요."

얼결에 대답했다. 그때 마침 101호 아주머니가 장바구니를 들고 올라오고 있었다. 나는 재빠르게 고개를 숙였다.

"아, 학생. 어디 가나보네?"

그러나 그녀는 기회를 놓치지 않고 장신 센터처럼 떡하니 앞을 가로 막았다.

"아, 네. 안녕하세요. 내가 마지못해 인사하자, 그녀가 태석을 한 번씩 쳐다보고는 묘하게 미소 짓더니 나를 위아래로 훑어보기 시작했다.

"어머머머, 결혼해도 되겠네. 이렇게 차려 입고 보니까 사촌언니를 닮은 구석이 있구나. 그래, 언니는 언제 돌아오는 거야?"

그녀가 수다스럽게 떠들어댔다. 순간, 등줄기를 타고 굵은 땀이 흘러 내렸다.

"아, 네. 잘 모르겠어요. 아줌마. 제가 좀 늦어……."

대충 얼버무리며 고개를 끄덕이고는 민첩하게 태석의 팔을 붙잡은 채 수비벽을 뚫고 나왔다.

"어, 어, 그래."

19세기 미국의 시인으로 전통적인 시형(詩型)에 따르지 않고 자유로운 수법으로 사랑과 연대를 노래하였던 휘트먼은 그가 다분히 인격주의 사상가였기에 가능했던 아래와 같은 말을 남겼다.

– 젊은 여자는 아름답다. 그러나 늙은 여자는 더욱 아름답다.

담임 선생님 옆에서 수줍게 웃던 하얀 웨딩드레스 차림의 체육 선생님은 그 누구보다도 더 아름다웠다. 결혼식장의 하객들을 한 번씩 돌아보게 만들던 분홍 원피스 차림의 혜린이보다 더욱더 돋보였다.

30대 후반에 들어서는 그녀의 얼굴은 여유 있고, 부드러워 보였으며, 무엇보다 사랑을 하고 있었다. 그래서 그런지 눈가에 슬며시 자리를 잡은 얕은 주름살도 애교스러웠다.

"나는 언제 저 순백의 웨딩드레스를 입어보게 될까……."

나는 한참 넋 나간 듯 그녀를 바라보았다.

아이들이 벌떼처럼 우르르 몰려나가 꿀처럼 달콤함을 퍼트리는 신랑, 신부를 중심으로 어수선하게 서서는 웅성거리고 있었다. 혜린이는 어느새 담임 선생님 옆자리를 꿰차고 서 있었다. 그것을 보고 셋째 줄 끄트머리, 내 옆에 서 있던 김순자가 혀를 내둘렀다. 태석이 걸어 나오며 두리번거리다 나를 보고는 슬쩍 웃어 보였다. 눈짓으로 사인하고는 성큼성큼 이쪽을 향해 걸음을 떼다 체육 선생님 손에 이끌려 결국 그녀 옆에 서게 됐다.

"자, 찍습니다. 하나 둘 셋."

우리는 다 같이 김치를 합창했고 박수소리는 야외 결혼식장이 떠나 갈 정도로 우렁찼다. 하얀 비둘기들이 놀라서 푸드덕 거리며 창공에 날아올랐고 뒤쳐질 새라 소담스런 살굿빛 부케가 높이뛰기 선수처럼 높게 비상했다.

"야, 최수지. 이실직고 말해."

혜린이 팔로 슬쩍 나를 밀치며 옆에 앉고는 눈을 흘기고 있었다.

"캑. 뭘?"

목이 막혔다. 나는 주먹으로 가슴을 쳐댔다.

"너 우리 오빠랑 무슨 사이야?"

"어, 어? 무슨 사이긴. 그냥 버스에서 몇 번 봐서 아는 사이지."

나는 우물쭈물하다 물 잔을 들어 한 번에 들이켰다.

"그렇지? 너 내 친구니까 말하는 건데, 너 우리 오빠 좋아하지 마라."

혜린이 짐짓 심각한 말투로 얘기했다.

"쟤는 암튼 자기 사촌 오빠도 욕심내더라."

김순자가 입 꼬리를 씰룩이며 비꼬듯 얘기했다.

"아냐."

혜린이 뾰로통하게 대답하고 고개를 돌렸다

"근데 수상쩍긴 해. 이상해. 너 뭔가 냄새가 나."

예리하게 버린 날 끝이 번쩍이는 나이프로 두터운 스테이크를 썩썩 썰어대던 김순자가 게슴츠레한 눈빛으로 나를 응시했다. 하얀 접시 위의 도막난 고깃덩어리가 불그스레한 육즙을 오줌 줄기처럼 찍하고 갈겼다. 괜스레 뒷목이 서늘했다.

"무슨 냄새……."

나는 딴청하며 포크로 찍은 고기 한 점을 입에 넣고 오물거렸다. 저 멀리 태석과 그의 친구들이 모여 앉은 테이블이 보였다.

'아, 멋진 녀석.'

나는 헤벌쭉 웃으며 한참 바라보았다.

"꺼억. 그건 어떤 맛이냐?"

옆에 있던 김순자가 트림을 하고는 턱을 괴고 심드렁하게 물어왔다. 내려다보니 내 포크와 나이프는 크로스 하여 접시 옆에 놓인 포도주 코르크 마개를 하염없이 썰어대고 있었다. 나는 어색하게 쓰윽 미소 지었다.

"어, 혜린이 왔니?"

내 얼굴로 땅거미가 내려앉았다. 양복을 입은 누군가의 얼굴이 유리 잔에 어룽어룽 비쳤다. 그가 나긋한 목소리로 뒤에 서서 내 어깨에 한 손을 짚었다. 과연 귀에 익은 목소리였다.

"어머, 선생님."

혜린이 간드러진 목소리를 하며 몸을 젖혔다. 김순자도 고갯짓을 했다.

"수지랑 순자도 왔구나."

나도 냅킨으로 입을 닦는 시늉을 하며 돌아보고는 마지못해 고개를 끄떡했다.

"선생님도 빨리 국수 먹여 주실 거죠? 옛날에 그분하고?"

혜린이 눈을 동그랗게 뜨고 추궁하자 그가 귓불이 붉어지더니 머리를 긁적이며 자리를 옮겼다. 어기적거리며 여기저기 인사를 다니는 현우의 뒷모습이 보였다.

'근데, 저 자식은 맹한 거야, 뭐야. 아무렴 나를 털끝만치도 의심 안하네.'

17세기 프랑스의 모럴리스트로 잠언과 성찰을 담은 책을 통해 신랄하고 염세적인 시선으로 인간 심리와 미묘한 심층을 날카롭게 파헤쳤던 프랑수아 드 라로슈푸코는 말했다.

– 여자가 처음으로 사랑할 때는 연인을 사랑하고 두 번째 사랑을 할 때는 사랑 자체를 사랑한다.

어쩌면 너와 나는 사랑 자체를 사랑했는지도 모르겠구나.

"와, 오늘 너무 예쁘더라."

뒷짐을 지고 천천히 언덕을 오르며 가을 밤 하늘을 말없이 올려다보던 태석이 그제야 입을 무겁게 뗐다.

"그렇죠? 저도 체육 선생님이 그렇게 예쁘신 줄 몰랐어요."

나도 그의 시선을 좇아 무심코 밤하늘을 올려다보았다. 어둑한 밤하늘에 양떼 같은 구름이 흩어지고 있었다. 양치기의 피리소리 같은 청아한 바람 한 줄기가 시큰하게 콧잔등을 빗질하며 쓸어갔다.

"그게 아니라……."

그가 뜸을 들였다. 내가 옆을 돌아보자 그가 멋쩍은 표정을 지어 보이다가 손가락으로 위를 가리켰다.

어느새 우리는 은행나무가 높게 뻗어 있는 연립 마당 앞에 서 있었다. 아침과는 다르게 가지에 달린 수많은 백열등불은 적연하게 꺼져 있었다. 하늘에 닿을 듯이 쭉 뻗은 가지 끝에 걸친 작은 구름은 마치 빗장에 걸린 새끼 양처럼 바동거리고 있었다.

한참 바라보다가 다시 고개를 숙여 그를 보았다. 그가 미소 짓고 있었다. 나는 아리송한 표정을 지어 보였다.

"아니, 아침에 이 자리에서 본 네가 예뻤다고."

그가 수줍게 얘기하고는 딴전하며 하늘을 올려다보았다.

가슴이 쿵하고 내려 앉았고, 얼굴이 삽시간에 붉게 달아올랐다. 순간, 곁에 있던 가로등이 켜지면서 그 불빛이 은행나무 전체를 감싸 안았다. 깜박이는 가로등 불빛을 따라 은행나무가 노랗게 명멸했다. 그가 어린 아이처럼 기꺼운 표정으로 나무를 올려다보고 있었다.

(뭐야? 내가 예뻤다고? 아, 미치겠다. 도대체 왜 저렇게 멋진 거니.)

몸에 개미가 기어 다니는 것처럼 간질간질했다. 그리고,

머릿 속은 연신 고개를 젓고 있었지만 몸은 거스를 수 없이 기울고 있었다. 그 애를 향해…….

마치 자석처럼.

그러니 어쩔 수 없는 것이다. 나는 눈을 꾹 감고 발꿈치를 들었다.

(에라, 모르겠다. 될 때로 돼라.)

'쪽!' 폴짝 바닥에 착지하고는 미간을 좁히며 슬며시 눈을 떴다. 근데,

(으악! 하필.)

그의 아래턱에 어렴풋하게 입술라인이 찍혀 있었다. 그가 휘둥그레진 눈으로 멀거니 나를 내려다보고 있었다. 가로등 불빛을 따라 찍힌 립글로스가 네온사인처럼 반짝였다.

(… 어쩐지 딱딱하더라니. 아, 쪽팔려. 이제 어떻게 얼굴을 봐.)

"아니, 저는 다른 뜻이 아니라, 땡큐하다는 아메리칸 스타일로… 아니, 이제 우리나라도 선진국에… 그러니까 OECD 회원국……."

나는 수그리고 기어들어가는 목소리로 구차한 변명들을 늘어놓았다.

그런데, 그 순간, 그가 손을 뻗어 내 턱을 슬며시 쥐고는 몸을 낮추어 다가오기 시작했다. 지그시 나를 내려다보는 그의 검은 동공이 터널처럼 아찔하게 가까워지고 있었다. 맙소사, 심장이 왕왕거렸다. 나는 눈을 꾹 감았다. 그리고 잠시 뒤 내 입술에 그의 입술이 닿았다. 촉감은 약간 서늘하고 부드러웠다. 몸이 노곤하게 풀어지고 있었다.

"?"

그런데, 이상하게 그 이상 진도가 없는 것이었다. 그리고 알코올처럼 서늘하고 짜릿하게 와 닿던 감촉마저 금세 휘발했다.

나는 한참 번민하다 슬며시 실눈을 떴다. 그의 검은 동공이 내 코 앞에 있었다. 그러나 순식간에 아스라하게 멀어졌다. 그는 고개를 떨어뜨리며 내 턱을 살포시 쥐고 있던 손도 놓아버렸다.

'뭐, 뭐지? 혹시 나한테 냄새나나?'

온갖 잡념들이 뒤섞여 머리위로 휘몰아치는 가운데 나는 멍하니 서
있었다.

"미안. 내가 실수한 거 같아."

그가 입술을 깨물다 겨우 입을 뗐다. 초점 없이 시선을 떨어뜨리고
있었다.

"……."

짙은 어둠 속에서 나는 흰자위만 끔뻑거렸다. 그것은 마치 민트색
양초가 다 녹아내린 뒤 황량한 바람에 이리저리 나부끼는 하얀 심지
끝처럼 아무 의미도 없는 의식이었다.

"미안해."

"아…아니에요. 선배. 제가 먼저……. 죄송해요. 그만."

심장이 서걱서걱 바스러지는 소리가 웅숭깊게 들려왔다. 코가 시큰
하고 눈가가 어지럽게 일렁이기 시작했다. 축 늘어뜨린 양 팔이 못에
박힌 것처럼 옴짝달싹 할 수가 없었기에 잽싸게 고개를 쳐들었다. 밤
하늘에 핀 은행잎사귀 같은 반달이 마치 강물 위에 떠 있는 것처럼 어
룽거리고 있었다. 반달이 머금고 있던 가느다란 물줄기가 내 볼을 타
고 흘러내리기 시작했다.

"아하… 하, 다~알 차~암 밝다."

나는 냅다 팔소매로 볼을 훑으며 손가락으로 하늘을 가리켰다. 쭉
뻗은 팔이 마른 삭정이처럼 볼품없이 바람에 흔들거렸다. 그러나 그는
계속 고개를 떨구고 있을 뿐이었다.

"선배 추워서 저……."

'그만 들어갈게요.'

이 일곱 글자가 허물어지려는 성벽처럼 떠받치기 버거웠기에 나는 말을 다 잇지 못하고 서둘러 몸을 젖혔다. 위에 있는 그 누군가가 반달을 쥐어짰던지 걷잡을 수 없이 물줄기가 두 눈을 타고 쏟아져 내리기 시작했다.

그러나 이상하게 서걱서걱 건조한 가슴만은 적셔주지 못하고 있었다. 나는 애써 팔을 앞뒤로 휘두르며 걸음을 뗐다. 그러다 엉거주춤 섰다. 같은 쪽의 팔과 다리가 동시에 움직이고 있었다. 다시 엉성하게 다른쪽 팔과 다리를 맞추며 걸어갔다.

어느새 하늘에 떠 있던 노란 반달은 탈수된 빨래 짝처럼 볼품없이 바싹 쪼그라져 있었다.

제12장

후유증증후군

1

20세기 초 미국의 유명 추리작가로 하드보일드 추리소설의 정수에 도달한 작가로 평가되는 R.찬들러는 여자에 대해 다음과 같이 추리했다.

— 여자로서, 선량한 여자로서도 자신의 육체의 유혹에 저항할 수 있는 사나이가 있다는 것을 깨닫는다는 것은 매우 다행한 일이다.

그래, 매우 다행스런 일이었다.

“푸하하하.”

“수지야, 뭐가 그렇게 재밌니?”

옆 분단에 앉은 등치가 산만한 진호가 뚱한 표정으로 물어 왔다.

“어? 왜? 이거 안 웃겨? 이 컷 표정이 너무 우습지 않아?”

나는 쥐고 있던 만화책을 들추어 낄낄거리며 대꾸했다. 그는 믿을 수 없다는 듯 입이 떡 벌어지더니 이윽고 눈을 지그시 감고 고개를 설레설레 흔들었다.

“이 만화책은 눈물 없이 볼 수 없는 대서사시이고, 네가 읽고 있는 3권은 그 중 클라이맥스에 속해.”

그는 자못 심각한 표정으로 책을 가리켰다.

“어, 어. 그랬나?”

내가 계면쩍은 표정을 지어보이자 그는 내가 쥐고 있던 책을 홀딱 채 갔다.

“나는 네가 만화를 좀 아는 애라고 생각했는데…….”

그는 만화책을 다보탑처럼 쌓아 놓은 튼실한 허벅지 위에 또 한 층을 더하고는 입맛을 다시더니 읽던 만화책을 다시 펴들었다.

그리고 잠시 후 눈물 없이 볼 수 없는 대서사시이고, 나발이고 하더니만 기어이 명배우 저리가 라로 콧구멍을 벌렁대며 순식간에 눈물을 쏟아냈다.

‘빌어먹을 자식.’

집으로 돌아가는 622번 버스는 한산했다. 어제도 한산했다. 그리고 그제도 한산했다. 듣자하니 세종고 아이들이 단체로 제주도 수학여행을 떠났다고 했다.

　나는 경로석에 앉아 보았다가 엉덩이가 들쑤신다 싶으면 하차 문 바로 뒤 2인용 의자 중간에 걸쳐 앉아 보기도 했다. 어제는 맨 뒷자리에 눕다시피 앉아 있었다. 오늘은 두 번째 자리에 앉아 운전석 옆에 붙은 네모난 거울을 응시하며 입을 쩌억 벌리거나 코를 벌름거리거나 돼지 코를 만드는 등의 가지가지 엽기 표정을 지어 보였다.

　"!"

　순간, 그 거울로 도복을 입고 있는 웬 꼬마 녀석과 눈이 마주쳤다. 바로 내 앞에 앉아 있었지만 예닐곱 살 정도에 키가 작고 의자 앞턱에 걸터앉고 있어서 뒤에서 보면 의자 등받이 너머로 까닥이는 머리카락 한 올도 보이지 않았다. 별안간 그 녀석이 나를 보고 입 꼬리를 올리고는 손가락 하나를 세워 제 귀에 대고 뱅뱅 돌렸다.

　'빌어먹을 자식.'

　연립 입구로 들어서고 있었다.

　"누나, 비켜요!"

　별안간 씽씽카 한 대가 내 앞으로 돌진하고 있었다. 나는 깜짝 놀라 중심을 못잡고 갈팡질팡하다 추돌 직전에야 비로소 몸을 젖혀 은행나무 옆으로 곤두박질쳤다. 그러고는 한숨을 내쉬고 돌아보았다. 씽씽카를 몰던 녀석은 개구지게 웃어 보이며 그대로 언덕길 아래로 내달리더니 이내 사라져 버렸다. 근데 발 디딘 곳이 질퍽했다. 은행나뭇잎이 소복이 쌓여 있기도 했지만 이상하게 좌우 느낌이 달랐다. 발을 떼보니 거무튀튀한 개똥이 구두 코 모양대로 납작하게 눌려 있었다. 젠장.

무심코 그 똥을 털어내려 은행나무 줄기에 발을 갖다 대려다 순간, 그대로 머졌다.

'빌어먹을 자식.'

집에 돌아와 따뜻한 물에 몸을 담가 불린 후 온 몸 구석구석 때를 빡빡 밀었다. 그리고 족히 대야만한 양푼을 꺼내 냉장고 속에서 묵혀져 있던 갖가지 남은 반찬을 섞어 밥을 비벼 먹었다. 트림을 꺼억 하고 그동안 쌓여있던 집안 일거리들을 하기 시작했다. 싱크대 구석에 놓인 접시들을 닦다가 그릇 안에서 눅눅한 만 원짜리 지폐 한 장을 발견했고, 장롱 틈을 먼지떨이로 밀어내다 그동안 무용지물이었던 진주귀걸이의 나머지 한 짝을 발견했다.

그래, 매우 다행한 일이었다.

얼추 허드렛일을 다 끝내고 시계를 보니 벌써 새벽 1시쯤을 알리고 있었다. 몸은 나른했지만 며칠 째 침대에 누워도 쉬이 잠이 오지 않았다. 수면시간을 줄여보는 것도 나쁘지 않다고 생각했다. 컴퓨터 모니터를 켰다. 오랜만에 내가 관리하는 인터넷 커뮤니티에 들어가 보았다. 마우스를 클릭 질하며 익명 게시판에 쓰인 여러 사연들에 댓글을 다는데 그 중 시선을 끄는 제목 하나가 보였다.

[그가 떠났습니다.]

클릭했다.

[그동안 남몰래 연모해오던 동료 선생님께서 오늘 결혼하셨습니다.

멋진 그에 비해 너무 평범했던 그의 연인.

그러나 먼발치에서 보았던 그와 그의 신부는 너무도 예쁘고 사랑스러웠습니다.

포도주 한 병을 다 마셨는데도 쉽사리 잠이 들지 않는군요.]

작성일이 눈에 익었다. 담임 선생님의 청첩장에서 몇 번을 들춰 보며 익힌 날짜였다.

그녀는 남몰래 연모했다며 다소 위안을 얻었을 것이다. 그런 그녀의 완벽주의에 균열이 생겼다면 유감스럽지만 그녀가 수많은 눈을 피하기 위해 길게 내린 장막은 그러나 더없이 맑고 투명할 따름이었다. 그녀뿐 아니라 누구나 그렇다. 연정을 품은 사람의 얼굴에 피어나는 설렘을 감출 수 있는 건 세상 어디에도 없을 것이다.

난 한참 고민 끝에 댓글을 달았다. 하긴 어쩌면 그녀가 아닐 수도 있다.

[Re : 세상에는 빌어먹을 자식들이 많죠? 문득 님에게 '향기로운 꽃, 당신'이라는 만화책을 추천해드리고 싶네요.]

19세기 후반부터 20세기 초에 활동했던 프랑스의 소설가이자, 시인이었으며, 아나키스트이기도 했던 아벨 에르망은 계층을 새롭게 정의했다.

- 남자란 거짓말 나라의 서민이지만, 여자는 그곳의 귀족이다.

2

    일요일 아침. 나는 약간 이른 시간에 서둘러 채비를 하고 집을 나섰다.

    다른 요일보다 일요일에 홀로 다니는 외출이 좋은 이유가 몇 가지 있다. 연립 공터에서부터 동네 구석구석만 보아도 주차된 차량들이 빼곡했지만 시내로 나가는 도로가 평일에 비해 부쩍 한산하다는 점도 그 중 하나이다.

    차창 밖으로는 큰길 가의 가로수들이 어느새 눈으로 어림잡을 수 있을 만큼의 이파리만 가지에 매달고 스치듯 지나갔다. 눈초리 끝으로 길게 잇따라오는 그 울긋불긋한 티끌들은 마치 타들어가는 검부나무의 불티처럼 파란 하늘의 스펙트럼 위를 튀어 올랐다.

    시내에 있는 대형서점에 들러 이리저리 책을 들추어보다 참고서 몇 권을 고르고 시장기를 느껴 패스트푸드점에 들어갔다. 창가에 앉아 지나다니는 사람들을 구경하다 문득 길 건너 낡은 영화관 걸개그림에 시선이 닿았다.

    '어, 저 영화?'

    크게 그려진 영화 포스터 중 눈에 띈 하나를 보고 과연 내가 익히 알던 이가 맞는지 의구심이 들었다. 비록 조커처럼 괴기스러운 입모양만 둥둥 떠 있었지만 귀퉁이에 주연 배우 이름을 보고 부리나케 가방을 챙겨 들고 길을 건넜다.

    전광판을 보니 5분 전에 이미 시작한 4회차가 있었다.

"짐 캐리 나오는 영화 지금 시간 한 장요."

컴컴한 상영관 안으로 들어서니 필름은 이미 돌아가고 있었다. 어둡긴 했지만 사람들이 드문드문 앉아 있어서 다행이었다. 나는 혹시나 하는 마음으로 잠시 두리번거렸다. 그러나 익숙한 뒷모습은 없었다. 좌석에 붙은 표시등을 보며 천천히 내려갔다.

'G열 15번. 아, 여기다.'

자리에 풀썩 주저앉았다. 작은 영화관이라 영사막은 그리 크지 않았다.

'저게 뭐야?'

주변을 둘러보다 보니 스크린 바로 앞좌석에 있는 유모차 한 대가 눈에 띄었다. 앉은 자리에서 한 손으로 유모차를 밀었다 당겼다 하고 남은 손으로는 팝콘을 한 움큼씩 입에 넣는 여자의 뒷모습이 보였다.

'와, 진짜 개념 없다.'

나는 고개를 절레절레 흔들며 영화를 감상하기 시작했고 짐캐리 주연 영화라면 흔히 볼 수 있는 그의 요절복통 원맨쇼가 시작되었다.

'그 아이도 봤을까?'

상영관 안은 성에가 낀 것처럼 사람들의 웃음소리로 뿌연데 되레 내 눈가는 이슬이 맺혀 있었다. 왜 눈물이 나지? 하고 자문하니 어딘가에서 눈물이 날 만큼 웃긴 거겠지. 라고 대신 해명해주었다. 과연 그런 거겠지. 라며… 자분자분 고개를 끄덕였다.

어느 덧 상영관에 불이 켜지고 화면에 앤딩크래딧이 올라가고 있었
다. 뒤따라 영화의 우스꽝스러운 엔지장면이 이어졌다. 나는 그대로
자리에 앉아 있다 천천히 짐을 챙겨 계단을 내려왔다. 아직도 유모차
여자는 자리를 고수하고 스크린을 올려다보고 있었다. 행렬 맨 마지막
에 서서 출구를 빠져나가려다 슬쩍 그녀를 내려다보았다.

"어~!"

나는 외마디 소리를 내고 그 자리에 엉거주춤 멈춰섰다. 그 소리에
그녀가 나를 무심코 돌아보더니 다시 무덤덤하게 고개를 돌렸다.

"야, 지영아."

나는 탄성을 내지르며 그녀에게 달려들었다.

"와, 너무 신기하다."

숟가락만한 선홍빛 작은 발바닥이 어렴풋이 꼼지락거렸다. 나는 유
모차 안에서 새근새근 잠들어 있는 아기 모습을 하염없이 바라보았다.

"아야!"

지영이 유모차 커버를 확 닫는 바람에 손가락이 그 새에 꼈다. 손가
락에 입김을 불어대다 원망하듯 지영을 쏘아보았는데 도리어 그녀가
팔짱을 낀 채 매섭게 눈을 흘기고 있었다.

"아니, 난 네가 애기를 낳으리라고는 생각도 못했지."

나는 어기적거리며 내 자리로 돌아와 앉았다. 맞은 편 소파에 앉은
지영이 물 한잔을 벌컥 들이키고는 되알지게 테이블로 내려놓았다.

"무심한 계집애 같으니. 애기 없었으면 그냥 이대로 호주로 돌아갈

참이었어?"

"아니, 상황이 좀 여의치 않아서……."

나는 고개를 숙이고 기어 들어가는 목소리로 대꾸했다.

"얼씨구, 쌍까풀에 코에 지방 흡입에 아주 살 판 났으면서."

그녀가 순식간에 나를 훑어보고는 비아냥거리듯 쏘아붙였다.

"아니라니까. 솔직히 단식원가서 살 빼긴 했는데 빼고 나니까 이렇게 쌍까풀이 생기고 하더라니까. 내가 전에 말했잖아. 나 어릴 때는 쌍까풀 있었다고."

그러나 그녀는 여전히 미심쩍은 눈초리로 나를 관망할 뿐이었다.

"와, 너는 살도 하나도 안 쪘네. 그대로야."

내가 잽싸게 화제를 바꿨다. 지영이 내 말에 귀가 솔깃했는지 고개를 숙이고 저를 한 번 쓱 훑어보았다.

"안찌긴. 쪘구먼."

그녀가 건성으로 대꾸하고는 고개를 돌려 옆에 놓인 유모차 커버를 살짝 들어올렸다. 그 틈새만큼 앙 다물었던 그녀의 입도 길쭉하게 벌어졌다. 유모차 덮개에 붙여진 투명한 이름표에는 '오새별' 세 글자가 또렷하게 적혀 있었다.

"정말 혼자 키워도 괜찮겠어?"

"당연하지. 오지영이 누구니?"

그녀가 커버를 조심스럽게 닫고는 야무진 주먹으로 곧게 펴고 있는 제 가슴을 장난스럽게 쳐대더니 으쓱해 보였다.

"지우려는 마당에 무슨 미련인지 내 뱃속 안이 너무 궁금한 거야……. 아니, 더 솔직히 말하면 드라마에서나 보아오던 그런 초음파 사진을 웬지 모르게 남겨두어야 할 것 같았어. 마치 해외로 배낭여행 다니면 알 수 없는 사명감에 불타서 사서 모으게 되는 그 나라 엽서처럼 말이야. 아마 그게 마지막이리라 직감했던가봐……."

그녀는 목이 메는 듯 잠시 머뭇거리더니 말을 이었다.

"내내 나는 그 속에, 마치 강낭콩 같이 심심하고 작은 무언가가 발아하고 자라나는 상상을 했던 거 같은데, 아니었어. 2센티도 채 안되는데 어느새 심장은 그 중심에 뿌리내리고 뛰고 있었어. 그걸 보고나니 30여 년 동안 명치끝에 걸려있던 무언가가 쑥 내려가는 느낌이었어. 그리고 그 때 처음 들어본 것 같아. 내 심장박동 소리를……."

"그 조그만 생명이 숨이 꺼지려는 나를 소생시킨 거나 마찬가지야."

나직이 읊조리더니 창문 밖으로 시선을 돌렸다.

미국의 사회 개혁가로 노예 제도 폐지 운동에 앞장섰으며 남북전쟁 후에는 인디언·여성·노동자의 권리 옹호에 힘썼던 웬델 필립스는 폐경기 여성들에게 권장되는 페르시아 석류보다 더 새빨간 거짓말을 했다.

-사람은 나이를 먹는 것이 아니라 좋은 포도주처럼 익는 것이다.

그러나 지영의 눈빛은 일 년 새, 아니, 처음 그녀를 보았던 고등학생 때와는 비할 수 없이 온화하고 한결 편안해 보였다. 그리고 그녀의 몸에서 배어나는 아련한 젖내는 레드와인처럼 은은한 풍미를 자아내고 있었다.

"잘 지내. 애가 아무리 순하다고 해도 극장까지 다니는 건 아직 무리 아니야?"

유모차를 한참 내려다보다 입을 뗐다.

"그런가?"

그녀가 멋쩍은 듯 웃어 보였다.

"너도 빨리 결혼해야지. 물론 일로서 사회적 성취감을 얻는 것도 보람 있지만 10개월 고생 끝에 새 생명을 창조해내는 것보다 더 위대한 보람이 어디 있겠니. 그 과업은 추앙받는 세계 4대 성인에게도 능력 밖이잖아. 훗."

그녀가 양 손을 허리 위에 두고 호기 있게 말했다.

"너나 아기 건강 생각해서 너무 늦지 않게 낳아. 그 후에 네 일을 다 시해도 늦지 않아. 인생 생각해보면 참 긴 거야."

그녀가 어른스럽게 말했다. 아니, 이미 그녀는 어른이 되어 있었다. 나는 희미하게 고개를 끄떡였다. 나도 과연 어른이 될 수 있을까. 나는 아무런 해답을 구할 수도 없는 어린 새별을 말없이 바라보았다.

"가기 전에 또 연락해."

"그래. 그럼 내년 이맘 때쯤엔 사법시험 합격자 란에서 오지영을 볼 수 있는 거지?"

"응. 아마도. 또 이변이 없는 한."

그녀가 장난스럽게 발을 까닥이며 거만한 표정을 지어보였다. 내가 손을 뻗어 모범택시 한 대를 세웠다. 택시 뒷좌석에 오른 그녀가 손을 흔들었다. 그녀의 품에 있던 새별이 눈을 찡그리고 있었다.

"새별아, 안녕. 다음에 봐."

내가 손을 흔들자 답례처럼 그 입이 오종종하게 벌어지더니 하품으로 이어졌다. 분홍빛 작은 혀가 입 속에서 달싹였다. 택시 트렁크 뚜껑을 비집고 반쯤 얼굴을 내민 유모차는 시야에서 점점 멀어져 갔다.

지영은 실은 금년에도 사법시험을 보았다고 했다. 1차는 합격했지만 하필 2차 시험을 얼마 앞두고 오새별이 예정일보다 빨리 세상으로 나오는 바람에 결국 포기해야 했다며 은근한 아쉬움을 토로했다.

만약 오새별이 엄마의 급한 성질까지 닮지 않았더라면 어쩔 뻔했을까. 남산만한 배를 한 손으로 끌어안고 오른 손으로는 펜대를 굴렸을 수도 있었을 그녀의 모습은 상상만으로 아찔하다. 만약 그녀가 고집 끝에 시험을 치르러 갔다면 주변 수험생들이 그녀의 모습을 심리적으로 불안하게 느꼈을 것이다. 누구보다 그들의 인권을 보호해주어야 하지 않는가.

미래의 인권변호사로서!

3

"혜린아."

그녀가 몸을 젖히고 시큰둥하게 나를 처다보았다.

"저기……."

나는 쭈뼛하며 무겁게 입을 뗐다.

"뭐?"

"너희 사촌오빠……."

"왜?"

그녀의 두 동공이 날아드는 공처럼 커져가고 있었다.

"아니, 요사이 버스에서 통 안보이기에. 무슨 일 있나 해서."

"내가 저번에 말했지. 관심 *끄*라고."

혜린이 쌀쌀맞은 말투로 대꾸하고는 매몰차게 고개를 돌렸다. 게다가 그 이후부터 그녀는 교실에서 무표정으로 일관했다. 시한폭탄이 놓인 것처럼 초조했다. 기어코 방과 후 그녀로부터 한 통의 문자가 왔다.

[벤치로 나와.]

결투 신청이라도 하는 건지.

투지를 불태우듯 주먹을 꾹 쥐어 보였지만 얼마 가지도 못하고 도진 수전증 때문에 퍽 고달 팠다. 드라마에 종종 등장하는 캐릭터처럼 시누 노릇을 톡톡히 하려고 드는 드센 여자로부터 머리채를 다 쥐 뜯기는 건 아닌지 괜스레 조마조마했다.

그러다 생각해보니 낯간지러웠다.

'아니, 뭐야. 푸하하. 말도 안 돼. 웬 시누? 어린애들 데리고 나 참…….'

나는 새끼손가락도 비집고 들어가지 않을 만큼 바짝 틀어 올렸던 머리를 다시 봉두난발로 풀어 헤쳤다. 비장한 자세로 저벅저벅 걸어

가다 문득 저 멀리, 황량한 벤치에 앉아 있는 무법자 같은 혜린의 작은 뒤통수를 보았다. 그것은 마치 황야에 우뚝 솟은, 가시 돋친 선인장 같았다. 차츰 발걸음이 더뎌지기 시작했다.

"어, 왜?"

내가 삐쭉 서서는 짐짓 의연하게 물었다. 인기척을 느낀 혜린이 귀에 꽂힌 이어폰을 빼고는 나를 올려다보았다.

"앉아봐."

그녀가 근엄한 말투로 고갯짓을 하여 비칠비칠 그 옆에 주저앉았다.

"무슨 일이야?"

"내가 일전에 신세도 졌고 그래서 친구로서 말하는데……."

그녀가 잠시 망설이다 무겁게 입을 뗐다.

"태석 오빠 좋아하는 사람 있어. 1학년 때부터 좋아하기 시작했댔어. 거짓말 아니야."

순간, 허공에 발을 디딘 것처럼 심장이 철렁 내려앉았다.

"말을 자세히 안 해줘서 모르겠는데, 암튼 우리 학교는 아니랬어. 이것도 정확해."

"근데 왜 나한테……."

애써 마음을 가다듬었지만 성대에서 어린 염소가 울고 있었다.

"네가 괜히 상처 받을까봐 그래."

"……."

정적이 이어졌다. 운동장은 눈 깜짝할 사이에 다 비운 과자봉지처럼 바스락거리는 낙엽소리만 허무하게 들렸다.

"야, 별소리를 다 한다. 푸하하하."

나는 그녀의 팔을 장난스럽게 툭툭 치며 애써 큰 소리로 웃어재꼈다.

"그렇지? 혹시나."

그제야 그녀 얼굴이 해동되는 고깃덩어리처럼 조금씩 풀어졌다. 그리고 말을 이었다.

"암튼 오빠가 안 어울리게 순진해 빠졌다니까… 바보 멍텅구리. 짝사랑이라니. 유치해서 못 봐주겠어."

"……."

"그리고 나도 요즘 오빠 통 못 봤어. 안하던 결석에. 몸이 안 좋은가 봐."

"왜! 어디가 아파?"

"몰라. 나도 지난 주에 통화한 게 마지막이야. 전화도 안 받고. 암튼 이상해. 뜬금없이 현우 선생님 연락처를 물어보질 않나."

"뭐, 문학? 서현우? 왜?"

내가 따지듯 그녀의 팔을 재우치며 묻자 순간, 그녀의 얼굴에 당황한 빛이 감돌았다.

"뭘 그렇게 놀래. 내가 그것까지 어떻게 알겠어. 근데 도대체 뭘 알아내겠다는 건지……."

그녀가 눈을 지그시 뜨고 의혹에 찬 표정을 지었다.

고대 그리스의 철학자로 소크라테스의 제자이며 아카데미아를 개설하여 생애를 교육에 바쳤던 플라톤은 남녀에 대해 이분법적인 학설을 새롭게 제시했다.

- 여자의 머리는 항상 그 마음의 영향을 받고, 남자의 마음은 항상 머리의 영향을 받는다.

　그 동안 그가 부임하고 난 후의 모든 일들이 주마등처럼 스쳐 지나 갔다. 그래 모를 리가 없다. 현우 그 자식은 내 존재를 이미 눈치 채고 있었던 것이다. 그러나 선생이라는 신분 때문에 섣부른 행동을 할 수 는 없었던 것이다.

　"빌어먹을 자식!"

　나는 쥐고 있던 젓가락을 테이블 위로 세게 내리쳤다. 나무젓가락은 튕겨지며 바닥으로 떨어졌다. 포획 직전 마지막 발악처럼 철장을 잡고 늘어지던 모습이 역력한 닭발 하나가 타이어처럼 데구루루 구르며 테 이블 밑으로 떨어졌다.

　"아, 깜짝이야. 이 아가씨야, 여기 전세냈어? 좀 조용히 안 해."

　야멸치게 홱 돌아보자 옆 테이블에 앉아있던 얼굴이 불콰하게 달아 오른 사내가 초점 없는 눈으로 삿대질을 하고 있었다. 그러나 손가락 은 좀처럼 제대로 겨냥하지 못하고 허공에서 겉돌았다.

　"아, 예."

　나는 건성으로 고개를 까닥였다.

　"아줌마, 여기 소주 하나요."

　"아가씨, 그만 먹어. 혼자 와서 왜 그래."

　포장마차 주인 아주머니가 인상을 찌푸리다가 도마 위에 놓인 생선을 식칼로 세게 내리쳤다. 생선머리가 허공에서 낮게 유영하다 그대로 곤두박질쳤다.

"괜찮아요. 닭발도 한 접시요."

나는 끄떡없다는 시늉으로 손을 번쩍 들어 올렸다 내리고는 다시 잔을 기울였다. 턱을 괴려 몇 번 시도했지만 얼굴이 그대로 손목을 타고 미끄러져 내렸다. 둥근 테이블 위에는 말간 어묵 국물이 담긴 사발 옆으로 빈 소주병이 소곳하게 놓여 있었다. 나는 게슴츠레 웃으며 손가락을 펴 들었다.

"한 놈, 두식이, 석 삼, 너구리… 이게 도대체 몇 병이야?"

자꾸 감기려는 눈을 재차 끔뻑 뜨고는 손가락으로 병을 세었다. 흔들리던 병 하나가 홍길동처럼 분신술이라도 부리는지 어느새 볼링 핀 대열로 쭉 늘어섰다.

"아, 정신 사나워."

나는 두런거리다 이윽고 테이블로 풀썩 고개를 처박았다.

"여보세요? 누구세요?"

누군가 내 뒤통수에 상냥하게 노크하고 있었다. 나는 귀찮다는 듯 허공에 손을 휘저었다. 드르르르륵. 양철 테이블 위에서는 핸드폰이 숨넘어갈 듯 발을 구르고 있었다. 별 수 없이 손을 뻗어 핸드폰을 집어 들고 그대로 귀에 가져갔다.

"아, 누구요?"

"누구세요?"

그러나 그 나직한 음감이 귀에서 멀지 않았다. 나는 얼굴을 들었다. 테이블 앞에 있는 희미한 누군가가 핸드폰을 귀에 댄 채 나를 내려다보고 있었다. 나는 커튼처럼 앞으로 쏠린 뒷머리를 옆으로 넘기고 눈을 천천히 껌뻑였다.

"아니, 이 자식 보게. 누군가 했더니 이놈이."

그가 내 귀를 늘어지게 잡고 있었다.

"아, 아."

나는 고개를 번쩍 쳐들고 그를 쳐다보았다.

"!"

서현우가 우악스런 표정으로 서서 귀를 당기고 있었다.

"야, 이 자식아, 너 고등학생이 지금 여기서 뭐 하는 거야!"

그는 잽싸게 다른 쪽 귀도 잡고 늘어졌다. 내 귀는 팔랑이는 당나귀 귀처럼 양쪽으로 쭉 늘어났다.

"야, 야, 아파!"

나는 외마디 소리를 내지르고는 바둥거리며 양손을 휘저었다.

"아니, 근데 이 자식이 아직도 술이 덜 깨서. 어디서 야야?"

그는 더욱 아귀에 힘을 주었다. 귀가 떨어져 나갈 것 같았다.

"야, 서현우 그만해."

순간,

깊은 해심 밑바닥에 가라앉아있던 궤의 빗장이 열리면서 그제야 내 목소리가 그의 기억의 수면 위로 떠오른 것일까. 그가 불에 덴 듯 소스라치게 놀라며 내 귀에서 손을 뗐다.

“……."

“너… 누구야?”

그가 몸서리치며 나를 내려다보았다.

“알면서 뭘 물어.”

나는 찡그린 얼굴로 귀를 어루만지며 시큰둥하게 대답했다. 그가 맞은편에 털썩 주저앉았다. 그리고 황망히 나를 쳐다보았다.

“설마, 순…자. 최순자?”

그의 입술이 바르르 떨렸다. 나는 대꾸 없이 고개를 숙였다.

“네가 왜 최순자야? 뭐지? 내가 귀신에 홀렸나?”

그의 눈동자가 어지럽게 흔들렸다.

“쇼는 그만 하시지. 너 이미 다 알고 있었잖아.”

“너 뭐야? 왜 학교에 다니는 거야? 최수지는 뭐고?”

그는 넋 나간 표정으로 내 모습을 훑어 내려갔다.

“흥!”

나는 콧방귀를 뀌고는 고개를 돌렸다.

“너 설마……."

“?”

“간첩이야?”

그가 사뭇 진지한 표정으로 물었다.

“얼씨구.”

“아악~!”

그가 몸을 꼬며 비명을 내질렀다. 나는 이를 악물고는 있는 힘껏 그의 팔을 꼬집어 비틀었다가 뗐다.

"너 빨리 불어. 태석이한테 다 말했지!"

"뭐?"

그가 제 팔을 쓰다듬으며 되물었다.

"그래도 이 자식이!"

나는 발을 들어 있는 힘껏 그의 구두코를 짓눌렀다. 그가 수탉처럼 목청을 돋우다 발악하며 발을 뺐다.

"뭘 말이야. 뭘?"

그가 미간을 좁히고 짜증스럽게 되물었다.

"태석이가 너한테 전화했을 때 뭐라고 했어?"

"아, 그거? 네가 왜 지금 이 지경인지는 모르겠지만 걔가 뜬금없이 전화해서는 사촌누나에 대해 캐묻더라."

"뭐? 사촌누나?"

내가 눈을 홉뜨고 물었다.

"왜 혜린이가 너랑 나랑 사촌인걸로 알잖아."

"근데 왜 물어?"

"그 자식도 미친 자식이지. 어린놈이 제대로 콩깍지가 씌었다니까. 첫사랑이란다."

"누가?"

"네가!"

"뭐…라고?"

순간, 나는 우두망찰했다.

"말 그대로야. 1학년 때 이 동네로 이사 오고 우연히 버스에서 졸고 있는 너를 봤는데 그 모습이 이상하게 자꾸 눈이 가고 예뻐 보였대. 취향 독특하다니까… 변태 기질이 다분해."

그가 손등으로 턱을 괴고 사뭇 진지한 표정으로 주억거렸다.

"암튼 그 후로 가끔씩 너를 버스나 길에서 보곤 했는데 그럴수록 자꾸 신경 쓰이고 안 보이면 궁금해지고 기다려지는… 야, 내 입으로 말하기도 낯간지럽다! 암튼 그런 존재가 되어버렸다는 거야. 그런데 제가 너무 애 같고 유치해 보일까봐 선뜻 가까이 다가가지도 못하고 고등학교 졸업하면 당당하게 말을 걸어야지 결심하고 있었다나 뭐라나. 걔 아무래도 정상이 아닌 거 같아. 어린 게 어디서 지 이모뻘을 희롱하려 들어? 정신 나간 놈……."

그는 혀를 끌끌 차고는 다시 말을 이었다.

"1년 전쯤 우연히 너랑 혜린이랑 길에서 얘기하는 거 보고 너에 대해 물었는데 그 때는 혜린이가 뭐가 또 심통이 났는지 사실대로, 물론 그것도 사실은 아니지만, 모르는 사람이라고 아무렇게나 둘러댔나봐. 근데 어느 날 부터인가 네가 통 보이지 않았다는 거야. 그리고 최근에야 비로소 우연히 혜린이한테 네가 나랑 사촌 사이라고 들었나 보더라고."

"뭐… 뭐라고? 나를? 태석이가 나를?"

"그래."

"그래서 뭐라고 했어?"

나는 그의 팔을 잡고 재우쳤다.

"뭘, 뭐라 그래. 너랑 나랑 사귀었던 거나 동거했던 거 학교에 소문 낼 일 있어? 가뜩이나 네가 나에 대한 복수의 칼날을 갈고 있을지도 모르는데……. 아니 그건 둘째 치더라도 그게 제정신 박힌 놈이 할 소리야? 그 잘난 놈이 뭐가 아쉬워서 다른 사람도 아니고 자기보다 한참 나이 많은 너를 마음에 담아 두냐고. 그래서 그냥."

순간, 그가 얼버무리며 말을 멈추고는 눈치를 살폈다.

"그냥? 그냥 뭐?"

내가 주먹을 들어보이자 그가 우물쭈물하다 대답했다.

"갑자기 나도 너무 당황해서 실수로…죽었다고."

"……."

순간, 정신이 아득하고 숨통이 조여 왔다.

'짝~'

"뭐, 뭐라고? 그렇다고 나를 죽여?"

"……."

"나를 그렇게 죽여 놓으면 속이… 편하니?"

나는 순식간에 복받쳐 오른 울분으로 울먹였다. 주변에 있던 사람들이 일제히 우리를 돌아보며 수군거렸다. 현우는 달아오른 볼을 어루만지며 시선을 떨구고 있었다.

"실수이기도 했지만 꼭 나 때문이었다고 생각은 마. 어쩔 수 없었어. 안 그러면 그 모자란 놈도 쉽게 포기안 할 거 같더라."

그가 덤덤하게 말을 마쳤다. 나는 어깨를 들썩이며 하염없이 눈물을 떨구었다.

한참동안 아무 미동 없이 자리에 앉아 있던 나는 소주 몇 잔을 연거푸 마셨다. 그러자 그가 손을 뻗어 잔을 빼앗았다.

"한 때 너를 진심으로 좋아했었어. 순수하고 착해 빠진 최순자가 정말 예뻤었다고. 근데 너 지금 이런 꼴로 도대체 뭐 하고 있는 거야?"

"닥쳐!"

나는 자리에서 벌떡 일어났다. 순간, 머리가 우지끈하며 몸이 비틀거렸다. 그가 일어나 나를 떠받쳤다. 그를 있는 힘껏 밀쳐내고 그대로 포장마차를 뛰쳐나왔다.

뒤에서 까마득히 부르는 최순자라는 이름이 가슴속에서는 쟁쟁하게 울려 퍼졌다. 눈가가 어지럽게 일렁거렸다. 속이 울렁거리며 역기가 밀려와서 급히 후미진 곳으로 뛰어 들어갔다. 전봇대 밑에 웅크리고 앉아 한참동안 속에 있던 것들을 게워냈다.

영국의 철학자인 E. 허버트는 '예수천국 불신지옥' 피켓맨들을 사상 초유 버킹엄 궁전 앞으로 집결시킬지도 모를 대책 없는 발언을 했다.

- 남자들을 낙원에서 끌어낸 것이 여자라면, 남자를 다시 낙원으로 인도할 수 있는 자도 여자뿐이다.

"선배……."

"어, 수지구나."

핸드폰 너머로 그의 힘없는 목소리가 들렸다.

"몸은 좀 어때요?"

"응. 괜찮아."

"그냥 걱정돼서 전화 드렸어요."

"응. 고마워."

"아녜요."

"미안. 저번 일은."

"……."

"실은 좋아했던 사람이 있었는데, 네가 몹시도 많이 닮아서……. 그래서 실수했나봐."

(그 사람이 정말 나란 말이니?)

자꾸만 그 말이 입 속에서 맴돌았다. 그러나 그를 낙원으로 인도할 수는 없었다. 입 밖으로 터져 나오는 건 물거품 같은 딸꾹질뿐이었다.

"네. 빨리 나으세요. 이만 끊을게요."

인어공주는 왕자님을 구한 것이 자신임을 말하지도 못한 채 그 칼을 받아들고 왕자의 신방으로 들어가지만 차마 왕자를 찔러 죽일 수 없었다. 그래서 결국 포기하고, 해가 막 떠오르는 순간 물거품이 되기 위해 바다로 뛰어들고 말았다.

"양화대교 다 왔어요, 손님."

"예… 에?"

나는 슬며시 눈을 뜨고 고개를 들었다. 기대있던 몸을 곧추세워 눈을 비벼 뜨고 두리번거리니 차창 밖으로 당산철교와 국회의사당의 야경이 한 눈에 펼쳐졌다.

"나 참, 살다살다 다리 중간에 딱 세워 달라는 사람은 처음이네. 하도 강경하게 말해서 오긴 왔지만 별 일 없으리라 믿습니다. 술도 깬 거 같고 딱 보기에 그리 나약한 사람 같지도 않으니……."

백미러로 택시기사의 번뜩이는 한 쪽 눈매가 보였다.

"손님, 여기 거스름돈이요."

나는 손을 내저으며 택시에서 내렸다. 잠시 정차하던 택시는 그대로 멀어졌다.

"사람 잘못 보셨어요. 저는 정말 나약해요……."

소실점이 돼버린 택시를 향해 조용히 대꾸했다. 차가운 강바람이 얼굴을 적시듯 불어대고 있었다. 다리 위엔 차가 드물게 지나다니고 있었다. 웃옷을 추스르고는 웅숭크린 채 난간 쪽으로 걸어갔다. 난간을 짚고 칠흑같이 어두운 한강을 내려다보았다. 강은 젖은 미역줄기처럼 굼실거리며 흘러내려가고 있었다.

'저 강은 어디까지 나를 데려갈 수 있을까?'

하염없이 강을 내려다보았다.

어느 순간 강이 점술가의 수정 구슬처럼 어지럽게 일렁이기 시작했다. 그리고 그 속에서 희미한 무언가가 또렷해지기 시작했다. 돌아가시던 날 아침의 엄마와 아빠의 마지막 모습과 자장밥을 외치던 변호사님, 창밖을 보던 지영, 그녀의 분신 새별, 그리고 한 때 내가 사랑했던 현우와 영민, 아빠 때문에 눈물을 글썽이던 김순자, 뒤를 돌아보던 혜린, 그리고 마지막 은행나무 아래 서 있던 태석의 얼굴이 차례차례

연기처럼 피었다가 이내 다시 흩어졌다.

내일이면 학교가 떠들썩하겠지? 태석이는 얼마나 충격을 받을까? 잘 견뎌내겠지? 철없는 시절 호기심 비슷한 감정일 텐데 뭐. 별 볼일 없는 내가 뭐라고.

현우는 과연 저와 내가 한 때 사랑했던 사이였다는 사실도 고백할까. 아이들은 과연 무엇에 더 실망할까. 저들을 감쪽같이 속였던 나의 실체일까 아니면 나의 이런 유약한 마지막 모습일까.

나는 아래로 하얀 손을 뻗었다. 강바람이 휘몰아치며 손목을 휘어감고 끌어내렸다. 눈을 지그시 감았다. 난간에 기댄 몸이 조금씩 미끄러져 내려갔다.

4

하지만 인어공주는 물거품이 되지 않았다. 최후의 순간에 자신을 희생한 마음씨가 하늘을 감동시켰는지, 바다에 뛰어드는 순간 공기의 요정이 되어버린 것이다. 사실 인어공주가 애초에 사람이 되고 싶어 한 이유 중 하나는 사람처럼 영혼을 갖고 싶다는 희망 때문이었다. 이에 공기의 요정으로 300년 동안 세상을 떠돌아다니며 착한 일을 보고 미소를 지어 영혼을 받게 된다. 그것이 산들바람이라고 한다.

'빵~ 빵~.'

일순간, 내 하얀 손이 노랗게 물들었다.

귀청을 울리는 경적소리와 함께 커다란 노란 불빛이 내 등을 따사로이 감쌌다.

"어라, 뭐야?"

나는 폴짝 바닥으로 착지하고 뒤를 돌아보았다. 불빛이 따가워서 찡그리며 손으로 눈을 가렸다. 그리고 바로 전조등이 꺼졌다. 고개를 드니 누군가가 차 운전석에서 내리고 있었다.

"어!"

나는 눈을 급히 비볐다. 바바리코트 차림의 그가 차 문을 닫고 도로에 우뚝 섰다.

"어! 변호사님. 여긴 어쩐 일이세요?"

"뭐야, 네가 여기서 보자고 전화했잖아."

"제가요?"

나는 얼른 주머니에서 핸드폰을 꺼내들었다. 그의 말처럼 최근 통화목록에는 그의 번호가 기록돼 있었다.

"기억이 안 나네요. 죄송해요."

내가 허탈한 표정을 지어보이자 그가 피식 웃으며 다가왔다.

"택시기사가 웬 눈이 반쯤 풀린 맛 간 여자가 해롱대면서 양화대교 정중앙에 세워달라고 하고는 곯아 떨어졌다지 뭐야. 넌 왜 네 애인도 아닌데 내 번호를 1번에 저장해놓니?"

"어머, 그랬어요?"

나는 한참 전에 택시가 지나갔던 도로 위를 돌아보았다. 터널처럼 아득했다.

"뭐야? 아, 술 냄새."

그가 가까이 와서는 코를 막았다. 나는 고개 숙여 쿵쿵거렸다.

"너, 이런 모습 보여 주려고 나를 자꾸 여기저기로 부르는 거야? 내가 경찰서며 지대 높은 곳이며 경기 일으키는 거 몰라서?"

그가 미간에 내천 자를 그리며 볼멘소리를 했다.

"드릴 말씀이 없어요."

나는 기어들어가는 목소리로 대답하고 고개를 수그렸다.

"괜히 와이프한테 오해 사잖아. 지금 한참 많이 좋아졌는데."

그가 애처럼 투덜거렸다. 귀가 솔깃했다.

"어? 사모님 요즘 어떠세요?"

그는 강을 마주보고 다리 난간에 기댔다. 뜸을 들이는 사이 바람에 의해 그의 바바리코트가 망토처럼 펄럭이며 뒤로 젖혀졌다. 조명에 의해 붉은 기가 감돌았다. 그가 마치 슈퍼맨처럼 의연하게 고개를 쳐들고 있어서 곧 주먹 쥔 오른팔을 쭉 펴들까 싶었지만 그 겉옷 속에는 파란 쫄쫄이가 아닌 그의 두덕두덕한 몸이 여과 없이 드러나는 연두색 잠옷뿐이었다. 게다가 내려다보니 그는 맨발에 거실용 슬리퍼를 끌고 서 있었다.

'급히 변신했나 보네……'

나도 그 옆에 삐죽 섰다. 강바람이 사정없이 얼굴을 때렸다.

"클라이언트 덕에 바이올린 연주회 티켓이 생겨서 모처럼 시간도 때울 겸 가게 된 적이 있었어. 그런데 내 좌석에서 두리번거리다보니

객석 앞쪽에 아내가 앉아 있는 거야. 흠칫 놀라서 돌아가려고 허둥지
둥 일어서다 무슨 미련인지 다시 돌아보았는데, 그때 마침 아내의 눈
에서 눈물이 흘러내리고 있었어. 입은 미소가 가득했고……. 그 때의
충격이란. 카오스 상태였다고나 할까. 난 어쩌면 아내의 두 눈은 이미
말라버린 샘이라고 생각했던가봐. 하긴 장인어른 돌아가셨을 때가 마
지막이었으니까. 다시 그 모습을 보고나니 아내를 혼자 두고 그냥 나
올 수가 없었지. 짠하기도 했지만 묘한 게 처녀적 그녀를 대할 때처럼
왠지 설레었거든."

　그러고는 그가 소년처럼 멋쩍게 웃어보였다. 나도 슬쩍 미소로 답했
다. 이어 그가 허심탄회하게 말을 꺼냈다.

　"연주회가 끝나고 같이 식사를 하는데 와인 서너 잔을 연거푸 마신
아내가 그러더군. 폐경이 남들보다 일찍 찾아왔었다고."

　"어머, 어떻게 벌써……."

　그는 다소 무거운 표정으로 고개를 끄덕였다.

　"그래서 우울증에, 그렇게 신경질적인 사람이 됐었던 거야. 호르몬
변화에 스트레스로 살도 많이 찌고 말이지. 지수 동생도 하나 보고 싶
었는데 내가 항상 자신을 외면하고 있었다더군. 죽고 싶은 생각도 있
었대. 아무도 자신을 한 여자로 대해주지 않아서."

　"……."

　"이십 년 세월에 잊어왔는데 아내도 한 없이 여린 여자더군."

　그는 잠시 상념에 잠긴 듯 했다.

　"지금은 괜찮으세요?"

내가 조심스럽게 입을 떼자 그가 씩 웃어 보였다.

"다시 바이올린을 시작했어. 상가 건물에 바이올린 교습소를 차렸지. 형편이 어려운 애들은 무료로 봐주기도 하고. 그리고 구민 여성 합주단원으로 틈틈이 여기저기 연주회도 다니지. 전국 보육시설이나 교도소도 돌아다니면서 말이야."

그녀의 새로운 모습이 썩 잘 떠오르지는 않았지만 왠지 모르게 가슴이 뭉클했다.

"와, 멋지세요."

아내가 그러더군.

- 무대 위에 서 있던 난 사위어가는 불꽃처럼 그렇게 소멸해버릴 줄 알았는데, 스무 살 무대의 주인공도 나였고, 서른 살 무대의 주인공도 나였으며, 마흔 살 무대의 주인공도 다름 아닌 나였다.

낡은 소형차는 달달달달달 요란한 엔진소리를 내더니 연립 앞에서 후진을 하며 떠나갔다. 나는 슈퍼(사이즈)맨에게 손을 흔들었다.

"한 번만 써 봐도 알아요."

여자 스타는 귀가 솔깃해지는 말을 내뱉고 새침하게 예쁜 얼굴을 돌린다. 나는 모니터 앞에 더 가까이 다가가 눈을 부릅뜨고 응시했다. 바로 이어지는 다음 화면에서 찰랑이는 머릿결을 흔들어 보이는 여자의 뒷모습이 보인 뒤 전면에 우뚝 선 샴푸통을 비추며 텔레비전 광고는 끝이 난다. 그리고 이어서 드라마가 시작됐다.

"와, 눈 깜짝할 사이에 끝나네. 저게 어떻게 미연이야?"

그러나 정확한 소식통에 의하면, 분명히 광고 속에는 미연이 있다고 했다. 하지만 작고 오종종한 입으로 한 번만 써 봐도 안다는 그런 씨알도 안 먹힐 대사를 나불대던 여자 스타가 아니라 미연은 약 2초 남짓 삼단 같은 머리를 휘날렸던 뒤통수로서만 자신을 유감없이 드러냈다. 살색이라곤 솜털하나 비춰지지 않은 화면 너머에서 그녀의 앞모습을 보았다면 아마 그 요염한 자세를 고수하고 있느라 얼굴이 벌겋게 달아오른 채 벌렁대는 콧구멍으로 콧바람 꽤나 내뿜었을지도 모른다.

"다음에는 녹화를 해서 일시정지라도 하고 봐야지 원."

그러나 더 중요한 과제는 지금부터다. 이제부터는 어릴 때 교실에서 남대문시장 바닥같이 복잡한 그림 속에 숨어 있는 (둥근 안경, 빨간 줄무늬 스웨터에 빨간 털모자 차림의) 월리 찾기를 마의 고지 3분대에서 2분 50초대로 단축시켰던 실력을 십분 발휘하여 집중력 있게 드라마를 시청해야 했다.

한 번도 보지 않던 드라마의, 게다가 한참 꼬이고 꼬였을 8부를 촉을 세우고 본다는 것은 갈치 가시를 발라내는 일만큼이나 고단한 일이었다.

"나오긴 하는 거야?"

나는 벽시계를 슬쩍 보고 시각을 확인했다. 드라마는 거의 막바지에 접어들고 있었다. 어느 순간 조연 여배우가 앉아있는 강의실로 카메라가 돌더니 그녀 뒤에 있던 학우가 삐죽 몸을 틀고는 손을 번쩍 들었다.

"교수님, 질문 있습니다!"

교수가 승낙의 표시로 고개를 끄덕했다.

"1905년 아인슈타인이 뉴턴 역학의 절대 공간과 절대 시간을 부정하고, 상대성 이론을 세웠고 일반 상대성 이론은 1915년에 이것을 일반화하여 모든 관측자에 대하여 이 법칙이 적용된다는 요청으로부터 만유인력 현상을 설명하였는데요. 이 이론에 의해서 시간과 공간은 서로 밀접하게 연결되어 소위 4차원의 세계를 구성한다는 말에 동의하시나요?”

앞에 있던 배우는 손목시계로 시각을 확인하고는 뒤에 있는 학우를 째려보며 불평스러운 듯 입을 씰룩인다. 동의하는지 어쩐지 교수의 대답은 들을 수 없었다. 화면이 다른 컷으로 바로 이어지더니 얼마 후 엔딩 음악과 함께 자막이 올라가기 시작했기 때문이다.

나는 이름을 하나하나 재빨리 훑어 내려갔다. 그리고 한참 뒤 자막 맨 뒷줄 경비원 아무개씨 바로 위에서 오혜린 세 글자를 볼 수 있었다. 이름 앞에는 ‘전교생을 떠들썩하게 했던’이나 ‘전교 5등’보다 더 특징 없는 ‘학생 2’라는 수식어가 붙어 있었다.

실물보다 좀 넙대대하게 비춰진 게 아쉬웠지만 단기기억상실증이라는 자가 진단에 비하면 1분이라는 짧은 시간에 그 어려운 대사들을 제법 훌륭히 소화했다고 볼 수 있다.

혜린은 사실 앞에 있던 조연배우 역할로 오디션을 봤다고 했지만, 주어진 건 한낱 학생 2였다고 툴툴댔다. 내 생각에도 다른 장면이라면 몰라도 아마 8부 강의실 장면에서의 삐죽대는 표정 연기는 그 조연배우보다 (미래의 오스카상 후보라는) 혜린이 절절한 감정이입으로 감칠 맛나게 살렸을 것이라고 본다.

그녀는 그 대사를 위해 보름 넘게 대본을 손에 쥐고 다녔다고 했다.
“야, 그 대사 1시간이면 외우겠다.”

미연이 고개를 저으며 혀를 내두르자,

"지는 대사도 없는 게."

혜린도 지지 않고 대꾸 했다.

"야, 그래도 난 25초 중에 2초지. 너는 60분 중에 1분이잖아."

그렇게 미연이 학창시절 수학시간에도 손을 놓았던 확률까지 들먹이며 따지고 들더니 의기양양하게 찰랑이는 머리를 뒤로 넘겼다고 했다. 이에 혜린은 열 손가락을 꼼지락거리며 눈을 흡뜨고 한참동안 곰곰이 생각에 잠겨 있더니 이윽고 신경질적으로 미연을 향해 가운데 손가락을 치켜세웠다고 했다.

그렇게 싸워대도 주구장창 모이는 이들 관계가 수상쩍다며 김순자는 정신 사나워서 조만간 이 모임에서 발을 떼야겠다고 또 한 번 굳게 다짐했다.

김순자는 독서실에서 총무 아르바이트를 하며 재수를 하고 있다. 그녀는 그녀가 바라던 두 가지 꿈 중 이제 한 가지, 바로 외교관이 되겠다는 간절한 꿈만 변함이 없다. 마지막으로 그녀는 그 전에 미팅을 했던 태수란 녀석이 자꾸 독서실로 찾아온다며 학을 뗐다.

나는 김순자에게 언제 머리나 식히러 음악회에 가자고 했다. 음악회 팸플릿 사진 속에 저마다 다양한 악기를 쥐고 있는 중년 여인들 중에 제법 날씬해진 모습의 사모님이 검은 융 드레스에 가슴에 빨간 코르사주를 달고 바이올린을 품고 있었다.

변호사님은 그 음악회 티켓을 건네주며 최근에 맡은 재판에 중국요리사 자격증 취득까지 겹쳐 눈코 뜰 새 없이 바쁘다고 했다. 나는 그가 새롭게 시도해 보았다며 시식해 보라고 건네준 퓨전 자장밥을 허겁지겁 떠먹다 자장 소스를 흘렸다. 부리나케 휴지로 닦아냈지만 청첩장 속에서 환하게 웃고 있던 현우의 얼굴이 순식간에 띠리리리리리~ 영구가 됐다.

그는 이달 마지막 주 모 중학교 과학 선생인 미니홈피 속의 그녀와 결혼을 한다고 했다. 그는 그녀에게 몇 번인가 차이고는 술자리에서 종종 눈물을 글썽거리곤 하더니 결국 결실을 맺게 되었다고 쾌재를 외치며 청첩장을 내밀었다. 하지만 애꿎은 사타구니만 잘 못 걷어 차여 눈물을 찔끔 흘리며 발길을 되돌려야 했다.

그 누군가가 거듭 주입시켰던 말처럼 아무리 내가 쿨하다고 할지라도, 그리고 편한 친구가 됐다 해도 예전 남자친구의 결혼식에 가는 건 그의 신부에 대한 예의가 아니라는 것이 유감스럽게 단 하나 쿨하지 않은 내 지론이다.

청첩장을 던져 놓은 내 책상 책꽂이에는 '향기로운 꽃, 당신' 일곱 권이 쭉 꽂혀 있다. 이새벽씨는 새로운 만화를 구상하며 내 강력한 추천으로 난생 처음 문하생을 들였지만 얼마 후 그는 등치가 산만한 녀석이 지우개질을 하면서 눈물을 찔찔 흘려대는 통에 카툰을 다시 고쳐 그린 적이 한두 번이 아니라고 볼멘소리를 했다. 하지만 그것만 빼면 새 문하생이 만화가로서의 열정이 보인다며 꽤나 흡족해했다.

책꽂이 옆 책상 클립보드에는 잡지 인터뷰 기사 낱장이 걸려 있다. 기사 제목은 '인권변호사 오지영의 가족이야기' 이다. 예전 카페서 창밖을 보던 모습처럼 사진 속 고궁에 앉아 있는 지영은 시선을 먼 데 두고 있었다. 다른 컷에는 그녀의 손을 잡고 아장아장 걷고 있는 오새별도 함께 찍혔다.

지영은 간간이 이렇게 여성지에 인터뷰 사진이 실렸고 그 수익금도 대부분 그녀가 후원하는 미혼모나 혼혈아동 그리고 외국인 노동자를 위한 무료 변호를 위해 쓰이고 있었다.

그녀가 비정규직 노동자 변호를 위해 실태 자료를 찾으러 다녔던 작년 어느 땐가 내가 인터뷰어 적임자로 영민을 추천했던 적이 있다. 흔쾌히 승낙한 그는 입에 거품까지 물고 현실에 대해 격앙되게 비판했다. 그러나 얼마 후 회사에서 정규직으로 전환되었고, 결국 그의 간절한 요청에 의해 그 자료는 가명에, 모자이크에, 음성변조까지 3중으로 철통 보안이 되고 나서야 쓰여야 했다. 각고의 절충 끝에 화면에는 '철폐!'라는 글자가 쓰인 빨간 띠를 두른 그의 이마만 제 구실을 했다.

나는 마지막 엔터키를 누르기 전에 두 손 모아 간절히 기도를 했다.

'고구마, 알라신, 부처님, 예수님, 하나님이시여 굽어 살피소서.'

고구마는 이변이 없는 한 내 기도 속에서 4번 타자를 유지할 것이다. 더군다나 그가 신학교를 다니고 있으니 큰 실책이 없는 한 불변할 것으로 짐작한다.

혜린과 미연의 사모임이 조직되었던 첫 날은 우연인지 고구마의 신학교 입학식 날과 같았다. 둘은 이구동성 무슨 일진 출신이 신학교냐는 비아냥거림을 시작으로 앞 다투어 우리 교육계와 종교계의 허상과 부조리한 실태까지 들먹이며 혀를 내둘렀다고 했다. 그러나 증언에 따르면 술에 취한 혜린이 맛탕을 한 입 베어 물고는 어쩐 일인지 눈물까지 글썽였고 그 진지한 정치적 식견으로 말미암아 그녀를 다시 보게 됐다며 은근한 속내를 내비치던 김순자는 이대로 그녀가 운동권 동아리까지 입회하는 건 아닌지 염려스럽다고 덧붙였다.

엔터키를 지그시 눌렀다.

나의 두 번째 시나리오 원고는 망망대해에서 표류하거나 난파될지도 모른다. 첫 번째 시나리오가 흥행에 대참패하며 그대로 침몰했기 때문이다. 그러나 열심히 썼기 때문에 후회 따위는 없다.

딩동.

순간, 가슴이 콩닥거렸다. 잠시 주춤하다 재빠르게 핸드폰을 집어 들고 문자를 확인했다. 그리고 의자에서 벌떡 일어나 베란다로 달려갔다. 창문을 활짝 열어 젖혔다.

높고 푸른 가을 하늘이 전신에 와 닿는다.

"최순자!"

노란 은행나무 옆에 늠름하게 서 있는 군복 차림의 그 녀석이 모자를 벗어던지고는 하얀 이를 드러낸 채 손을 흔들고 있다.

서른만 실종됐던 서른두 살 최순자는 말한다.
─끝은 어디에도 없다.
설사 죽어서도 땅에 묻혀 다시 한 그루의 은행나무 속에서 피어나지 않는가.

내게 주어진 것이라면,

나는 사랑도 질투도 그리움도 실패도 망설임도 후회까지도 즐길 준
비가 되어있다.

(끝)

 **서른만 실종된 최순자**

초판 1쇄 인쇄 2010년 9월 13일
초판 1쇄 발행 2010년 9월 20일

지은이 김은정
발행인 임채성
마케팅 강기현
디자인 푸른다솜향

펴낸곳 판테온하우스
주소 서울시 마포구 동교동 165-8 LG팰리스빌딩 810호
전화 02)332-6304 **팩스** 02)332-6306
메일 pantheon11@naver.com
카페 http://cafe.naver.com/pantheonhouse
블로그 http://blog.daum.net/history74
출판등록 2010년 4월 22일(신고번호 제313-2010-119호)

ISBN 978-89-964393-6-3 03810